A Lição de anatomia

Nina Siegal

A Lição de anatomia

Tradução de Waldéa Barcellos

Rocco

Título original
THE ANATOMY LESSON

Este livro é uma obra de ficção. Referências a acontecimentos históricos, pessoas reais ou localidades foram usadas de forma fictícia. Outros nomes, personagens, lugares e incidentes são produtos da imaginação da autora, e qualquer semelhança com fatos reais, localidades ou pessoas, vivas ou não, é mera coincidência.

Copyright © 2014 *by* Nina Siegal

Todos os direitos reservados, incluindo o de reprodução
no todo ou em parte ou sob qualquer forma, sem a permissão escrita do editor.

Página 267: *A lição de anatomia do dr. Nicolaes Tulp* (1632), *by* Rembrandt van Rijn.
Tela, 169,5 x 216,5 cm. Reproduzido com autorização da
Images Group/REX/Shutterstock.

Edição brasileira publicada mediante acordo com a autora a/c
Marly Rusoff Literary Agency, Bronxville, Nova York, EUA.

Direitos para a língua portuguesa reservados
com exclusividade para o Brasil à
EDITORA ROCCO LTDA.
Av. Presidente Wilson, 231 – 8º andar
20030-021 - Rio de Janeiro - RJ
Tel.: (21) 3525-2000 - Fax: (21) 3525-2001
rocco@rocco.com.br
www.rocco.com.br

Printed in Brazil/Impresso no Brasil

Preparação de originais
FÁTIMA FADEL

CIP-Brasil. Catalogação na fonte.
Sindicato Nacional dos Editores de Livros, RJ.

S573L	Siegal, Nina
	A lição de anatomia / Nina Siegal; tradução de Waldéa Barcellos. – 1ª ed. – Rio de Janeiro: Rocco, 2017.
	Tradução de: The anatomy lesson. ISBN 978-85-325-3050-9 (brochura) ISBN 978-85-8122-676-7 (e-book)
	1. Ficção norte-americana. I. Barcellos, Waldéa. II. Título.
16-36842	CDD–813 CDU–821.111(73)-3

Para Joseph, Cameron e Sonia

Tegumentos sem voz ensinam. Cortes de carne, embora morta,
por esse exato motivo nos proíbem de morrer.
Enquanto com mão hábil ele retalha os membros pálidos,
eis que nos fala a eloquência do ilustre Tulp:
"Ouvinte, aprende sozinho! E enquanto fores passando pelas partes,
acredita que, mesmo na menor de todas, Deus está oculto."

– CASPAR BARLAEUS, 1639

NOTA DA AUTORA

Conheci a obra-prima de Rembrandt *A lição de anatomia do dr. Nicolaes Tulp* quando eu era criança, pois havia uma cópia na parede do escritório de meu pai, mas eu nunca soube seu título ou sua origem. Durante um seminário de história da arte num curso de pós-graduação, recebi a tarefa de "ler" um quadro – ou seja, de destrinchar a narrativa no quadro. Podíamos escolher qualquer quadro; e enquanto meu professor ia passando slides de exemplos em potencial, a imagem dessa obra-prima apareceu na tela e pensei: É esse! Vou enfim descobrir a história real por trás desse quadro.

Mudei-me para Amsterdã, atraída pela ideia de escrever um romance sobre o homem morto no quadro, Adriaen Adriaenszoon, ou Aris Kindt. Eu tinha uma bolsa para pesquisar o período, andar pelas ruas e absorver as vistas do mundo de Rembrandt. Morava em uma casa construída em 1624; trabalhava em um escritório que um dia tinha sido o depósito para a Companhia Holandesa das Índias Ocidentais. Cavalos batem os cascos ruidosos nas travessas do Centro Velho, ainda calçadas com pedras arredondadas, agora lotadas de turistas internacionais, que, se você observar de certo ângulo, poderiam ser marinheiros e mercadores. E nos arquivos públicos da cidade de Amsterdã, consegui encontrar o dossiê completo dos crimes cometidos por um ladrão reincidente chamado Aris Kindt.

Uma tarde, quando estava sentada diante do quadro original de Rembrandt, na Mauritshuis, em Haia, olhei para o cadáver quase nu na mesa de dissecação e pensei: antes que ele se tornasse o elemento principal dessa lição de anatomia, alguém tinha se importado com aquele homem. Alguém tinha tocado aquele corpo, amado aquele corpo. Esse alguém era uma mulher. Dei-lhe o nome de Flora. E foi aí que minha história começou.

I

DIA DO ENFORCAMENTO

O CORPO

À PRIMEIRA BADALADA DO SINO DE WESTERKERK, ADRIAEN ADRIAENSzoon acorda de um salto, numa prisão de pedra fria e úmida no interior do prédio da prefeitura de Amsterdã. Ele está tremendo e suando. Treme porque o inverno o atormenta, penetrando pelo seu precário colete de couro; sua por causa do pesadelo do qual acaba de ser despertado.

Não se lembra de mais do que um amontoado de símbolos – um cachorro, uma parede feita de portas, uma velha com um balde cheio de areia –, mas o medo bate forte por todo o seu corpo, insistente, exigindo que ele volte ao sono para ver o sonho até o final. Algo lhe diz que há a promessa de algum alívio do outro lado de uma das portas e uma cama para se deitar. Mas seus olhos não querem voltar a se fechar. Seus outros sentidos já registram o dia.

Cascos de cavalo pisoteiam as poças em algum lugar ali perto. Ouve-se um relincho e o som do aço batendo nas pedras do calçamento. A rua, que ele vê apenas pela janela minúscula, com a chuvarada da noite anterior. O ar cheira a solo mineral, suor e urina.

Ele faz o sinal da cruz antes de se lembrar de onde está. Então, nervoso, olha de relance ao redor, na esperança de que nenhum guarda tenha visto. Força a palma da mão calejada a passar pelo cabelo desgrenhado e se deixa encostar na parede gelada. Só há ali seu companheiro de cela, Joep van de Gheyn, o assassino do peixeiro, que ainda dorme na tábua encostada na sua própria parede. Aris limpa o suor da testa com a mão esquerda e então esfrega o coto por cima das ataduras ensanguentadas, sufocando o latejar do membro, que pulsa a cada batida de seu coração.

– Está tudo certo agora. Pronto, pronto – diz ele, massageando o braço.

Ao ouvir os sinos que dão os repiques finais da hora matinal, ele se estapeia até ficar totalmente acordado. Esse é o último dia da sua vida. A cada toque do sino, ele está um passo mais perto da forca.

LÁ FORA, O AR GELADO APRESENTA UM TOQUE FESTIVO. POR MAIS frio e úmido que o tempo esteja, com nuvens tão baixas que formam um teto acima dos telhados da cidade, ainda há uma animação crua que pulsa como uma corrente pelas vielas e pelos canais tranquilos de Amsterdã. Alguns a chamariam de sede de sangue.

As ruas reverberam com o silêncio, ocas e dominadas pela expectativa, como uma caneca vazia esperando que a encham. À medida que a aurora começa a se insinuar sorrateira pela água e pelos embarcadouros, a partir dos charcos da zona leste, trabalhadores vindos das docas chegam com tábuas para construir o cadafalso. Eles largam as tábuas na praça como se fossem pedaços de caixões, e a martelação começa. Ali perto, ambulantes estão instalando suas barracas para vender porcelana de Delft, mitenes de lã ou pão fresquinho para todos os que vierem assistir, embasbacados.

Presa com tachas à porta da prefeitura está a programação do Dia da Justiça:

- R. Pijnaker, quinze anos de idade, será açoitado com vara de vidoeiro por ter roubado intencionalmente do caixa de um taberneiro.

- A cafetina S. Zeedijk será golpeada no pescoço com um rolo para massas, por sua devassidão geral, corrupção moral e por ser dona de uma casa de libertinagem.

- Três conspiradores num assalto, R. Tolbeit, A. Schellekamp e F. Knipsheer, serão açoitados e marcados com o *A* de Amsterdã no peito antes de serem banidos da cidade por sua tentativa desavergonhada de invadir uma oficina de lapidação de diamantes.

- Um preso em cumprimento de sua pena, H. Peeters, será açoitado e marcado com lanças em brasa por violação de seu confinamento e outros atos perniciosos antes de voltar a ser recolhido para cumprir a pena de prisão perpétua.

- O condenado alemão, E. Eisenstein, flagrado fumando na casa de raspagem de madeira da prisão, que, quando repreendido, praguejou contra seus guardas e cuspiu neles, terá uma orelha decepada. Ele será devolvido à casa de raspagem para operar as serras de doze lâminas, cortando pau-brasil para tingimento, até suas mãos ficarem iguais às suas orelhas.

- O enforcamento de J. v. d. Gheyn, o famigerado assassino do bom peixeiro Joris van Dungeon.

- O enforcamento de A. Adriaensz, vulgo Aris Kindt, malfeitor e ladrão reincidente.

Adriaen Adriaensz, Adriaen, filho de Adriaen de Leiden, vulgo Aris Kindt, Hans Kindt ou Arend Kint: ele usou nomes diferentes em cidades diferentes onde foi preso, banido e preso novamente. Arend era o apelido que seu pai lhe dera, que queria dizer "águia". Hoje em dia, ele é chamado de Aris, o que não significa nada. Foram outros que acrescentaram "Kindt" ou "O Garoto" anos atrás, por conta de sua pequena estatura e porque ele ainda era ágil e imberbe quando cometeu seus primeiros crimes.

Aris aperta mais o colete no corpo, agarrando-o com sua única mão, formando um punho sobre o coração. Seu pesadelo já se fragmentou em formas — a magreza terrível do dorso de um cachorro esfaimado, um aposento com portas que dão para outras portas, suas próprias mãos pintadas de dourado, segurando um travesseiro de penas de ganso. Um travesseiro de penas de ganso.

A seu lado, roncando, está Joep van de Gheyn, o assassino do peixeiro. Por profissão, ele é alfaiate – fato que Aris em segredo considera uma ironia do destino, já que passou grande parte de sua vida adulta roubando bons casacos de alfaiatarias. Ainda dormindo, como um bebê nos braços da mãe, o alfaiate está com as mãos unidas em prece, abaixo das papadas flácidas, com o pé esquerdo chutando um agressor invisível.

Idiota, pensa Aris.

Ainda sentado, ele estica o pé na direção do companheiro de cela e cutuca Joep nas costelas, sem delicadeza.

— Durma quando estiver morto — diz ele.

Os olhos do companheiro de cela se abrem; e, sem saber que acabou de ser vítima de uma pequena agressão, ele sai tossindo do sono. O acesso de tosse continua até ele se sentar no catre, só para dar dois espirros consecutivos. Ele tira um trapo sujo do bolso e assoa o nariz prolongadamente.

— Pois bem — diz ele, piscando os olhos com a claridade do dia.

Os dois condenados ficam sentados na pequena cela, nenhum dos dois totalmente desperto. No enevoamento ocioso dessa primeira hora do último dia de sua própria vida, Aris pensa: Um travesseiro? Ele alguma vez descansou a cabeça num travesseiro de penas de ganso?

Flora, é a resposta que lhe ocorre. Quando ela cuidou dele, durante aqueles meses depois da surra que ele tinha levado na taberna. Flora. Lá estava ela, com seus ombros vigorosos, altivos, a curva felina do pescoço, aquele traseiro largo, reconfortante. Flora tinha protegido sua cabeça contundida e posto um travesseiro por baixo, não tinha?

Flora. Será que Flora estaria lá fora?

AS MÃOS

As badaladas do sino de Westerkerk podem ser ouvidas com mais nitidez na majestosa mansão à beira do canal, de propriedade do dr. Nicolaes Tulp, que está andando para lá e para cá pelo piso de mármore quadriculado de sua sala de estar. Ele está se preparando para recitar o discurso que pretende proferir hoje à noite; tendo sua mulher, Margaretha, no papel da plateia. Ela está sentada diante dele, numa cadeira de braços, de espaldar alto; no colo, uma enorme faixa de seda adamascada que ela está bordando, as mãos paradas, aguardando.

Como é agradável ter a nova igreja tão perto de casa, pensa ela, embora nem sempre aprecie o sino das meias horas. O que realmente adora é quando o organista toca alguma coisa especial na hora cheia, como seu preferido, Sweelinck. Ela gostaria de ir ver esse carrilhão uma tarde dessas, se conseguisse convencer Nicolaes a acompanhá-la. O fabriqueiro da Westerkerk já os convidou pessoalmente, por conta da posição de seu marido, é claro, mas ele ainda não aceitou o convite. Ultimamente, anda tão absorto na politicagem que não tem tempo para nenhuma atividade de lazer. Amanhã, será finalmente o dia das eleições; e hoje à noite ele tem a oportunidade de convencer os atuais burgomestres e regedores da cidade de que é um homem culto e estoico o suficiente para ser alçado a um posto superior ao de um mero magistrado.

Ela espera que o marido aceite o oferecimento do fabriqueiro. É surpreendente que uma igreja tão grandiosa seja construída tão perto de sua casa, e bem que ela gostaria de uma pequena distração que a afastasse do lar e dos cinco filhos. Talvez ela sugira o fabriqueiro como um aliado útil na campanha do marido. Eles poderiam até mesmo estar entre os primeiros visitantes daquela bela torre. Que vista não se deve ter de lá de cima!

Com formalidade, Tulp dá um passo à frente.

— Excelentíssimos e ilustríssimos senhores de Amsterdã: respeitável burgomestre Bicker, cidadãos de Amsterdã, cavalheiros da corte do regente, magistrados, inspetores *Collegii Medici*, médicos, barbeiros-cirurgiões... — começa ele, um pouco hesitante.

— Sejam bem-vindos à segunda dissecação pública de meu mandato como preletor da Guilda de Cirurgiões de Amsterdã... — prossegue ele, e Margaretha acompanha os ritmos de suas inflexões, recolhendo a melodia de sua voz, que sobe e desce pela escala. Ela começa a passar a agulha para lá e para cá pelo tecido, baixando o olhar a cada ponto para verificar seu progresso na tulipa que está incorporando às cortinas de damasco do hall de entrada.

Ela baseou o risco do bordado na tulipa *Admirael* que está num vaso na cornija da lareira, presente que o marido acaba de receber do poeta Roemer Visscher, em agradecimento pelo tratamento de cálculos em sua vesícula. Até agora, ela conseguiu completar o branco das pétalas e está continuando com as partes vermelhas; sua flor bordada não tem haste. Ela agora está pensando se deveria acrescentar uma haste; mas isso significaria ter de voltar ao andar superior para apanhar a linha verde no cesto que, distraída, deixou no patamar. A linha verde. Se ao menos tivesse se lembrado de trazer a linha verde aqui para baixo. Ela não quer perturbar o marido, que não dorme bem já há algumas noites na expectativa da importante apresentação que tem pela frente; mas, se estivesse com a linha verde, talvez conseguisse terminar essa tulipa enquanto escuta.

— A pedido dos dirigentes desta nossa nobre guilda, venho humildemente diante de todos proferir minha aula anual sobre o corpo humano e a tessitura da natureza...

Ele contratou o novo pintor do ateliê de Uylenburgh para registrar a dissecação de hoje à noite. É seu segundo ano como preletor, mas isso segue uma tradição. Cada um dos preletores anteriores, ao assumir o comando, encomendou um retrato da guilda, com o próprio preletor na posição principal. Ela espera que o pintor concentre a atenção em seus olhos gentis, quase inocentes, que foram o que a atraiu para ele e que ela ainda considera reconfortantes, sempre que levanta os olhos do bordado. Ele é um médico de enorme compaixão e conhecimento, disposto a sair às pressas no meio da noite para ver qualquer paciente. É um homem bom. Um homem de caráter.

Ela espera que o pintor capte sua cabeleira escura e sua barba generosa que lhe dá a aparência de ainda ser tão jovem. Seus olhos são só um pouquinho sonhadores, embora ele se esforce para parecer severo e perspicaz.

Talvez o pintor perceba a destreza de suas mãos, que ela sempre considerou um pouquinho femininas, de dedos longos e elegantes com que ele costuma pressionar os lábios quando está pensativo. Ele não é nenhum camponês robusto, é claro. O tom azul de suas veias é visível através da pele clara. Ele sempre teve uma espécie de palidez etérea que a fez pensar que ele estava mais próximo dos anjos. Quando dá suas palestras, ele tenta disfarçar essa palidez com um toque do ruge da mulher. Os homens que ele procura impressionar – como os que estarão reunidos hoje à noite no anfiteatro do Waag, para sua demonstração anual de anatomia – não são dignos de tanto cuidado com ele mesmo.

Do mesmo modo que consegue reconhecer a ponta rombuda da agulha agora pressionada pelo seu polegar, ela sabe que com o tempo ele alcançará sua posição natural na sociedade de Amsterdã. Agora já é o preletor principal da cidade de Amsterdã, o dr. Nicolaes Pieterszoon Tulp, às vezes chamado pelo nome latinizado: Tulpius. Ela vê como ele anseia por acelerar esse processo. Talvez o retrato em si seja um pouco prematuro.

Ele pigarreia – o súbito esvaziamento de uma sala de palestras lotada – e começa a ler o discurso novamente, do início, dessa vez experimentando um tom de voz ligeiramente mais baixo, mais sóbrio e categórico.

– Excelentíssimos e ilustríssimos senhores de Amsterdã: respeitável burgomestre Bicker, cidadãos de Amsterdã, cavalheiros da corte do regente... – diz ele, olhando para ver que sua mulher ainda está bem atenta, embora seus dedos tenham começado a passar a linha pelo bordado. – Diante de mim, cavalheiros, jaz o corpo de um criminoso notório, condenado à morte pelos meritíssimos magistrados de Amsterdã por delitos e crimes, executado por enforcamento no dia de hoje...

Ela acrescenta mais alguns detalhes vermelhos a essa tulipa e se pergunta se as cortinas com tulipas talvez não sejam um passo além do recomendável no florescimento de sua casa. Margaretha acha um pouco espalhafatoso, principalmente porque a tulipa acaba de se tornar uma mania absurda.

Quando se mudaram para essa mansão, ela era só uma pequena bobagem. Havia um frontão com uma tulipa logo acima da porta da frente; e, assim, quando comprou a carruagem para seus atendimentos noturnos em domicílio, o marido mandou pintar uma tulipa na lateral. Logo ele se tornou conhecido na cidade como o dr. Tulp, e o nome se firmou. Com o tempo, ele adotou o nome em lugar de seu nome original, Claes Pieterszoon. Afinal de contas, já havia alguns Pieterszoons na cidade, mas apenas um Tulp.

Desde então, amigos e pacientes agradecidos costumam chegar à casa de Tulp com presentes em forma de tulipa: vasos e pratos de tulipas, taças de prata com o formato de tulipas, bem como tulipas de verdade, também, enviadas por pacientes mais ricos em vasos de cerâmica com muitos gargalos pequenos, que as criadas dispõem sobre consoles, abaixo de pinturas a óleo de buquês de tulipas, com que também foram presenteados. Todas essas lindas flores significam amor e respeito; isso Margaretha sabe, mas de vez em quando não consegue deixar de ter a impressão de que não reside em uma casa, mas em um viveiro de tulipas. Ela passa a agulha pelo tecido até ela parar.

Seu marido voltou a se afastar, mas agora está vindo na sua direção. Margaretha não está exatamente escutando, e ele percebeu. Ela espera que ele não leve a mal, mas dá para ver que está agitado, procurando algum modo de atrair sua atenção. Ele folheia o manuscrito. Causando a impressão de ter tido uma nova ideia, ele passa os papéis de uma das mãos para outra, ergue então a mão livre e começa a gesticular. Está fazendo um movimento estranho, girando o pulso de um jeito meio cômico, com o indicador apontado para o teto.

— Observem o movimento de minha mão direita — experimenta ele dizer. A mão, com seu polegar oponível, como o grande Galeno nos revelou, é uma característica exclusiva do ser humano. A que devemos esse acessório que nos diferencia de todas as outras feras e criaturas bárbaras?

Ele faz uma pausa para se dirigir a ela.

— Ouvi dizer que os chimpanzés podem ter polegares oponíveis também, embora isso ainda não esteja confirmado. E me pergunto se deveria mencionar esse fato. Ou será que ele gera confusão? — reflete, passando a mão pela barba e depois erguendo-a outra vez.

Ela reprime um sorriso que tem muita vontade de se formar nos seus lábios, enquanto a mão do marido continua a girar, teatral, no ar, como a de algum orador eloquente da câmara de retórica Egelantier. Parece que ele não percebe, mas de modo abrupto afasta-se dela, cabisbaixo, resmungando alguma coisa só para si. Ele leva o punho à testa e permanece calado por um tempo. Ela baixa os olhos para verificar os detalhes em vermelho, que saíram do risco.

— Você não acha fascinante que associemos tantas coisas negativas à mão esquerda? — observa a mulher, despreocupada, depois que o silêncio se estendeu um pouco. — Pense só: *sinister*, em latim, que você usa tantas vezes no seu discurso, para designar a mão esquerda, significa "mau ou nefasto", "agourento". E, quando uma pessoa é canhota, nós receamos que ela tenha poderes de feitiçaria.

Ela ergue os olhos para ver a expressão exasperada do marido antes que ele deixe cair os braços e algumas folhas venham esvoaçando até o chão.

— Meu amor, será que você está prestando alguma atenção? — Ele agita na direção dela as páginas restantes do manuscrito. — Preciso estar com o discurso decorado para hoje à noite. Até agora, ainda não completei o texto. Vou envergonhar a mim mesmo e a toda a nossa casa.

Margaretha percebe o ar queixoso nos olhos do marido. Ela o tinha ouvido se agitar na câmara adjacente ao quarto pelo menos três vezes durante a noite. Deveria ter se levantado para aquecer um pouco de leite para ele; ou no mínimo poderia ter deixado para lá a questão da linha verde e não ter mencionado o latim agora mesmo.

Ela enfia a agulha no tecido, exatamente onde a haste atingirá a flor, e a deixa ali. Estende então a mão para segurar a do marido.

— Você está com toda a razão, meu amor. Não vou interrompê-lo outra vez. Por favor, recomece exatamente de onde parou.

O CORAÇÃO

Flora não ouve nenhum sino, nem mesmo o bimbalhar distante dos sinos de sua própria catedral, que soam pela quarta vez desde o amanhecer. Só ouve o farfalhar tranquilo dos juncos enquanto o vento sopra atravessando o Reno. Ela se ajoelha no chão atrás da casa, segurando a barriga e vomitando no capim alto.

Tinham surgido de repente essas cólicas de estômago, a boca se enchendo de bile salgada. E então, num segundo, sua garganta estava em convulsões. Já completados seis meses, ela ainda sofre com enjoos matinais, correndo de dentro de casa para o quintal, para vomitar no capim.

Ela leva comida à boca, mas o cheiro é repugnante, como se tudo de repente tivesse azedado. Um ovo cozido, talvez, ela consiga comer.

O aroma de carne de cabra cozinhando causa-lhe náuseas; o cheiro de queijo é insuportável. De manhã, porém, o enjoo vem sem a ajuda de qualquer alimento ou cheiro.

O enjoo vem de novo, com o estômago em ânsias, e mais uma vez termina antes do que ela imaginava. Assim que termina, ela se vira e fica ali deitada de costas. Ainda sente dor, mas sabe que a sensação vai diminuir. Flora abre os olhos para ver toda a abóbada celeste. Foi um amanhecer luminoso, e vai ser um dia claro, diz ela a si mesma. E, agora que os demônios escaparam de seu corpo, ela vai conseguir trabalhar. Pelo menos, com o estômago em paz.

Ela volta a pensar em Adriaen e imagina qual será a reação dele à notícia. Uma vez ele lhe disse que achava que não era o tipo certo de homem para ser pai. Adriaen nunca acha que ele mesmo tenha muito potencial para nada. Adriaen tem seus problemas e não para no mesmo lugar, mas pode ser que o bebê provoque uma mudança. Quando ele olhar em olhos tão cheios de amor e inocência, pode ser que enxergue também sua própria inocência.

É nesse instante que ela ouve os berros e o estouro forte que se segue. Ela se senta. Não. Parece mais que quebraram alguma coisa. Foi rápido e já terminou. Um grito, um estalo forte, e o som de pés correndo. Meninos criando encrenca. Ela se esforça para se levantar, ainda segurando a barriga, e começa a andar na direção da frente da casa. Se conseguir ver de relance as cabeças, mesmo de costas, enquanto eles fogem correndo, até mesmo suas roupas, ela vai saber quem são. Conhece todos os meninos dessa cidade. Todos os meninos e as mães deles.

Tinham gritado alguma coisa. Ela acha que ouviu *Gekke heg*: sebe maluca. Que coisa estranha para gritar antes de jogar pedras! Será que havia alguma coisa no quintal, no meio dos arbustos? Não. Ela se dá conta quando entra no caminho que leva à frente da casa. Um menino ainda está parado lá, mas os outros já fugiram correndo. Ele é pequeno, com o cabelo louro-claro e cacheado. Está com a boca muito aberta, como se tivesse acabado de ver um monstro marinho.

Heks, pensa ela. Foi isso o que gritaram. Bruxa. Eles a chamaram de bruxa. Bruxa maluca.

— Megera! — grita o menininho agora outra vez, antes de sair correndo para alcançar seus amigos.

Ela para onde está, com uma pedra debaixo do dedão do pé. Recua alguns passos, com medo. Pode ser que não tenham ido mesmo embora. Pode ser que estejam esperando. Pode ser que estejam escondidos atrás de uma árvore, esperando para ver se havia um homem na casa para dar proteção a ela. Eles a chamaram de bruxa. Os meninos da vizinhança tinham vindo insultá-la.

Mas por quê? Ela já tinha sido chamada de outros nomes, e talvez menos lisonjeiros. Mas nunca nada disso. Agora era alvo de pedras e xingamentos.

O que tinha feito para ofender alguém? Não conseguia pensar em nada. Desde que sua barriga tinha se arredondado, raramente saía da propriedade. Uma amiga de um sítio vizinho levava seus ovos à feira para ela; trazia-lhe mantimentos de volta.

"Será que aconteceu alguma coisa na cidade?", pergunta-se ela. Tinha ouvido rumores de uma retomada da guerra entre os remonstrantes e os contrarremonstrantes, mas o que isso tinha a ver com ela? Podia ser que os espanhóis tivessem vencido as guerras no sul e tivessem voltado? Podia ser isso. Espanhóis.

Ela entra correndo na casa para procurar qualquer coisa que possa representar uma condenação. O que eles vão procurar? O que vão levar? Existe ali alguma coisa a proteger?

Mais um barulho lá fora, e ela se sobressalta. Não foi alto. Talvez não seja nada, só o vento. Mas ela não pode ficar ali. E se os meninos voltarem? E se vierem em maior número? Ela abraça o ventre e fala com o bebê ali dentro.

— Nós estamos bem. Vamos continuar bem. Vou levar você para um lugar seguro.

Não há nada para levar, pensa ela, nada que valha a pena guardar. Mas aonde ela pode ir? Quem vai proteger eles dois? Quando os espanhóis estiveram ali da última vez, sua mãe e seus primos se esconderam na igreja. Mas será que ela ia ser aceita lá, agora que está carregando um filho sem pai?

A BOCA

O SINO DISTANTE DE WESTERKERK MESCLA SEU SOM EM DE WALLEN com os sinos mais altos de Oude Kerk e com os de Zuiderkerk – provocando um barulho estrondoso entre as orelhas de Jan Fetchet, deitado na cama de feno no celeiro do Waag, o velho prédio da balança pública da cidade, tentando enfurnar a cabeça latejante debaixo de um saco de painço.

Meu Deus, eles tocam como se estivessem anunciando o fim do mundo, pensa ele, puxando mais para perto o saco de painço. De repente, há uma erupção no feno a seu lado, como Poseidon se erguendo do mar. Ele observa e logo reconhece as muitas dobras de saia e anágua pelas quais ele abriu caminho ontem à noite, a blusa desatada, o ninho de cabelo louro escapando da touca branca...

– Uuuuh, meu boneco – geme a fera, feliz, enquanto o enlaça pelos ombros, como uma esposa. – Cá está você, meu belo sedutor. Volte para meus braços.

– Minha senhora, minha senhora – diz ele atabalhoadamente, procurando sair do feno enquanto tenta fazer com que ela volte para o lado que lhe cabe no celeiro. – Nem mesmo sei seu nome.

– Você me faz rir. – Ela fala com a voz rouca, os lábios ressecados com a poeira do sono. – Me faz rir – repete ela antes de provar sua afirmação com uma série de risadas ruidosas, como algum tipo de mula idosa tossindo.

— É mesmo — diz Fetchet, afastando-a de si. — Esse sino foi de que hora? Eu deveria estar de pé para o primeiro toque. Já estou atrasado para o trabalho; e, Deus me perdoe, não me lembro de nada da noite de ontem.

Ele se levanta para descobrir que está sem calça e perde alguns momentos revirando o feno para encontrá-la. Sua cabeça está martelando. Ele leva a mão a uma têmpora e faz pressão ali para amenizar a dor. O gosto em sua boca dá a impressão de que ela recebeu a visita de um rato durante a noite. Quando ele sopra na palma da mão, o pleno fedor dos canais passa por suas narinas.

A rapariga na cama continua a rir como se ele tivesse feito alguma piada. Assim que ele acha as calças, porém, ela se senta no feno e, séria por um instante, lembra:

— Mas você me deve sete *stuivers*. — Para reforçar sua exigência, ela agarra os cachos abundantes e os afasta do rosto, segurando-os no alto como uma coroa flamejante, enquanto pisca os estreitos olhos amarelos para parecer feroz.

Fetchet está em pé com uma perna na calça e a outra fora; a mão direita ainda fazendo pressão na cabeça dolorida.

— Bem, isso faz perfeito sentido — diz ele, enquanto, com a mão livre, tenta puxar a segunda perna da calça para seu devido lugar. Descobrindo ser impossível amarrar o cordão da cintura com uma das mãos apenas, ele por fim tira a mão da têmpora, e um gemido tremendo escapa de sua boca. A calça cai de novo. Ele se abaixa e vasculha o bolso para encontrar seu moedeiro. Atira-o para a mulher, mas ela não se esforça para apanhá-lo. Ele cai ao chão com um ruído metálico, pois está cheio do dinheiro que ele acaba de ganhar por organizar todas as provisões para a ocasião festiva da lição de anatomia. — Pegue o que quiser.

— Melhor cobrir essa sua bunda magricela — diz ela, agarrando a bolsinha, contando as moedas e aproveitando para pegar mais umas duas. — Ou vou dar mais uma mordida nela, com pagamento ou sem. — Ela começa a engatinhar na direção dele, jogando o cabelo para lá e para cá, como um pônei. Fetchet pega o moedeiro antes que ela surrupie outra moeda e joga a capa sobre os ombros. Depois, desce a escada de caibros do celeiro para chegar ao movimentado recinto da balança, atravessando a sala cheia de mercadores e comerciantes, mesmo com ela ainda atrás dele, vestindo-se enquanto avança, sem parar de provocá-lo.

— Volta aqui e eu lhe dou a próxima de graça!

Acabando de sair do prédio da balança pública, para o ar revigorante da praça lotada ali em frente, ele enfia o moedeiro de volta no bolso. Passa pela fileira de cavalos amarrados diante do prédio, apanha nas mãos em concha um pouco de água do cocho deles, leva-a à boca e gargareja, cuspindo-a na terra batida. Um cavalo se assusta, e ele usa a crina para secar as mãos. A rameira o acompanha quando ele entra na praça e, ao conseguir alcançá-lo, tenta lhe dar um beijo de despedida.

— Ai, você corre demais.

Ele a afasta com um empurrão.

— Ora, você já ganhou seus *stuivers*.

De qualquer modo, ela consegue lhe aplicar um beijo, bem na boca; e, depois que por fim o solta, ele a observa ir embora, saltitante, tonta e sorridente, como se um caso de amor tivesse começado. Quando ela acena uma despedida final com seus dedinhos roliços, ele reprime a bile no fundo da garganta. Mais uma vez, é forçado a se lembrar dos males do excesso da cerveja.

Dessa vez, ele mergulha a cabeça inteira no cocho dos cavalos. Deixa a água gelada cobrir seu rosto e esfrega a boca com as duas mãos. Treme de frio, mas agora está acordado. Bem quando está se endireitando, e sentindo a rigidez das costas doloridas, ele ouve uma voz que chama do outro lado da praça. Um jovem mensageiro se aproxima dele.

— O senhor é Jan Fetchet, não é? — pergunta o garoto.

— Quem quer saber? — responde Fetchet.

— Tenho uma mensagem de um T. Rotzak, marinheiro do navio *Lioness* da Companhia das Índias Orientais, para o negociante de raridades

Jan Fetchet. Um feirante me indicou o senhor. O senhor é Jan Fetchet? Se não for, pode me dizer onde o encontro?

Fetchet conhece bem o nome de Rotzak; é um dos marinheiros que lhe fornecem raridades.

— Sim, sim, você encontrou a pessoa certa. Ele já pagou pelo serviço?

— Pagou, sim, senhor — diz o garoto, antes de passar o bilhete para a palma da mão de Fetchet. O garoto fica mudando de pé de apoio enquanto Fetchet lê a mensagem, que é curta e direta.

— Anote duas mensagens — diz ele ao mensageiro. — Uma é para Rotzak, a outra para o Mestre van Rijn na Sint Antoniesbreestraat, o pintor que dirige a academia na casa de Uylenburgh.

O garoto distraído rabisca as duas mensagens que lhe são ditadas, mostra-as a Fetchet para que ele as aprove e estende a mão para receber o pagamento. Fetchet enfia a mão no moedeiro ainda pesado e entrega ao garoto dois *doits*. O mensageiro faz uma pequena reverência e sai em disparada pela praça apinhada de gente. Em segundos, ele desaparece.

Agora, ao trabalho, pensa Fetchet. A carne do açougueiro, o queijo do mercado de queijos, pães da padaria, legumes da quitanda e depois o cadáver das mãos do carrasco. Quando Joep van de Gheyn, o assassino do peixeiro, estiver pendurado na forca, tudo o que terão de fazer é cortar a corda para ele cair direto na carroça de Fetchet.

Coitado do pobre Joep, pensa Fetchet quando começa a se dirigir para a praça de Nieuwmarkt. Bem, pelo menos existe um homem em Amsterdã que é mais perverso do que eu.

A MENTE

— Ora vejam só — diz René Descartes, que está no meio de uma negociação do preço de um cordeiro na Kalverstraat com o mais mesquinho da meia dúzia de açougueiros dali, quando o sino de Westerkerk soa, com suas badaladas que reverberam pelo beco estreito e por todo o matadouro. – Os sinos da igreja estão tocando de novo, o que significa que já faz meia hora que estamos regateando.

O toque dos sinos provoca de repente uns mugidos do gado mais adiante na travessa.

– Notável – diz Descartes. – Os animais estão em maior harmonia que os homens.

– Concordo, senhor – diz o açougueiro, um homem de bochechas agradavelmente vermelhas, com uma barriga gigantesca e bastos cabelos brancos. – Como dizem, é sempre melhor um amigo do que dinheiro no bolso.

Descartes não sabe ao certo que grau de sarcasmo foi acrescentado a esse ditado, já que não chegou a conhecer sequer um holandês que preferisse um amigo a um florim. Ele fica ali parado um instante, pensando na resposta a dar, enquanto os sinos terminam suas badaladas.

– Amigos, então – responde ele, por fim.

O açougueiro sorri, revelando um grande espaço entre seus dois dentes centrais.

Uma cidade com tantos remonstrantes e incréus; e, mesmo assim, ainda com esse constante bimbalhar de sinos católicos, reflete ele enquanto o açougueiro espera pelo pagamento. Eles montam uma revolta contra a Igreja, constroem uma capital com base na adoração ao poderoso florim e, ainda assim, continuam a contar as horas pela torre da igreja.

Mas são prósperos, esses amsterdameses, num grau inimaginável. São, porém, tão mesquinhos que ele precisa barganhar o tempo todo. E conta mais uma vez as moedas na palma da mão. Ele não tinha pagado metade desse valor há não mais que duas semanas a esse mesmo açougueiro?

Mas espere aí. Seu criado tinha mencionado a nova taxa de câmbio do florim para a libra francesa, e ele acaba de receber pagamento por suas *Meditações* em libras francesas. O criado teria dito que os mercados tinham chegado ao pico? Foi essa a palavra que ele usou, "pico"? Todo mundo nesta cidade fala o jargão dos negociantes, não é?

Pois não é que agora ele estava ficando confuso? Não seria *ele* que estava sendo sovina? Será que não era o inverso, e uma semana atrás ele tinha pagado o dobro? Descartes, um matemático de renome mundial, desconcertado por essa questão perfeitamente simples, entrega todas as moedas que traz.

— Tem razão. Não devemos desperdiçar nossa juventude regateando.

O açougueiro concorda, com um sorriso afetado, e, depois de embolsar o dinheiro, sai para ir buscar o animal. Descartes repreende a si mesmo: deveria aprender a encarregar seus criados dessas tarefas. Eles estão mais familiarizados com a matemática simples em meio ao caos do comércio. Entretanto, é tão cansativo ter de explicar para eles repetidamente que o que lhe interessa não é a *carne*.

Enquanto o açougueiro está apanhando a carcaça, o matemático abaixa-se para recolher um dos *stuivers* que caiu do moedeiro para o chão da rua.

— Monsieur Descartes — vem uma voz por trás dele, seguida de imediato por uma forte pancada nas costas. — Vejo que voltou dos charcos para a metrópole. Bem, pelo menos não está com muita aparência de campônio.

O homem que se dirige a ele é tão alto que o francês miúdo leva um momento para levantar os olhos até seu rosto. No caminho para chegar lá, ele percebe o refinamento de um verdadeiro almofadinha holandês: os sapatos pretos de seda francesa ornamentados com flores pretas, meias e calções brancos, um gibão de linho lustroso com mangas de tiras e uma capa ornada com renda de bilro, aberta como se ele não estivesse sentindo o menor frio, além de um chapéu de aba larga enfeitado com penas de... bem, é isso mesmo, de pavão.

— Boa tarde, *Mijnheer* Visscher — diz Descartes, ainda sem conseguir se lembrar do primeiro nome desse seu conhecido. — Permite que lhe pergunte o que traz um homem de sua estirpe a essa viela sanguinolenta?

— Eu deveria lhe fazer a mesma pergunta, meu amigo. É raro que eu tope com intelectuais no bairro dos açougueiros. Minha desculpa é que esse é um atalho simples para chegar à Sint Antoniesbreestraat, onde devo me reunir a um círculo de especialistas em arte na academia de Uylenburgh. Vamos ser recebidos por um pintor cujo nome está na boca de todos, algum Harmanszoon ou coisa parecida. Conhece o nome?

— Creio que não.

— Parece que ele causou uma boa impressão em Huygens com suas pinturas bíblicas e agora está fazendo retratos de cidadãos da elite. Verdade seja dita, programei todos os tipos de atividades para mim mesmo hoje só para poder evitar o festival. As ruas estão apinhadas de estrangeiros.

O comentário o atinge, pois o próprio Descartes é, naturalmente, um estrangeiro, mas ele suspeita que o cavalheiro não tenha tido a intenção de ofendê-lo.

— Minha desculpa é, como de costume, o trabalho. Estou fazendo uma pequena pesquisa de anatomia, como amador, para ajudar minha busca pela alma no corpo — diz Descartes. Ele vê o rosto do interlocutor se contorcer numa expressão que poderia ser de aversão pelo tema ou pela pretensão acadêmica. E acrescenta: — Acho agradáveis as imagens e os aromas dos mercados de Amsterdã; e os açougueiros são negociantes tão espertos.

Enquanto isso, Descartes conseguiu se lembrar do nome: Nicholas Visscher. É isso mesmo — o cartógrafo. Primo do comerciante e poeta Roemer Visscher. Eles todos tinham se conhecido no inverno anterior em uma daquelas festas majestosas em uma daquelas mansões gigantescas à margem do Amstel.

— Falando nisso, suponho que o vejamos hoje à noite na apresentação de anatomia — diz Visscher. — Creio que você gostará de nosso Tulpius, um espírito irmão. Ouvi dizer que ele pretende discorrer sobre Galeno.

Ah, Tulp, sim. Com frequência garantiram a Descartes que ele tem muito em comum com o preletor da cidade, comparação que ele considera um pouco incômoda. Pois ele é um grande matemático; tem certeza de que está destinado a transformar a ciência. E o preletor é tão somente um médico da cidade, que também faz necropsias.

É nesse momento que Descartes se dá conta de ter se metido numa pequena encrenca ao sair de seus aposentos na Oud Prins hoje. O principal preletor da cidade, aquele mesmo Tulp, de fato o convidara para a lição de anatomia anual, convite que ele recusara com a desculpa de que tinha planejado passar a semana em Deventer com seu amigo e colega de pesquisas Henri Reneri. Só que agora ele tinha sido visto por Visscher, que sem dúvida mencionaria o encontro a seu primo Roemer, que decerto o mencionaria a Tulpius, seu próprio médico e amigo íntimo. A transmissão de informações era veloz nesses círculos da elite da cidade.

— Já ouvi muitos louvores a seu preletor, embora ainda não tenhamos sido apresentados — responde Descartes. — Recusei o convite porque achei que estaria fora daqui esta semana. É claro que não deixaria passar uma oportunidade tão importante, se não fosse assim. Infelizmente, perdi essa chance.

— Bobagem. Vou arrumar um lugar para você — anuncia Visscher — bem na primeira fileira, com a nobreza. Meu primo também vai gostar muito de vê-lo outra vez, tenho certeza. E imagino que você e o grande Tulpius terão muito em comum.

— Entendo que ele pretende derrubar a teoria da circulação do sangue de William Harvey — responde Descartes, simpático, apesar de desejar que pelo menos dessa vez Visscher tivesse controlado sua generosidade. — É difícil visualizar como ele imagina que o coração bombeia o sangue, mas de fato são descobertas muito importantes que ele está fazendo do outro lado do Canal da Mancha. Sua lógica é um pouco aristotélica para meu gosto, mas devemos reconhecer seu mérito.

— Disso você entende mais do que eu — diz Visscher, como se essa descoberta não fizesse a menor diferença para ele. — Ouça, é bom você estar aqui na cidade. Um homem culto não deveria passar muito tempo na companhia de cabras e camponesas. — Ele pisca um olho, batendo novamente nas costas de Descartes, dessa vez com tanta força que quase faz com que Descartes perca o equilíbrio.

— Não é tempo perdido — defende-se Descartes, apesar de não ser necessário. — Estou no momento elaborando uma resposta para dar a Golius, o que poderia ser do seu interesse, pois diz respeito às observações dele sobre a refração.

— Realmente, eu gostaria muito de ler esse texto — disse Visscher. — Só não sei quando vou ter tempo. Passo o dia inteiro contratando encarregados de expedição e administradores. Quem teria imaginado alguns anos atrás que cresceríamos tão rápido? Parece que todo mundo no planeta agora precisa ter um mapa.

Descartes está pensando em como mudar seus planos para conseguir comparecer à lição de anatomia dessa noite. Sua intenção tinha sido a de passar o dia em seus aposentos, escrevendo e dissecando a carcaça. Agora não terá tempo suficiente para os dois compromissos.

Como se tivesse recebido uma deixa, o açougueiro retorna, trazendo nos braços o cordeiro morto. Ele o deposita aos pés de Descartes.

— Está planejando jantar antes do banquete? — admira-se Visscher em voz alta.

A resposta de Descartes — lembrando ao cartógrafo seu interesse de amador por anatomia — é abafada por uma explosão de gritos numa banca de carnes próxima. Um garoto que conduz um rebanho de carneiros passa aos empurrões pelos homens, praguejando contra eles por atrapalharem a passagem. Visscher abana a cabeça, com ar de desaprovação.

— Esses homens são parecidos demais com os animais de que cuidam — declara ele. — Este não é meu lugar. Não devo me deter. Não se preocupe com sua entrada para a lição de anatomia. Vou obtê-la, e nos encontramos lá. Conto com sua presença hoje à noite, então.

— Sim, eu lhe agradeço — responde Descartes. — Sim, é claro, até mais tarde. — Ele faz uma profunda reverência para o holandês, que já está abrindo caminho pela viela.

OS OLHOS

Enquanto isso, Rembrandt Harmenszoon van Rijn está no ateliê em sua academia de pintura na Sint Antoniesbreestraat, examinando uma peça de linho que comprou hoje de manhã de um fornecedor de tecidos para velas de barcos, junto ao cais. Está impressionado; é um belo tecido, forte e liso, mas ele precisará cortá-lo para ajustá-lo às dimensões da tela que pretende pintar. É uma enorme quantidade de tecido para um único quadro — uma peça muito maior do que qualquer outra que ele já tenha usado — e foi uma despesa altíssima.

Normalmente, ele teria comprado duas alturas de tecido comum e as teria unido, empregando uma base ligeiramente mais espessa. Com isso, teria poupado aqueles florins; mas ele não quer que qualquer sombra de linha prejudique a continuidade dessa obra específica. É a maior encomenda que recebeu desde que chegou a Amsterdã, já há seis meses, e ele não pode permitir que pequenos detalhes destruam esse trabalho promissor.

Os sinos estão tocando na Zuiderkerk, bem ali do outro lado de Oude Schans. É um lembrete de que os *liefhebbers* estarão chegando a qualquer instante para sua visita semanal ao ateliê, na companhia do mestre. Essa é mais uma exigência entediante de seu novo posto como mestre da academia de Uylenburgh. Ele deve aparentar estar satisfeito e demonstrar cortesia quando esses endinheirados amantes da arte vêm perambular pelo seu ateliê. Ele deve beijar suas luvas, sorrir e fazer reverências, na esperança de que um dia eles se dignem de comprar um quadro.

Para o pintor, isso é enfurecedor. Ele aceitou esse posto na academia de Uylenburgh, acreditando que venderia mais nesta cidade amante da arte do que em sua cidadezinha tacanha de Leiden. Como acabou se revelando, entrar para o ateliê de Uylenburgh não foi exatamente uma indicação. Ele precisou "emprestar" a seu agente mil florins para tornar-se um "investidor" no negócio.

Recentemente descobriu, também, que para todos os fins não tinha permissão para trabalhar como mestre em Amsterdã, por conta de regulamentos da cidade que proibiam pessoas de fora de entrar para a Guilda de Sint Lucas, a associação dos pintores. Para manter a atividade de pintor na cidade, ele precisava trabalhar para um ateliê por no mínimo dois anos. Nesse sentido, ele está vinculado a Uylenburgh por enquanto, até conseguir ser aceito como membro da guilda.

Nesse meio-tempo, Uylenburgh está deduzindo cinquenta por cento de cada pagamento por encomenda, para cobrir "despesas gerais do ateliê, taxa de manutenção da guilda, alojamento e alimentação, bem como contatos". E a matéria-prima ele ainda precisa pagar do próprio bolso! Rembrandt sente uma náusea quando pensa em quanto dinheiro adiantou para comprar todos esses produtos, incluindo o tecido da tela e os minerais.

Pelo menos parte do valor cobrado pelo retrato do grupo deve começar a entrar mais tarde nessa mesma semana. Quatro membros da guilda já posaram para seu retrato; Tulp e mais dois já marcaram hora para posar; e um aprendiz, Jacob Colevelt, esteve em negociação com Uylenburgh para unir-se ao grupo. A cem florins por cabeça para os membros comuns mais cento e cinquenta para a figura central, o dr. Tulp, ele calcula consigo mesmo que deve receber pelo menos oitocentos e cinquenta florins, ou talvez novecentos e cinquenta, se Colevelt entrar para o grupo.

— Tomas, venha me ajudar a levantar essa peça — ordena ele a um dos aprendizes, que está preparando a base para o quadro, usando uma receita da Itália, com uma boa quantidade de ocre vermelho, que exigiu o uso de cola de pele de coelho. O coelho foi abatido ao amanhecer, e a gordura foi arrancada de sua pele. O coelho em si está agora nas mãos da cozinheira para o ensopado de hoje à noite.

O aprendiz limpa a faca na bata e segue as instruções do mestre.

– Quando eu disser três – avisa Rembrandt. – Um, dois... vamos levá-la para junto do cavalete... três.

Eles levantam com esforço o rolo comprido, que na realidade não é tão pesado, mas desajeitado, e o levam para o centro da sala, depositando-o no assoalho entre dois cavaletes que Tomas vem usando para fazer um estudo sobre um dos quadros de Rembrandt. O original está num cavalete. A cópia de Tomas, no outro.

Assim que solta a peça de tecido, Rembrandt endireita o corpo e tira um momento para observar a obra do aluno. O tema é a ceia de Cristo em Emaús. E retrata o instante em que o Jesus ressuscitado, que vem viajando incógnito há um bom tempo com os discípulos, se revela durante uma refeição numa hospedaria. Rembrandt não está satisfeito com seu próprio quadro, que mostra os discípulos na claridade e Cristo na sombra; e acha que esse contraste parece forçado demais. Mas o que pode fazer? Trabalho anterior é trabalho anterior. Ele pode retomar o tema mais tarde, trabalhar melhor nele, da forma possível.

De qualquer maneira, Tomas parece estar progredindo. Há uma boa noção de volume no espaço da hospedaria; os dois discípulos e Cristo estão nitidamente em primeiro plano, e o aprendiz conseguiu criar perspectiva suficiente nesse espaço apertado para que a criada pareça estar bem distante no pano de fundo, isolada da ação.

– Você fez muito progresso nos últimos dias – diz Rembrandt ao jovem, que ele percebe ter ficado ligeiramente pálido desde que o mestre parou para observar seu trabalho. – Está muito boa sua reprodução das feições de Cléofas. – De fato, a surpresa no rosto do discípulo é palpável, à medida que ele se dá conta de que o homem, que ele supunha ser um caminhante qualquer, ressurgiu dos mortos três dias após sua crucificação.

– Você ainda está tendo problemas com o claro-escuro – prossegue Rembrandt. – Esse discípulo de joelhos está claro demais, se você quiser que Cristo se apresente numa sombra tão acentuada. É preciso pensar em todas as figuras com relação à fonte de luz e em como e onde ela ilumina suas feições.

– Sim, mestre. Era minha intenção acertar primeiro as feições e depois trabalhar no sombreamento.

Rembrandt acha que o aprendiz está só se defendendo, sem ter captado que essa orientação é importante.

– Não se trata de uma questão de técnica, mas de narrativa – diz ele, detendo-se no ponto. – Lembre-se de que os discípulos vinham andando com Jesus no escuro havia horas antes que chegassem a esse lugarejo e se sentassem para comer. É só quando o hospedeiro acende a lâmpada que ocorre a revelação. A luz é crucial. A luz *e* a escuridão ao redor.

Dessa vez Tomas não se arrisca.

– É, estou vendo o que o mestre está dizendo. Vou trabalhar nisso, senhor. Ainda tenho muito o que fazer nesse quadro.

– Não desanime se não acertar logo de imediato – diz Rembrandt, pousando a mão reconfortante no ombro do aprendiz e se lembrando, por um rápido instante, de como era estar no lugar desse garoto uns doze anos atrás. – Leva tempo. Continue trabalhando nele. – Ele recua alguns passos. – Muito bem, vamos precisar tirar essas duas obras dos cavaletes para abrir espaço suficiente para o esticador do novo quadro. Vamos pôr seu quadro na sala auxiliar para você poder continuar lá. Pense só em de onde vem a luz. Isso criará todo o drama de que vai precisar.

Seu outro aprendiz, Joris, está em pé diante da mesa dos pigmentos no canto, cercado por cumbucas de cerâmica e taças de vidro com os minerais encomendados: terra de cassel, sombra, laca vermelha, vermelhão, ocre amarelo, ocre vermelho, além do chumbo para o branco e uma quantidade especialmente grande de negro de marfim para o preto.

Alguns dos minerais foram moídos previamente, e o aprendiz só precisa incorporar o óleo de linhaça a eles, com o uso de uma moleta de pedra e uma espátula. Outros precisam ser moídos até se tornarem um pó finíssimo antes de poderem ser acrescentados ao aglutinante.

Ele avança alguns passos e olha para sua própria versão da ceia de Emaús. Volta a pensar que exagerou no contraste. Não se consegue ver o rosto de Cristo; é só a reação de Cléofas que pode ser vista com clareza. E essa reação é de puro medo. Foi assim que ele interpretou a história no evangelho de Lucas quando era mais jovem — imaginando basicamente o espanto e o terror de encarar um homem que renasceu da sepultura. Agora, alguns anos mais velho, ele acha que talvez tenha calculado mal a reação de Cléofas. Ele poderia ter sentido tanto assombro quanto medo; poderia, pelo menos, ter aparentado estar mais convencido da divindade.

Rembrandt tira seu próprio *Emaús* do cavalete e o carrega para a mesma sala aonde Tomas levou a cópia. Ali, num divã, está uma mulher totalmente nua, encostada numa pilha de travesseiros. Seu cabelo está puxado para trás, meio frouxo, em torno da cabeça, e algumas flores foram entremeadas nos cachos desarrumados. Um lençol cobre seus tornozelos, e só.

Ela mal percebe a intromissão, pois está ocupada mordendo os lábios para torná-los mais vermelhos.

— Esse seu novo rapaz é nervoso demais — diz ela a Rembrandt, toda alegre, quase sem olhar para o aprendiz segurando o bloco de esboços e o carvão, do outro lado da sala. — As mãos dele tremem tanto que ele não vai conseguir fazer uma linha reta.

Rembrandt encosta seu quadro numa parede e se aproxima, sentando-se junto dela no divã. Ele vai subindo os dedos pela coxa da mulher e agarra um bom punhado da sua carne.

— Ainda bem que não há nenhuma linha reta para traçar nesse caso. — Ela se debate, mas não se afasta. — Só curvas.

Ela reprime risinhos e se deixa cair para trás. Ele beija os seios da modelo diante dos olhos dos aprendizes. Depois se senta empertigado e observa o corpo dela.

– Sua pele está morena demais. Vamos passar um pouco de talco. Quero uma Dânae pálida. Muito pálida e virginal.

– Mas nós sabemos que não sou nem uma coisa nem outra.

– Estamos trabalhando com alegorias, minha cara.

Ouve-se uma batida na porta.

– Entre! – grita Rembrandt, empertigando-se, ainda sentado.

Por trás da porta, sua criada, Femke, avisa:

– Senhor, os *liefhebbers* chegaram.

– Obrigado, Femke – diz ele, sem se voltar para olhar.

Femke pigarreia.

– Além disso, senhor, o jovem Isaac gostaria que eu lhe dissesse que ele continuará o trabalho com as chapas de gravação, mas solicita permissão para vir juntar-se ao senhor no ateliê agora, se não for cedo demais. E também, senhor, o cirurgião Nicolaes Tulp chegará daqui a uma hora para posar. A mulher dele enviou um bilhete com o pedido de que o senhor o libere de volta para casa assim que tiver terminado. A essa hora, o centro da cidade já estará apinhado de gente para o Dia da Justiça.

Rembrandt volta-se para ver a expressão apavorada no rosto da criada quando ela entra no aposento e faz uma mesura diante dele. A essa altura ela já está acostumada às mulheres dele, mas, ainda assim, enrubesce.

– Estou esperando os *liefhebbers* desde que soou a hora. Portanto, eles talvez possam esperar por mim um instante – responde Rembrandt, sem grosseria. Ele se levanta, espana as mangas da camisa e se afasta da modelo para aliviar o constrangimento de Femke. – Não prenderei Tulp aqui. Por favor, mande avisar sua mulher, para tranquilizá-la. Diga a Isaac que ele pode subir depois de ter verificado a prensa de gravação, mas acredito que estejamos com pouca cera. Os pintores visitantes chegam na próxima hora, certo?

— Sim, mestre Rembrandt — responde ela. — Eles vão querer fazer um tour pelo ateliê.

— Peça, por favor, a Sabine que prepare um traje adequado para mim. E explique a eles que nós usamos modelos-vivos para nossas figuras míticas, para que não se escandalizem com nossa modelo aqui.

A boca da criada forma uma sugestão de sorriso.

— Posso lhe trazer um pouco de cerveja, senhor?

— Sim, Femke, minha caneca está vazia. Depois de enchê-la, deixe que os *liefhebbers* entrem.

Femke faz mais uma mesura, mas não se vai, embora seu olhar esteja fixo no chão.

— Lamento prolongar minha interrupção, senhor — acrescenta ela.

— Pois não? Mais alguma coisa?

— Chegou um bilhete para o senhor daquele malandro de cais, insolente, que chamam de Fetchet.

Rembrandt dá uma risada.

— Femke, o que ele lhe fez?

— Nada, senhor. É só o que ouço das outras garotas a respeito dele.

— Ele é um negociante de curiosidades, Femke, o que significa que é necessário que seja um malandro de cais insolente. De que outro modo conseguiria desencavar essas raridades exóticas que eu procuro? — Ele estende a mão para que ela lhe traga o bilhete.

Femke dá alguns passos e lhe apresenta um pedaço de papel, como se estivesse segurando pelo rabo um camundongo morto.

Ele ri, aceitando o papel.

— Agora fiquei realmente curioso. — Rembrandt sai do aposento, voltando para o ateliê principal. Ele lê o que o bilhete diz e então usa um pedaço de carvão para escrever uma resposta no verso do papel, entregando-o a Femke. — Concordei em recebê-lo antes do meio-dia. Deixe-o subir quando chegar.

Antes de mais nada, tornar-se ele mesmo apresentável. Ainda está usando sua camisa de pintor e calções de lã preta, sem gibão ou colete. Talvez devesse vestir alguma coisa mais condizente com esse público elegante. No piso, mais para um lado do ateliê, estão algumas roupas que pegou emprestadas com Uylenburgh para posar para um novo autorretrato: uma pelerine preta, uma capa forrada de pele, um par de luvas de equitação, pretas e longas, o gorjal de estanho de um soldado e um manto bordado, de um vermelho vivo. Todas essas peças parecem fantasias em vez de roupas: despropositadas e majestosas demais.

Pega um espelho de mão na mesa de apoio e examina o próprio rosto. Inclina o espelho para tentar captar alguma pequena claridade do céu enfarruscado. Seu rosto parece encolhido; o nariz muito abatatado; os lábios muito murchos; a testa já enrugada aos vinte e seis anos. Os pelos escuros no seu peito brotam em torno da gola não amarrada, e bem que ele poderia se barbear. Seu cabelo também não está penteado. Rebelde, ruivo, crespo, ele é sempre um matagal pelo qual nenhum pente ousa se aventurar. Rembrandt põe na palma das mãos uma pequena quantidade de cera de gravação e leva as mãos ao cabelo, tentando dar-lhe forma. Talvez uma boina ajudasse a manter o cabelo no lugar, pensa.

Ele usa a cera restante para abaixar os pelinhos desgarrados no seu queixo. Por mais rebelde que seu cabelo seja, os pelos que brotam no seu queixo são teimosos, inflexíveis e desiguais, como o pelo de um cão sarnento. Ele sempre tenta aparar o que surge, com exceção de uma fina linha horizontal abaixo do lábio inferior e da penugem ruiva que consegue encontrar solo fértil acima do lábio superior. Apanha um gorjal branco e o enrola no pescoço, acrescentando ao traje o que espera ser um toque de formalidade, já que não há uma gola de rufos à mão.

Mais uma olhadinha no espelho antes que alguém o pegue em flagrante: tentemos não ser vaidosos demais.

O CORPO

Joep e Aris estão sentados em silêncio, sem conseguir ignorar o som da multidão que está se reunindo lá fora na praça. O barulho vai crescendo cada vez mais até eles serem forçados a tapar as orelhas com as mãos ou a conversar um com o outro.

– Acho que vão zombar de nós... – diz o companheiro de cela, Joep, o alfaiate.

Aris ergue os olhos do chão para ver se seu companheiro de cela está fazendo uma pergunta ou uma piada. Pela primeira vez, desde que estão juntos na cela, ocorre a Aris como seu companheiro parece pequeno e frágil, como seus ombros se curvam para a frente como que para proteger o peito. Ou talvez todos aqueles anos costurando o tenham deixado encurvado desse jeito.

– É desnecessário, você não acha? Já estamos perdidos – acrescenta o alfaiate, em tom queixoso.

– Você nunca assistiu a um enforcamento? – pergunta Aris.

O alfaiate faz que não, franzindo a testa, como se a sugestão fosse absurda.

– Uma coisa dessas não me agradaria nem um pouco.

Aris dá uma risada.

– Que foi? – pergunta Joep. – Qual é a graça?

Vendo a expressão realmente séria do alfaiate, Aris ri ainda mais.

– Quer dizer que hoje é seu primeiro enforcamento, e vai ser o seu. Você precisa admitir que é um pouco engraçado.

O alfaiate muda de posição em sua tábua, sem encontrar nada de cômico no assunto.

– Já desempenhei meu papel em muitos Dias da Justiça – diz Aris, com um pouco de orgulho. – Uma vez, cheguei a ser içado em Haarlem. Eles me açoitaram, me marcaram com ferro quente, puseram o laço em volta do meu pescoço e simplesmente me deixaram ali na corda. Exposto ao público por três dias.

Joep empalidece, como se tivesse acabado de se dar conta de que tinha sido condenado. Ele fica puxando o colarinho da camisa. Sua respiração é fraca, e Aris acha que ele talvez comece a tossir, a espirrar de novo, ou as duas coisas.

— O magistrado ainda vai me ouvir, não vai? — diz Joep, praticamente para si mesmo. — Eu realmente não me defendi quando deveria. Ainda tenho tempo, não tenho?

— O magistrado não pode fazer nada por nós agora, alfaiate. Mas não se preocupe. Se você for inocente, como diz que é, logo estará sendo recebido na glória. Ou, se for tão culpado quanto eu, vai se divertir bastante comigo na danação eterna. Pelo menos desse modo, você vai ter testemunhas da sua morte e não vai morrer congelado num beco, em total solidão.

A voz de Aris está rouca e exausta. Ele não reconfortou o alfaiate, que ainda aparenta um medo de dar dó. O pobre coitado concorda em silêncio, mas não solta o colarinho. Ele balança para lá e para cá.

— Se não se importar, vou me ajoelhar para rezar — diz ele, depois de alguma reflexão.

Aris dá de ombros. O alfaiate desce devagar do banco para o chão, com os joelhos encontrando na terra batida as impressões que já fizeram ali algumas vezes. Assim que une as mãos, ele olha para Aris, por cima do ombro.

— Por que não reza comigo? — pergunta ele.

— Já lhe disse, alfaiate, abandonei esse mau hábito ainda jovem.

— Sei que você teve seus desentendimentos com Deus, mas lembre-se de que ele se importa com todas as almas e está sempre escutando. Se você se arrepender agora, ele o ouvirá.

Aris faz que não.

— Ouço o que você diz aí embaixo, Joep. Você não está se arrependendo. Você ainda está dizendo a Deus que ele deveria saber que você é inocente. Que tipo de salvação vai conseguir com isso?

— Deus sabe a verdade. Sabe que não pequei. Ele me protegerá.

— Vá em frente, então, alfaiate. O tempo está passando.

Aris já esteve em muitas celas com muitos homens que alegavam inocência. Ele mesmo já fez isso quando era inocente, e às vezes quando não era. E sabe como o desespero se apresenta. Esse alfaiate é tão frágil e tímido que é difícil imaginar que uma mosca se sentiria preocupada diante dele, quanto mais um robusto peixeiro. No que diz respeito a si mesmo, Aris não tem nada a dizer a Deus. Já se conformou com seu destino há muito tempo.

O alfaiate começa a rezar num sussurro.

— Ó Deus, santo redentor, que não determinais a morte de um pecador, mas, sim, que ele se converta e viva, eu vos imploro, pela intercessão da abençoada Virgem Maria... escutai minha prece. Pequei, Senhor, cobicei a mulher do próximo, mas vós, Deus que tudo vedes, sabeis que meus pecados não ultrapassaram o pensamento. Senhor... se estais me escutando...

Olhando para as costas do alfaiate, Aris pensa nas costas de seu pai, tantas vezes curvadas naquela mesma postura, com as mãos unidas no esforço da devoção. A última vez que ele rezara tinha sido ao lado do pai. Mas isso foi em outra vida.

— Ó Jesus, misericordioso, amante das almas, eu vos imploro, pela agonia de vosso santíssimo coração e pelas dores de vossa imaculada mãe, que purifiqueis com vosso sangue os pecadores que devem morrer no dia de hoje...

Aris para de prestar atenção ao alfaiate. Ele não tinha tentado retratar sua confissão. Sabia que esse crime era tão grave que eles tentariam prendê-lo outra vez na casa de correção, e ele não poderia viver daquele jeito, como um homem numa gaiola. Uma vez em Utrecht, quando foi condenado a oito anos, ele tinha planejado esfaquear um guarda para conseguir ser enforcado. Melhor isso que viver numa casa de raspagem. E ele teria executado o plano, se não tivesse sentido pena de seus carcereiros.

— Contemplai, Senhor, os pecadores nesta cela. Vede minha inocência e redimi esse pecador que está a meu lado, recusando-se a buscar vosso perdão. É a ignorância dele que o torna orgulhoso. Como eu, Senhor, ele é um frágil pecador, e merece vossa máxima compaixão...

— Epa! — interrompe-o Aris. — Não gaste sua saliva comigo, alfaiate. Trate de se salvar, e deixe que os outros sejam condenados à danação eterna.

Joep abre um olho para ver até que ponto enfureceu seu companheiro de cela. Suas mãos ainda estão unidas, e sua cabeça ainda está baixa.

— Eu vos suplico a graça de persuadir esse pecador, que corre o risco de ir para o inferno, a se arrepender — prossegue ele, hesitante, fechando os olhos e se abaixando mais, para a eventualidade de Aris decidir atacá-lo. — Isso eu vos peço por minha confiança em vossa imensa misericórdia. Amém.

O alfaiate faz uma última reverência até o chão e se agacha. Quando abre os olhos, volta-se e sorri com serenidade para Aris. Esse sorriso, com toda a sua consolação, faz com que Aris tenha vontade de cuspir no alfaiate ou de dizer alguma coisa cruel que o devolva a seu devido lugar, que lhe relembre que eles dois são iguais: ambos destinados a encarar o carrasco em poucos minutos.

— Está desperdiçando suas preces — diz Aris.

— A compaixão nunca é desperdiçada — diz Joep, calmamente. — Você pode se juntar a mim na glória de Deus. Mas antes é preciso que se arrependa. Você precisa se confessar de alma aberta.

Aris não responde ao alfaiate. Ele se desloca para outro lado do banco, para se afastar um pouco e não agredir o pilantra carola. E, então, descobrindo que essa distância não basta, ele se levanta e vai até o canto da cela.

— Para mim chega desta vida. Estou pronto para a execução.

— Você ainda pode receber a glória de Deus — diz o alfaiate. — Confesse e será redimido.

Aris sente o sangue vingativo disparar por seu braço inteiro até o coto coberto com uma atadura. Sua mão-fantasma fecha-se num punho rígido, as unhas dos dedos inexistentes fincadas na palma imaginária. Ele sente o músculo do antebraço se retesar e a dor subsequente, da força travada. Está em pé, no canto da cela, de costas para o companheiro, quando o nome de Joep é chamado do corredor.

O alfaiate levanta-se com dignidade e põe a mão no ombro de Aris. Quando Aris se vira, o alfaiate procura apertar a mão que lhe resta.

— Eu o verei no cadafalso. Não desperdice esses momentos finais. Se você confessar tudo diante do Pai Santíssimo, sua alma voará livre para o paraíso, e o receptáculo humano poderá ser deixado para trás.

Aris encara seu companheiro de cela com frieza, enquanto ouve o retinir das chaves e as passadas que se aproximam.

— Se não quer fazer por si mesmo — acrescenta o alfaiate, ouvindo os que chegam para buscá-lo —, pelo menos faça uma oração por mim.

Afinal, os guardas estão destrancando a porta, esse som insuportável para os dois condenados. Joep recua um passo para permitir que entrem na cela. Não luta com eles quando o agarram pelos braços, o arrancam dali para o corredor e prendem nele os grilhões.

— Ei, alfaiate — diz Aris.

Joep vira-se. Aris quer dizer alguma coisa tranquilizadora, alguma coisa que faça o alfaiate seguir com bravura até o cadafalso. Em vez disso, ele pisca um olho — uma piscada de cumplicidade, de um condenado para outro. Joep dá a impressão de ter recebido uma bofetada. Perplexo, ele faz que não enquanto os guardas o empurram pelo corredor.

NOTAS DA CONSERVADORA, TRANSCRITAS A PARTIR DO DITAFONE
Diagnóstico do quadro: *A lição de anatomia do
dr. Nicolaes Tulp*, de Rembrandt, 1632

O quadro agora está firme, com sua largura equilibrada entre os dois cavaletes, seu volume total pousado confortavelmente sobre as largas tábuas de pinho. Estou tão satisfeita por termos decidido usar os dois cavaletes em vez de apenas um. Olhando para ele aqui no ateliê, vejo que não teria havido outra maneira de fazer com que se equilibrasse, tamanho é seu volume.

Não paro de me impressionar com a mera questão do seu volume, que se agiganta diante de mim, e até mesmo de Claes, que tem um metro e oitenta e sete de altura. Quando ele estava sentado observando o quadro com seu microscópio, por um átimo me pareceu que ele mesmo estava entre os cirurgiões. Estou me preparando para muitas ilusões estranhas e passageiras desse tipo.

Quando ele está exposto na parede do museu, a gente se esquece de que todas as figuras são em tamanho natural. Nove homens em tamanho natural, incluindo-se o cadáver. Hoje começo o diagnóstico do quadro.

Abri as cortinas da claraboia para permitir que a luz do dia incida sobre sua superfície, em conformidade com minhas instruções. Claes recomenda um máximo de vinte e seis minutos por dia durante duas semanas. "Deixe-o respirar", foram suas palavras exatas, como se se tratasse de um Bordeaux jovem. Sua abordagem é noventa e nove por cento ciência; um por cento, misticismo. É esse um por cento que me preocupa.

Contudo, afastei a proteção. E por milagre hoje o dia está ensolarado. Quando vinha para o trabalho, a chuva passou. Já faz quatro horas, e ela ainda não recomeçou. Cá estamos nós. O quadro e eu, absorvendo a luz do dia.

E assim começamos.

Primeiro dia, restauração do quadro. Mauritshuis, a Real Galeria de Pintura, sob a direção de Claes van den Dorft. Meu nome é Pia de Graaf, e sou conservadora sênior do museu. Hoje damos início a uma restauração de duas semanas da obra-prima de Rembrandt van Rijn, *A lição de anatomia do dr. Nicolaes Tulp*, a estrela principal da coleção real.

O quadro foi encomendado pela Guilda dos Cirurgiões de Amsterdã, em 1632, e ficou exposto na câmara da guilda no Waag (prédio da balança pública) junto com outros quadros importantes, ao lado da chaminé. A obra foi adquirida em 1828 por este museu, que na época se chamava Real Gabinete de Pinturas, depois de uma espécie de guerra ideológica contra o Rijksmuseum, para arrematá-la. Embora aquela instituição apresentasse alegações emocionadas de que o quadro sempre deveria permanecer em Amsterdã, onde fora pintado em 1632, nosso diretor contrapôs, com sucesso, que ele era de fato um tesouro importantíssimo do estado holandês, uma das obras mais apreciadas de nossa Era de Ouro. As duas alegações são verdadeiras: este é o primeiro quadro que projetou Rembrandt para a fama, nos idos de 1632, em Amsterdã, tornando-o um pintor famoso na cidade, bem como um estimado filho da Holanda. É claro que seria possível alegar, com igual facilidade, que ele merece estar em qualquer coleção do mundo nos nossos tempos. É a primeira grande obra que fez o nome de Rembrandt.

O quadro teve sua tela reforçada três vezes de 1785 a 1877, sendo então revestido com cera em 1877 e em 1908. O verniz foi renovado cinco vezes, e há registro de dez limpezas, sendo as quatro últimas em 1877, 1908, 1946 e 1951. A última vez que o tiramos da parede foi em 1996. Portanto, enquanto o limpamos e removemos parte do verniz em escurecimento, essa é uma oportunidade de examinar a obra e possivelmente fazer uma série de observações novas.

Conseguimos recursos para a atual restauração e exame, com base em novas provas que nos levam a acreditar que podemos fazer algumas descobertas a respeito do quadro. Recentemente, pesquisadores em Amsterdã encontraram um *justitieboek* de 1632 que relata em detalhe todo o histórico criminal do morto que aparece no quadro, um Adriaen Adriaenszoon, vulgo Aris Kindt (ou Aris, o Garoto).

Ao mesmo tempo, um médico em Groningen realizou recentemente um experimento médico, dissecando um braço para poder compará-lo com o braço dissecado nesse quadro. Ao contrário da opinião de historiadores da medicina até o momento, que criticaram o quadro por certas imprecisões anatômicas, esse estudo recente revela que Rembrandt de fato acertou quase tudo. Juntas, essas novas provas nos dão razão para acreditar que Rembrandt pode ter trabalhado com um modelo-vivo nesse quadro; quer dizer, ele usou como modelo um cadáver de verdade, e é até mesmo possível que ele tenha conhecido o morto em questão.

Portanto, o objetivo de nossa restauração atual é duplo: o primeiro e mais prático é remover uma camada de verniz velho, que prejudicou aspectos de sua coloração e possivelmente toldou certos elementos da pintura. Queremos trazer o quadro de volta à vida, dar-lhe mais vitalidade – saúde –, por assim dizer. Minha estratégia será fazer o mínimo possível com o quadro. Reparar apenas o que precisar ser reparado, e remover qualquer coisa que tenha sido acrescentada e que pareça desnecessária. Fazer surgir a pintura que já está ali e eliminar quaisquer acréscimos obscurecedores.

O segundo objetivo é investigativo. Buscamos explorar de que modo esses novos indícios influenciam nosso entendimento do quadro. As pessoas às vezes inventam histórias sobre obras de arte, com base simplesmente em outras histórias; mas, como conservadores, usamos a pintura em si para contar a história, da mesma forma que um médico-legista poderia trabalhar, procurando sinais de diferentes situações possíveis. Tentarei obter uma resposta do próprio quadro. Contemplá-lo com uma boa iluminação, registrar o que vir.

Claes gosta de dizer que estamos realizando nossa própria dissecação da obra-prima da dissecação. Rembrandt, por assim dizer, submetido ao bisturi do cirurgião. O primeiro passo, o passo mais importante, é simplesmente olhar para o quadro. O trabalho nesta primeira semana consiste realmente em olhar. Ver a pintura à luz natural, com uma lanterna, uma lupa de cabeça, um microscópio e uma luz muito mais forte para ter uma noção de sua fisicalidade.

Poderemos então comparar o que virmos a olho nu com o que nos revelar o exame de raios X. Para identificar o que está ali. Já temos uma imagem em nossa mente, resultante de apreciar o quadro na parede, mas o que poderemos descobrir a partir das pinceladas? A partir da paleta usada? Do exame da técnica de pintura, do uso dos pentimentos? Do fundo, da base? Houve partes que se alteraram com o tempo? Ou já quando ele estava pintando o quadro?

Às vezes, como conservadora, passo horas a fio só olhando para uma pintura e pouquíssimo tempo realmente trabalhando nela. Todos os dias, chego e olho para o quadro, procurando entendê-lo só mais um pouquinho, antes de realmente fazer qualquer tipo de intervenção. Procuro não fazer nenhuma intervenção, se puder evitar. O trabalho do pintor é pintar. O trabalho do restaurador é resistir à vontade de pintar. Procura-se acalmar a mão, evitar usar o pincel. É preciso fazer o mínimo possível com o máximo efeito possível.

Você olha, olha e olha mais um pouco, e depois precisa decidir qual é o objetivo. Para mim, a decisão de chegar a usar meu pincel se restringirá ao reparo de danos. Mas até chegar a esse ponto, preciso antes entender o que é para estar no quadro e o que não é para estar ali. Não posso refletir demais. Devo me ater aos fatos, ser capaz de falar sobre o que pode ser provado ou sobre o que pode ser visto.

Os médicos do século XVII costumavam falar sobre "testemunho ocular" quando olhavam para um corpo. É o que estamos procurando fazer aqui, também, com esse estudo técnico. Podemos criar nossa história, mas ela tem de se basear no que realmente podemos ver.

II

O CORAÇÃO

Foram tantas as pedras. Elas quebraram coisas grandes e coisas pequenas. Tigelas que minha mãe fez, a jarra do leite, ovos prontos para a feira. Nunca tive muita coisa para quebrar, e agora não sobrou nada, sem a menor dúvida.

Todo mundo em Leiden sabia que Adriaen ia ser enforcado antes que a notícia chegasse a mim. Foi por isso que os meninos me chamaram de bruxa. Foi por isso que as pedras vieram. Eles arrancavam as pedras do calçamento e atiravam na minha casa. Quebraram janelas. Fizeram tudo voar. Me chamaram de bruxa, de megera!

As vozes não eram só de meninos. Algumas eu conhecia da feira, em outra época, vendendo suas mercadorias. Eram as mesmas vozes que gritavam: "Panelas de barro, seis por um *stuiver*!" ou "Queijo de cabra! Leite de cabra!". Eu podia jurar que ouvi Hendrijke, o oleiro, e Maartje, a mulher do carroceiro. Eram vozes que eu conhecia. "Bruaca!", elas gritavam. "Rameira!"

Não havia mais ninguém ali, a não ser eu e, bem, o bebê na minha barriga. Moro sozinha desde que Adriaen foi embora. Minha mãe morreu há anos e meu pai foi antes dela. Uma vez contratei um homem para cuidar do moinho por uns tempos, mas, quando os ganhos sumiram, ele partiu, por vontade própria. O moinho não produzia muito, e assim eu só trato dos bichos, planto minha horta lá nos fundos, cuido do celeiro e alimento as galinhas. Os ovos rendem alguns *stuivers*, e o pouco centeio que consigo no moinho, eu levo às padarias para trocar por outras coisas. Nunca aceitei dinheiro para me deitar com um homem, não importa o que o pessoal da cidade queira dizer. Também nunca lidei com magia.

Quando ouvi os primeiros gritos, vi as pedras, saí correndo para a casa do dr. Sluyter. Foi a família dele que abrigou minha tia-avó na época da Alteração. Ela era católica, sabe, e foi acusada de idolatria. O médico ficou surpreso quando viu o barrigão por baixo do avental. Fazia tanto tempo assim que a gente não se via. Ele acalmou meus gritos e disse que dessa vez não eram os espanhóis. Fez com que eu me sentasse e disse à criada para nos deixar.

— Adriaen foi preso em Amsterdã — disse ele, depois que recuperei o fôlego. — Foi condenado à morte, Flora. Vai ser enforcado. É essa a notícia que chegou de Amsterdã.

Falou tão depressa que não entendi o que ele estava dizendo.

— Seu Adriaen — repetiu ele, bem devagar — foi preso em Amsterdã. Vai ser enforcado agora. É por isso que o povo da cidade está jogando pedras em você. É por isso que estão amaldiçoando sua casa.

Eu disse ao médico que ele devia estar enganado porque não se enforca um homem por brigar e roubar, e Adriaen nunca fez mais que isso. O dr. Sluyter não concordou.

— Dessa vez, ele passou dos limites — disse o médico. — Tentou roubar a capa de um cidadão. Dizem que usou de violência. Tentou matar o homem. — A expressão em seu rosto era como uma porta fechada. — O carrasco vai enforcá-lo, sem nenhum remorso.

Ainda não sei por que ele disse essa parte, a parte do "nenhum remorso", porque afinal o que o dr. Sluyter sabe do coração do carrasco? Eu sabia que Adriaen não tentou matar ninguém. Ele não era assim. Meu Adriaen era uma criatura fraca, perdida, mas nunca foi um homem cruel, nunca assim: vazio.

Então aquela porta se abriu na alma do médico, e ele olhou nos meus olhos, com seus próprios olhos ficando marejados.

— Essa criança que você está carregando – prosseguiu ele, com sua voz mais grave, indicando minha barriga com um gesto de cabeça – vai ser o filho de um enforcado. Vai ser o filho bastardo de um assassino.

Foi nessa hora que pus as duas mãos na barriga para proteger meu bebê ainda por nascer. Fiquei com raiva, porque um médico sabe que palavras malignas ditas diante da barriga de uma grávida podem partir o bebê em dois e fazê-lo nascer com duas cabeças.

— Não fale assim na frente do meu filho – disse eu.

Eu sempre soube que ele vai ser um menino. Pelo seu jeito de se acomodar na minha barriga, pelo seu jeito de chutar direto nas minhas costelas. Sei também que vai sair igualzinho a Adriaen. E já lhe dei um nome. Ele é Carel, um homem livre.

O dr. Sluyter não parou de falar, mas virou o rosto para outro lado dessa vez.

— E mais – disse ele. – Não vão enterrá-lo em Amsterdã. Ele vai ficar exposto no patíbulo.

Acho que foi aí que eu caí, porque, quando abri os olhos de novo, estava em cima da mesa dele. Agora havia um monte de outros homens em torno de mim, pairando como corvos, todos abanando a cabeça e estalando a língua, como se eu estivesse com a peste negra. Eu podia sentir ventosas no meu peito e no pescoço. Sentia a pele retesada e os pulsos dormentes onde eles tinham me segurado.

— Não é uma pena para essa criança? – ouvi um deles dizer. Os outros estavam murmurando.

Fiz um esforço para me levantar da mesa, tirando de cima de mim as ventosas, com o vidro se espatifando no chão. O dr. Sluyter tentou me acalmar e me disse que eu precisava repousar, mas eu respondi que não queria que meu bebê fosse partido em pedaços pelas palavras agourentas daqueles homens. Os outros também tentaram me manter deitada, mas eu afastei todos eles.

— Vai ser perigoso para você lá no moinho – disse o doutor, quando consegui ficar em pé. – É certo que vão atirar mais pedras.

— Estamos só tentando protegê-la desses idiotas insensatos que querem feri-la – disse outro deles. – Nós sabemos que não é culpa sua seu homem ser um assassino.

— Adriaen não é nenhum assassino – respondi. – Eu o conheço desde quando era menino. Vocês também conhecem. Ele é filho desta cidade de Leiden. Se o povo não for buscá-lo, é porque tem o coração tão gelado quanto o carrasco.

Eles ficaram ali em silêncio; e nem um único entre eles tentou me corrigir.

— Uma turba é cruel – foi tudo o que o doutor disse. – Não adianta querer conversar com uma turba sobre o bem e o mal.

Saí da casa do doutor, dizendo a todos os outros corvos que não viessem atrás.

Os meninos com as pedras estavam lá quando cheguei, como eles avisaram. Por isso, entrei pelo quintal do lado. No passado, aquele quintal tinha sido de Adriaen. Nós éramos vizinhos naquelas casas à margem do Reno.

Entrei pela porta dos fundos, me escondendo na minha própria casa. Durante o resto da manhã, quando eles lançavam pedras, eu ia para trás da parede e enrolava a barriga num cobertor para abafar a gritaria.

Algumas pedras atravessavam as janelas. Era com toda essa força que eles atiravam, aqueles meninos. Aquelas moças. As pedras entravam na casa, com baques surdos, com estrondo. A gente não tem muito, e agora tanta coisa se quebrou. Mas eu ainda conseguia me esconder por trás da lareira, e as pedras não chegavam a nos atingir.

Quando tudo se acalmava, eu arrumava as coisas. Catava os estilhaços, as cadeiras caídas, os jarros virados; e limpava o que tinha sido derramado. Apanhava os cacos e os colocava no alto da lareira.

Depois tudo recomeçava, e eu esperava encostada na parede, cantando para Carel na minha barriga. Quando parava, eu arrumava. Quando a quantidade de cacos já não cabia no console da lareira, juntei tudo no avental. E levei lá para fora, para poder usar cercando o jardim.

Houve um bom tempo em que o apedrejamento parou, e achei que talvez tivesse acabado. Fiquei escutando o silêncio. Surgiu então um vulto escuro no vão da porta. De capa e chapéu pretos, com uma bengala comprida, entalhada.

Com a luz por trás, eu não conseguia ver suas feições. Pensei que todas aquelas pragas tinham surtido efeito. A morte veio buscar a mim e ao bebê. Pode ser que, por fraqueza, consegui demonstrar cortesia. Disse que por favor entrasse e se sentasse com a gente. Me levantei para pôr a chaleira no fogo.

A morte entrou e se sentou à mesa em silêncio. Quando eu lhe levei a xícara de sidra, vi que era o padre van Thijn da nossa igreja: por baixo do chapelão preto, aquele rosto comprido e tristonho, com a barba grisalha.

Comecei a me sentir cansada, ainda mais uma vez, porque não queria discutir com o padre, nem ter que pedir sua bênção.

O padre não bebeu minha sidra. Olhou ao redor e viu todos os pratos e jarros quebrados, os cacos no console da lareira. Deve ter sido ele quem mandou que parassem com aquilo, porque finalmente tudo estava mesmo em silêncio. Fiquei vermelha de vergonha por nós, por mim, Adriaen e pelo nosso bebê. As coisas não andam bem quando um homem de Deus precisa visitar a casa de uma mulher pobre.

— Estamos nas mãos de Deus — disse eu, baixinho. — Ele nos protegerá.

O padre não concordou. Ele deixou escapar que era errado as pessoas acreditarem em superstições, bruxas, agouros e pragas. Disse que era errado o mundo ser tão atrasado e desalmado, mesmo agora neste nosso século moderno.

— Os meninos não sabem o que fazem, mas os adultos deveriam saber — disse ele. — Depois de tudo por que passamos, deveriam saber. — O padre van Thijn falou de Jesus, de amor e compaixão. Disse, como diz nos sermões, que os maiores pecadores são os que mais se beneficiam do perdão. — O crime foi dele. Agora ele vai morrer. Mas caberá a você carregar essa cruz. — Disse que, na sua velhice, percebeu que só um amor enorme pode derrotar a crueldade do homem. Só corações sinceros, pessoas com coragem para amar, pessoas com o pensamento voltado para o perdão. — Você precisa ser forte — disse o padre, como se estivesse chegando a alguma conclusão —, mas vai precisar viajar.

E então o padre van Thijn pegou sua bolsa e pôs as moedas na mesa diante de mim. Eu nunca tinha visto tanto dinheiro de uma só vez. Meu primeiro pensamento: um homem de Deus não deveria ter tanto dinheiro.

— É da coleta, Flora. Para obras de caridade. Hoje é para você. Para ajudar você e sua família. Nossa igreja pode fazer essa doação.

Achei que ele estava falando das panelas, do vidro quebrado.

— Pelo bem da criança que vai nascer — disse ele —, você deve sair desta casa. Só virão mais pedras e mais pragas. Você precisa ir para Amsterdã. À prefeitura na praça Dam. Diga a eles que é noiva de Adriaen. Mostre-lhes sua barriga. Fale de nossa igreja e leve esta carta que escrevi. — Ele enfiou a mão no bolso e tirou um bilhete, selado com um lacre de cera vermelha.

Sua noiva? Eu não era sua noiva. Um padre podia mentir desse jeito?

— E se não conseguir impedir a execução, pelo menos vai poder... Vai poder trazê-lo para Leiden para um enterro cristão na nossa igreja.

— O dr. Sluyter disse que o estão chamando de assassino.

O padre van Thijn olhou no fundo dos meus olhos.

— Às vezes eles fazem coisas terríveis para forçar um homem a confessar.

Doeu ouvir aquilo.

— Confessar? Só brigas e roubos. Adriaen só fez isso na vida.

— Então talvez haja clemência. — Ele tocou nas moedas em cima da mesa. — Diga isso ao magistrado. Seja firme. Diga-lhe o que sabe de Adriaen.

— O senhor acha que palavras vão salvar Adriaen?

A resposta nos olhos dele não pareceu segura.

— Você pode pegar uma barcaça para atravessar o Haarlemmermeer e chegar lá antes do meio-dia. É para isso o dinheiro... para sua viagem.

Viagem para Amsterdã.

— Nunca saí de Leiden.

— Vou mandar um menino da igreja para acompanhar você. Quando chegar a Amsterdã, contrate uma sege ou um barco para levar vocês dois à prefeitura. O tempo urge, mas, se partir logo, poderá chegar lá antes do enforcamento. O menino está lá fora, esperando.

Ele pegou as moedas da mesa, uma a uma, segurou minha mão e colocou as moedas na minha palma.

— Você precisa ir, e precisa ir agora, Flora. Seja cuidadosa ao falar com o magistrado. Você deve convencê-lo de que a alma de Adriaen pode ser conduzida para o bem. De qualquer modo, você o trará de volta para Leiden.

— Nunca falei com nenhum magistrado.

Ele respondeu muito devagar.

— Você precisa fazer isso, Flora. Só você pode fazer isso. — Ele empurrou a última moeda para minha mão. — Por favor. — E pôs a bolsa na mesa.

Fiz que sim, mesmo sem entender exatamente o que ele queria dizer. Ele se levantou e pôs a mão no meu ombro.

— Sinto muito por não ter chegado antes.

Pôs então o chapéu de volta na cabeça. As sombras sobre seu rosto fizeram com que ele de novo parecesse ser a Morte. Fiquei sentada no meu banco e me perguntei se tudo aquilo era verdade ou sonho. Deus age de tantas maneiras, mas nós nunca devemos duvidar dele.

Eu soube que tinha que seguir as instruções do padre.

III

A BOCA

Pergunte a qualquer cidadão de Amsterdã, e ele lhe dirá: se existe algum objeto exótico ou raro que você procura, eu posso pô-lo nas suas mãos. Sou escambador, negociante, corretor da enorme prodigalidade divina. Se deseja uma lontra sem garras do Cabo da Boa Esperança ou um chifre de touro para ser soprado como uma trombeta, basta perguntar aqui. Talvez queira uma carapaça de cágado, usada como elmo pelos alemães em nossas irritantes guerras com a Espanha? É só dizer meu nome: Jan Fetchet.

A maioria dos negociantes de curiosidades obtém seus espécimes empalhados ou dessecados como ameixas-pretas; mas eu lido com animais vivos. Marinheiros que trabalham para mim trazem tatus, crocodilos e javalis, que eu alojo nos estábulos da Companhia das Índias Orientais, no cais. Se você fosse lá neste exato momento, encontraria um rinoceronte, do tamanho de três burros, e um pavão colorido como um pôr do sol em Haarlem. Posso conseguir um pôr do sol para você também, pelo preço justo.

É só uma brincadeira, meu amigo. Uma brincadeira. Se quiser dar uma olhada no meu museu de curiosidades, é por aqui, subindo por essa escada.

Não, as raridades não são minha única vocação, é claro. Pois, embora haja dinheiro em raridades e objetos singulares, ele vem e vai como galeões, com as marés. Para obter um ganho regular, trabalho como *famulus anatomicus* para a Guilda de Cirurgiões de Amsterdã. Belo título, não, para um posto bastante horripilante? Sou, simplesmente, quem recolhe os cadáveres para nosso principal anatomista, aquele famoso dr. Tulp. Nas ruas, me chamam de assistente do carniceiro; ou, se gostam de jogos de palavras, braço direito do carniceiro.

Posso lhes contar a história inteira. Todos querem ouvi-la agora que esse pintor se tornou o tema preferido de conversas na Europa. Desde que esse quadro que ele pintou causou tanta comoção. Mas vocês precisam ter paciência porque já me disseram que um vento constante sopra na minha língua, e posso divagar na minha história. Vamos então nos acomodar, tomar cerveja com alguma comidinha e depois vocês poderão ver minha *kunstkamer*.

Naquela manhã, quando acordei, com a barba quebradiça com o gelo, achei que era por acaso. O tempo frio é sempre bom para a dissecação. Consigo um pedaço de gelo limpo dos canais para ser o leito do cadáver, e com isso o corpo demora mais para se decompor. Gostamos de fazer a dissecação festiva anual no Dia da Justiça. Essa é a chance que a guilda tem de colher qualquer corpo que o magistrado mande enforcar ao meio-dia, carne fresca como a de um porco recém-abatido.

Meu corpo tinha o nome de Joep van de Gheyn, o assassino do peixeiro. Li os documentos do tribunal sobre o caso de Joep, em que ele admitiu, sem nem mesmo ter as pernas presas a grilhões, ter assassinado o peixeiro a sangue-frio, por desejar a mulher dele.

Tive minhas dúvidas, sabem? Quando fui visitar o pobre coitado do Joep na cadeia, descobri que ele era uma criatura delicada e devota, que preferiria dizer que estava ele próprio quente demais a devolver para a cozinheira um prato de sopa gelada. Se eu dissesse que estava chovendo, mas o céu estivesse perfeito como o brilho na seda, ele ainda concordaria comigo, murmurando: "Ah, a chuva, a chuva! Sem dúvida, você está com a razão. Vai chover daqui a pouco."

Imagina esse homem derrubando um peixeiro grande e agressivo com um único golpe de faca? Impossível. Mas nunca se conhece um homem, certo? De tanto observar nossa anatomia por cima dos ombros dos médicos, aprendi que um camarada com a aparência mais bondosa muitas vezes pode ter dentro de si os órgãos de um pecador. Já vi fígados dos mais negros sendo removidos até mesmo do mais animado dos taberneiros.

Quatro dias antes, o prefeito tinha entrado na câmara de condenação, usando a ameaçadora faixa vermelha, e o destino de Joep fora selado. O magistrado me entregou a nota promissória pelo corpo apenas uma hora depois que o açougueiro me garantiu conseguir um javali para o banquete.

Por isso, naquela manhã, eu estava de bom humor, de verdade, não só por conta do tempo promissor e de todos os meus pedidos terem sido feitos, mas porque eu tinha um corpo fresquinho, pronto para ser recolhido. Eu estava lavando o rosto na bacia perto de casa quando um mensageiro bateu em meu ombro e me entregou um bilhete. Era de Rotzak, um dos meus fornecedores, um marujo que vai à Australásia para a Companhia das Índias Orientais. Ele é o caçador de curiosidades mais afoito de Amsterdã, partindo sozinho para perseguir alicantos e primatas fabulosos. Uma vez ele me trouxe um unicórnio do mar, que vendi para Martijn de Groote, que usou o chifre para curar o bócio volumoso que costumava prejudicar seu famoso pescoço.

O bilhete dizia: "Ave-do-paraíso viva, apanhada na Australásia. Quinze *stuivers*. Somente hoje nos estábulos da companhia. Embarco hoje à noite. Com pés!"

A ave-do-paraíso, aquela verdadeira raridade das raridades! *Avis paradiseus*. Um pássaro tão belo e estranho que poderia entrar para a *commedia dell'arte* como Arlequim. Nenhum é igual a outro. Um pode ter a plumagem de um rei, uma crista vermelha e o peito de veludo, enquanto outro usa um dossel de penas roxas em torno do gordo pescoço negro. Uma fêmea poderia ter penas que se alongam atrás dela como uma fina cauda de cortesã. Cada um pode inspirar assombro, não apenas por sua beleza, mas também pelo fato de que essas aves são as únicas entre as criaturas aladas a não disporem de pés.

Poucos homens ou mulheres neste continente viram uma ave-do-paraíso viva, pois ela passa sua vida inteira em voo e não se dispõe a se misturar com aves inferiores nas árvores. É quase impossível capturar a *paradiseus*; e, quando apanhada numa armadilha, ela logo morre, tamanho é seu amor pelo ar livre. Os grandes caçadores de maravilhas de toda a Europa tentaram e não conseguiram trazer sequer uma dessas aves para Amsterdã.

Uma ave-do-paraíso viva era sem dúvida suficiente para distrair minha atenção de meus compromissos. E, como esta é uma cidade apinhada de negociantes gananciosos... todos eles ladrões, sabem, cada um deles um rematado vigarista... eu sabia que precisaria ser de uma agilidade ímpar para não perder esse espécime raro. O maior incentivo foi a palavra "pés!", no bilhete de Rotzak.

Impossível, pensei, embora tivesse ouvido um filósofo local afirmar que os ovos da ave-do-paraíso são grandes e pesados demais para serem chocados durante o voo, de modo que a ave *deve* ocasionalmente pousar num galho para fazer seu ninho. Não tenho uma opinião firme quanto a esse assunto. No entanto, eu sabia que um espécime provido de pés poderia me trazer no mínimo uns cinquenta *stuivers*.

Eu tinha em mente o freguês perfeito: esse aí que agora chamam de Rembrandt. Naquela época eu o conhecia como o humilde Harmenszoon van Rijn, pintor e gravador que dirige o ateliê de Uylenburgh na Sint Antoniesbreestraat.

Ele já tem uma bela *kunstkamer* e paga bons florins por itens a acrescentar a ela. Mais, suspeito eu, do que realmente tem condições de pagar. Apesar de que agora ele pode ter tudo o que quiser, acho eu.

Já lhe entreguei uma máscara mortuária do príncipe Maurits moldada a partir do rosto de Sua Majestade; uma cabaça de um cabaceiro; um recipiente para pólvora, feito de chifre, da Turquia; duas miniaturas indianas de arte mogol; e uma série de ramos de coral e conchas. Seu interesse por aves não é pequeno; e já consegui para ele dois dodôs, uma cacatua e um pelicano da costa de Málaga, todos vivos e em perfeita saúde. Ele não possui um viveiro, mas recebe esses espécimes para esboçá-los e depois dá-los de presente – pura tolice.

Van Rijn por si mesmo já chega a ser uma raridade, como vocês podem ter ouvido falar, e não costuma sair do ateliê. Devo ir visitá-lo na Sint Antoniesbreestraat para lhe levar suas maravilhas; e, cada vez que vou lá, encontro-o usando algum traje novo e estranho. Já o vi com um boné com pluma; com um gorjal, mesmo ele nunca tendo sido soldado; e com uma gola engomada, de rufos, muito acima de sua posição social.

Concluo que ele gosta de fazer teatro e que usa como parte do cenário muitas das curiosidades que lhe levo. Cabe a ele escolher, é claro, e quem sou eu para julgar? Ele esbanja tanto dinheiro em objetos exóticos que, para atrair sua atenção, eu preciso concorrer com quase todos os negociantes de curiosidades da cidade. A ave-do-paraíso sem dúvida ajudaria a firmar minha boa reputação com esse pintor excêntrico. Inspirei o belo ar invernoso e me considerei afortunado.

Logo, porém, os problemas começaram a se apresentar. No açougue, depois que peguei o javali, a meia carcaça bovina, as linguiças e o último dos cordeiros, o açougueiro estendeu a mão.

— São dezessete *stuivers* – disse ele. Fiquei boquiaberto. Eu já lhe tinha pagado com muita antecedência, como ele sabia. Foi o que lhe disse.

— *Nee*, aquilo foi só a metade – disse o açougueiro, com a cara tão inocente quanto a do cordeiro. Fiquei pasmo. Conheço esse açougueiro, Bart Oomen, há anos, e ele sempre agiu com lisura comigo no passado. Ainda era Bart Oomen: seus olhos eram do mesmo tom de azul, seus dentes tortos como sempre. Cheguei à conclusão de que ele estava com a razão e eu devia estar enganado. Entreguei-lhe os dezessete *stuivers* a mais e segui meu caminho, abanando a cabeça sem conseguir entender.

Quando cheguei à padaria, meus pães tinham acabado de sair do forno, estavam embrulhados e prontos para entrega. Quando estava dando meia-volta para ir embora com os pães, ouvi a padeira Essenhaas.

— Mas, Fetchet, você ainda me deve dez *stuivers*.

Dessa vez, eu tinha certeza de já ter pagado.

— *Nienke*, posso estar mais velho hoje do que na semana passada, mas ainda não estou demente — respondi. — Eu lhe paguei o valor total na semana passada e você fechou o negócio com um aperto de mãos.

Ela sorriu, um sorriso bastante maroto, e cruzou os braços sobre o busto avantajado.

— E como *vai* o bom dr. Tulp? — disse ela, simplesmente.

Aquele famoso dr. Tulp, o homem que segura o fórceps naquele quadro. Pensei comigo mesmo: o dr. Tulp? O que ele tem a ver com isso tudo? Ah, sim, agora eu entendia o açougueiro e a padeira; e previa como ia se desenrolar o resto da tarde à medida que eu fosse buscar minhas mercadorias.

Em público, Tulp é um homem que atende ao povo, passando a qualquer hora da noite em sua carruagem para aplicar ventosas, sangrias e sanguessugas. Aquela carruagem com a tulipa pintada na lateral e sua imponente mansão no Prinsengracht fazem todos na cidade considerá-lo um grande esbanjador. No entanto, quando chega a hora de ele realmente abrir a bolsa para suas compras, parece que não sai nada a não ser poeira.

Além disso, quem se depara com ele nas lojas descobre que ele é tão puritano e sovina quanto qualquer gomarista de Leiden. Já o vi repreender suas criadas por mexericos e ralhar com suas filhas pelo mais ínfimo brilho na gola da roupa. Elas exclamam: "Ah, papai, mas está na moda!", e saem correndo, chorando. Mesmo quando ele chega a comprar doces para as meninas, a loja fica esperando semanas pelo pagamento. Resumindo: se Tulp fosse um cavalo, não seria de sua bela crina que as pessoas se lembrariam, mas de seus excrementos quando vai embora todo arrogante.

No ano passado, muitos camponeses, açougueiros e padeiros forneceram mercadoria a baixo preço à Guilda dos Cirurgiões, para seu banquete de inverno. Afinal de contas, é o ponto culminante da estação, e em geral a guilda não poupa despesas. Mas este ano os comerciantes locais quiseram se desforrar do "Caro Tulpius": o que ele ganhou com sua mesquinharia nas suas compras pessoais eles vão recuperar na cobrança à guilda. No restante da manhã, não importava com que fornecedor eu me encontrasse, dava para eu ver pelos olhos deles, até mesmo quando ainda estava me aproximando, que o preço cobrado seria o dobro.

O que eu podia fazer? Não podia ir embora depois que o javali e os novilhos já estavam na carroça. Devolver à padeira os pães fresquinhos? Recusar-me a pagar ou recusar-me a levar as mercadorias encomendadas passaria a ser um problema para mim: eu seria achincalhado na cidade inteira como conspirador. Por isso, engoli em seco e paguei os preços exorbitantes, na esperança de que o bom médico arrumasse um jeito de me reembolsar.

Então, mais um pouco de cerveja? Aqui. Pegue a caneca, e eu encho o copo. Mais uma fatia de pato? É tudo de graça, é claro, e você já andou muito. Vai adorar essa pomba recheada. Não precisa se preocupar com a despesa. Os senhores da guilda é que vão pagar; e sobrou o suficiente para durar mais um ano. Sabe que encomendamos mil e duzentas canecas do cervejeiro? Esses homens bebem a valer a noite inteira. Depois que termino meu trabalho no anfiteatro de anatomia, sempre tenho de usar minha carroça de transportar cadáveres para carregar alguns desses cirurgiões para casa. Cada vez que faço isso, alguma esposa ou outra conclui que sou eu a causa de todos os males e me persegue pelos canais com um rolo de pastel. Ouçam o que lhes digo, nunca se poupa ao pobre o que caberia ao rico.

Por isso, como eu estava dizendo, eu estava na loja de velas de sebo, sendo esfolado mais uma vez – um único feixe de incenso por quatro *stuivers*! –, com meu moedeiro mais leve a cada instante que se passava, quando o mensageiro retornou com um bilhete do pintor da Sint Antoniesbreestraat.

"Eu estaria muito interessado em ter essa curiosidade", escrevera ele. "Se for o que você alega que é, pago-lhe um florim." Um florim era bastante bom, pensei; e, se a ave for realmente bela, talvez eu conseguisse persuadi-lo a pagar mais.

Calculei que eu tinha apenas o tempo suficiente para ir às docas, apanhar a ave e ainda conseguir chegar à execução ao meio-dia para recolher o corpo. E lá fui eu em busca de minha ave-do-paraíso.

IV

OS OLHOS

Vou ser franco na minha opinião sobre esses retratos de guildas. Nunca vi um que fosse nem um pouco interessante. É um bando de homens em pé numa fileira, ou em duas, encarando o observador. É óbvio que todos eles foram posar para o pintor em separado, e que o pintor os reuniu na tela.

Às vezes o retratista diverte-se pintando os membros da guilda com dedos apontados em direções diferentes. Com a guilda dos médicos, eles costumam usar algum símbolo óbvio de que a vida é passageira, como uma flor murcha ou uma vela que acaba de ser apagada. Eu queria fazer alguma coisa que não parecesse tão afetada. Alguma coisa que insuflasse um pouco de vida no tema. O problema era como.

Gosto do trabalho preliminar de conceituação de uma pintura. Van Swanenburgh ensinou-me a pensar em termos de espaços arquitetônicos e de simples geometria. Lastman instruiu-me sobre certas técnicas italianas de perspectiva. Essas coisas eu aprendi, embora seja verdade que nunca fui à Itália – e adoram me criticar por isso, especialmente agora.

Como eram tantos os homens a incluir nesse quadro, decidi começar com uma forma piramidal, como fiz com minha nova composição para a descida de Cristo da cruz, o quadro em que estou trabalhando para o regente.

Há uma bela coesão que provém de uma estrutura piramidal. Se você conseguir acertar a geometria, cada ponto no quadro parece estar relacionado a todos os outros pontos. Na qualidade de observador, seu olho é estimulado a movimentar-se para lá e para cá entre os elementos antes de se fixar direto num único foco.

Você vê personagens diferentes e dá a cada um deles sua atenção visual pelo tempo que for de seu interesse; e então seu olho passa adiante para o próximo personagem, sabendo que cada um desempenha um papel no drama que se desenrola.

Por fim, seu olho é forçado a chegar ao foco do quadro que fica em algum ponto no centro da pirâmide ou em sua base. O olhar na realidade se soma ao drama da imagem visual, porque é atraído para outros pontos de início, aumentando o suspense. Não sei lhe dizer por que funciona assim, mas os mestres comprovaram isso repetidamente. Giotto, Rafael e Leonardo – todos eles nos ensinam que a estética se constrói sobre um alicerce de sólidos princípios matemáticos.

Se você acertar a parte básica da equação, terá uma estrutura resistente sobre a qual construir uma bela casa. Se sua matemática tiver falhas, as colunas saem fracas, e a casa inteira oscila e tomba. Por isso, é preciso considerar os princípios estruturais primeiro, especialmente com uma tela dessas dimensões, com tantas figuras.

Como matemático, espero que o senhor aprecie essa perspectiva, mesmo que ela pareça um pouco ingênua, por sair da boca de um pintor. A matemática da estética, se bem-sucedida, deveria desaparecer rapidamente no pano de fundo, para que o observador nem chegue a pensar nela. Ela deveria dar a mesma sensação que se tem quando se entra numa mansão imponente, confiando no conhecimento de que os arquitetos cumpriram seu papel, e que não é preciso se preocupar com a possibilidade de o teto cair.

Eu tinha pensado em talvez colocar Tulp no topo da pirâmide, já que ele deveria ser a figura primordial e pagaria mais pelo privilégio. Eu poria outro membro da guilda em cada um dos cantos, talvez dois aprendizes, contemplando-o lá no alto com uma reverência profissional. As outras figuras seriam todas posicionadas dentro de triângulos menores no interior dessa pirâmide. Esbocei tudo isso no meu caderno e fiquei satisfeito, achando que poderia funcionar.

À altura em que eu estava pronto para experimentar o esboço na tela, meus alunos tinham terminado os preparativos. Todos os minerais que eu tinha determinado que Joris moesse estavam agora dispostos em pequenos godês de cerâmica, sobre a mesa, como um destacamento de guardas urbanos. Os que ele tinha misturado com óleo de linhaça estavam em pequenos potes de vidro, fechados com rolhas protegidas com musselina.

O linho tinha sido esticado; e o fundo, aplicado. A tela era de um tom de cinza com um pouquinho de ocre amarelo e sombra misturados, e gesso-cré suficiente para conferir textura. Só isso: uma tela em branco, já preparada, mas ainda intacta. O recipiente do fundo estava junto do pé do cavalete, com a receita italiana presa debaixo da sua base e minha espátula de pintura ao lado.

Com a espátula da paleta, coloquei uma pequena quantidade de terra de cassel no almofariz. O aprendiz já tinha acrescentado o óleo de linhaça, mas eu queria que ela ficasse bem rala. Por isso, adicionei terebintina para diluí-la ainda mais. Moí com o pilão até obter uma consistência muito fina, e então levei um pouco para a paleta. Essa parte do processo da pintura é mais como um esboço para mim. No início, procuro pôr muito pouca tinta na tela.

Tirei um pincel úmido do pinceleiro e o molhei na terra de cassel, decidindo acrescentar também um toque de negro de marfim. Assim, eu poderia começar a delinear as figuras com pinceladas largas, soltas. Ainda não ia buscar detalhes, apenas tentaria encontrar os volumes gerais e a composição: onde os membros da guilda se postariam, como os corpos entrariam em relação uns com os outros no espaço.

Depois de um tempo, fiquei entediado. Todos esses homens de aparência idêntica numa única tela enorme? E para quê? Um desperdício de tecido para velas, se vocês querem saber. Seria melhor usá-lo num navio da Companhia das Índias Orientais que partisse para Jayakarta. Assim, pelo menos, ele poderia ajudar a trazer alguma coisa fascinante do outro lado dos mares.

Meus pensamentos foram divagando para além do ateliê, para fora da academia, pelas ruas de Amsterdã, onde eu podia ouvir os sons da multidão que ia se encaminhando para a praça Dam, para as execuções. Nunca tive nenhum interesse em enforcamentos, se bem que às vezes vou aos patíbulos no Volewijk para fazer esboços. Sinto a cidade começar a ferver com esse tipo de energia carnal, o que me faz querer me manter longe da turba.

Em geral, eu raramente saio do ateliê, mas sinto inveja daquelas pessoas que existem no meio do turbilhão e tumulto da vida real lá fora, nas vielas imundas e caóticas. Eventualmente, recolho essas pessoas das ruas e as trago aqui para esboçá-las. Uma vez ou duas, cheguei a conhecê-las com mais intimidade. Contudo, aos vinte e seis anos, já sou um homem triste, que trabalha demais, que é pouquíssimo exposto à luz do sol e fica parado junto da janela, a observar as pessoas passando, como se fosse a própria vida à minha janela. Fiquei ali à janela algum tempo e observei a passagem das pessoas.

E então Femke veio me dizer que o dr. Tulp tinha chegado para posar. Pedi-lhe que o trouxesse para o ateliê e, enquanto ela saiu, arranjei um lugar para ele se sentar. Peguei meu bloco de esboços e um pedaço de carvão marrom.

Tulp entrou no ateliê, pisando na sala como que na ponta dos pés para não sujar os sapatos. Você o conhece, logo sabe como é. Concorda comigo que há uma espécie de exagero no jeito de esse médico se arrumar, com cada elemento do seu traje tão asseado a ponto de ser imaculado, os sapatos primorosamente engraxados, o colarinho de seda na posição exata, as costuras das meias corretamente alinhadas? É raro que um médico de cidade seja assim tão... não sei dizer... impoluto.

Desde o início, ele pareceu constrangido. Se viu a nudez por trás da cortina, não deu sinal de tê-la visto. Não, era alguma outra coisa. E, quando ficamos sozinhos no meu ateliê de pintura, ele me entregou um embrulho, envolto em folhas secas, amarrado com barbante.

— Deve beber isso para evitar a gripe — explicou ele —, especialmente nesta estação fria. Minha mulher sugeriu que eu lhe trouxesse.

Peguei o embrulho e o revirei nas mãos.

— Prepare uma infusão — prosseguiu ele. — O gosto não é horrível. Não é remédio. Só evita doenças. Em breve, poderá ler a esse respeito na minha farmacopeia.

Ele deu a impressão de que queria que eu indagasse sobre a farmacopeia, e eu fiz sua vontade.

— E o que é isso?

— Convoquei os melhores médicos e barbeiros da cidade para trabalhar comigo na compilação de um livro de tratamentos medicinais confiáveis. — Ele fez uma pausa, talvez dando-se conta de que tudo isso parecia um pouco ensaiado. — Estou numa cruzada para erradicar o charlatanismo.

Foi um momento meio desconfortável porque tive a sensação de que ele tinha recebido a recomendação de demonstrar cordialidade — talvez da própria mulher.

Passei o embrulho para Femke, e Tulp lhe transmitiu muitas instruções específicas: ferver água, encher o bule apenas até a metade, deixar as folhas em infusão por dez minutos no mínimo e então acabar de encher o bule.

— Vou tomar um pouco também. Para você ter certeza de que não será envenenado — acrescentou ele. Era óbvia a intenção brincalhona da frase, e eu ri para agradá-lo.

Ofereci-lhe o assento perto de meu cavalete.

— Por favor, sinta-se à vontade.

Ele sentou, mas não parecia nem um pouco à vontade.

— Soube que alguns membros da guilda já vieram ao ateliê para posar, certo? – perguntou ele.

— Certo – disse eu, sentando-me também. – Até agora já estive com quatro. O número final será de sete ou oito?

— Jacob Colevelt ainda precisa se decidir – disse Tulp. – Ele acha cem florins um preço meio alto, já que este é somente seu primeiro ano como aprendiz na guilda.

— Do ponto de vista do pintor, um rosto é um rosto – disse eu. – Eu não deveria acabar deixando de fora o nariz dele, ou me esquecendo de fazer um olho, só porque ele ainda não terminou a formação.

Isso conseguiu extrair um sorriso de Tulp.

— Esperemos que você não omita nenhum elemento do meu rosto – disse ele, finalmente tirando o chapéu e as luvas. – Deixemos que Colevelt decida, e falemos sobre a apresentação do quadro.

— Muito bem. Você tem uma ideia específica para a imagem, então?

— Tenho, sim. Refleti muito sobre a questão, pois sei que você vai querer instruções firmes sobre como expor tudo.

Eu não tinha esperado que ele fosse me orientar quanto à composição do quadro, mas não vi motivos para lhe passar essa informação antes de ouvir o que ele tinha a dizer.

— Naturalmente, o quadro deveria retratar os membros atuais da guilda que quiserem participar, mas eu tenho a firme intenção de que ele também, de algum modo, mostre as informações anatômicas mais atuais. Como você é de Leiden, posso arriscar que tenha assistido às palestras de Petrus Pauw por lá?

— De fato, assisti.

— Ótimo. Então, também seria seguro supor que esteja familiarizado com Vesalius e seu abrangente atlas de anatomia, a *Fabrica*?

Respondi que não só conhecia o livro, mas também era um grande admirador das ilustrações; e que minha própria biblioteca continha um exemplar da primeira edição.

— Então, você é mais do que um pintor de obras por encomenda! — disse Tulp. — Nem todos os pintores possuem livros.

— Tenho uma pequena coleção — disse eu. — Os alunos também podem usá-los como referência.

— Sem dúvida, você conhece então o frontispício do texto, a imagem do próprio Vesalius? A que mostra o grande anatomista em pé com um braço dissecado por ele?

— Vamos dar uma olhada — disse eu, chamando Tomas e lhe pedindo para ir buscar o livro.

Tulp prosseguiu, descontraído.

— Vê-se um pouquinho do torso, mas a maior parte é o braço. Vesalius costumava focalizar os braços e as mãos em suas palestras. Diferentemente de Galeno, ele acreditava que a estrutura do braço e da mão é o que separa os humanos de todas as outras espécies. Ele foi o primeiro a dissecar totalmente o braço humano. De fato, o braço humano é prova da sabedoria manifesta de Deus. Ele nos deu esse membro para que nós, acima de todas as outras criaturas, pudéssemos manejar ferramentas. Vesalius foi muito sagaz ao ressaltar esse ponto. Conhecer o corpo é conhecer o propósito de Deus, é o que sempre digo. Bem, não estou querendo bancar o professor.

Estava claro que queria. Abstive-me de compartilhar meus pensamentos sobre o assunto por enquanto, e me pareceu que ele não fazia questão deles. Continuou falando sobre as maravilhas da mão humana, a engenhosidade dos tendões flexores, a elegância dos pequenos ossos dos dedos, a incrível destreza permitida pelo rádio e pela ulna... Tomas chegou com o livro, e nós o abrimos na grande prancheta.

A xilogravura de Vesalius é uma das feitas por Jan van Calcar — talvez você o conheça —, o discípulo de Tiziano. Como Tulp dissera, o anatomista está postado diante de um cadáver, mas tudo o que se vê é o braço dissecado, como uma espécie de troféu. É uma escolha incomum para um retrato, mas, como Tulp esperava transmitir com clareza, era uma escolha direcionada por sua filosofia moral.

— Gosto da expressão dele nesse retrato — disse Tulp. — Creio que ele parece ao mesmo tempo sábio e acessível. É assim que eu gostaria de ser retratado.

Foi engraçado olhar para aquele retrato com o médico em pé ao meu lado, porque vi com muita nitidez que Tulp tinha adequado sua própria aparência ao modelo de Vesalius. Tulp tinha aparado seus pelos faciais num corte semelhante. Mas havia mais que isso. Eles também pareciam ter rostos igualmente redondos e uma certa seriedade análoga. Quanto mais contemplávamos o quadro, mais eu podia vê-la.

— Quer dizer que você gostaria que eu tentasse obter esse tipo de expressão? Que realçasse sua semelhança natural com Vesalius?

— Bem, acho que não sou parecido com ele... No fundo, não. Ele era de Flandres. Eu sou de pura linhagem batava. Mas, sim, acho que seria útil incluir uma peça de anatomia, talvez um membro dissecado. Se você não se importar, eu preferiria um braço, em homenagem a ele.

Eu ri, porque achei de início que essa era mais uma de suas piadas sem graça.

— Pickenoy incluiu um esqueleto inteiro no retrato que fez de Sebastiaen Egbertszoon para a guilda — Tulp justificou-se. Parecia que ele tinha previsto minha reação. — O retrato é tido em alta conta.

— É mesmo. — Deixe-me lhe dizer, com sinceridade, que detesto Pickenoy. Trata-se de um pintor muito popular, mas seus quadros são cômicos em sua falsidade. Entendi que Tulp pretendia que eu me deixasse orientar pelo mestre Pickenoy. — Mas não acha que um esqueleto é, por assim dizer, menos repugnante que um membro humano, decepado e esfolado?

Tulp refletiu um instante sobre isso.

— Talvez você tenha razão aí. Imagino que muitos, e as mulheres em particular, considerariam a carne mais desagradável que os ossos. O esqueleto é uma visão familiar para nós, não é?

— E qual seria a justificativa, em termos de narrativa, para incluir só o braço? — perguntei-me em voz alta.

— Em termos de narrativa? — Ele não entendia o que eu estava querendo dizer. — Para que as pessoas compreendam minha devoção e respeito por Vesalius, é claro.

Tentei imaginar esse quadro que ele queria que eu pintasse: mais de meia dúzia de cavalheiros em elegantes capas com rufos, com ar muito grave, em pé junto a uma mesa de dissecação na qual está o braço esfolado de um homem.

— A parte difícil, do seu ponto de vista, imagino eu, seria certificar-se de que a anatomia esteja certa.

— Entendo. Você gostaria que eu pintasse a disposição interna do braço, como está descrita aqui.

— Exatamente isso. Só que espero que saia melhor. Com uma precisão anatômica maior. Veja bem, Van Calcar era um bom pintor, mas há alguns erros.

— Ah — disse eu, refletindo sobre esse aumento na dimensão do pedido. — Mas para tanto eu precisaria estar extremamente familiarizado com a estrutura anatômica do antebraço; como Tiziano e seus discípulos estavam quando ilustraram a *Fabrica*.

— Bem, a solução para isso é fácil. Você comparece hoje à noite à lição de anatomia. Lá dissecarei o antebraço e a mão do corpo. Se você observar com acuidade, deverá ser capaz de retratar o membro com muito mais precisão do que Van Calcar. Não será tão difícil.

Não discuti com Tulp, pois ele parecia ter pouca noção de como se realiza o trabalho da pintura. Observar uma dissecação a partir de um banco no teatro não me forneceria a matéria-prima necessária para eu reproduzir com tinta a óleo um membro dissecado, por maior que fosse a "acuidade" que eu aplicasse à minha observação no recinto. Seria preciso eu estudar o braço, voltar a ele repetidas vezes. A pele esfolada, tendões esticados, ligamentos e ossos — nada disso é captado facilmente pelo olhar ou pelo pincel. Considerei a encomenda ao mesmo tempo empolgante e desconcertante.

Pensei na questão do braço esfolado enquanto o esboçava. Esvaziamos umas três xícaras daquela infusão asquerosa que ele tinha me trazido antes que eu o mandasse de volta para casa, para sua mulher, pelo resto da tarde. Ele saiu do meu ateliê, mais ou menos de bom humor. Meu estômago já estava roncando por causa daquele chá.

Ele repetiu que me receberia com prazer na lição de anatomia naquela noite; e sugeriu que eu chegasse cedo, pois suspeitava que o evento seria bastante concorrido. Prometi que compareceria e disse que sem dúvida seria proveitoso ter uma boa visão, para poder observar o braço dissecado com "a máxima acuidade".

Enquanto isso, lá no fundo, minha cabeça tentava imaginar como eu poderia me apropriar de um braço esfolado, para conseguir conferir-lhe vida na tela e satisfazer esse tal de Tulp.

NOTAS DA CONSERVADORA, TRANSCRITAS A PARTIR DO DITAFONE
Diagnóstico do quadro: *A lição de anatomia do
dr. Nicolaes Tulp*, de Rembrandt, 1632

Observações iniciais: a luz do dia ricocheteia na superfície. A olho nu, o que é aparente de imediato são as variáveis de textura nos tons mais claros. A luz natural empurra os tons mais escuros para um brilho, quase uma ofuscação. Talvez isso se deva ao escurecimento do verniz.

Vou me aproximar mais com meu microscópio. A roupagem das figuras é trabalhada em matizes sutis de cinza, marrom, preto. Também vejo sinais de algum roxo numa capa. Está claro que a capa de Tulp foi repintada, embora a camada original de tinta ainda esteja presente em parte. Foi consertada depois de sofrer danos pelo calor no incêndio no Nieuwe Waag, em 1732. Temos anotações aqui sobre os danos causados à obra, embora não tenham sido graves.

Claes chama isso de dissecação, mas eu prefiro pensar nessa atividade como uma autópsia, no sentido original do grego: *auto* (próprio) *opsis* (vista, visão). Nesse caso, olhamos o interior do corpo para descobrir o eu. O que o pintor pretendia dizer sobre si mesmo ao pintar esse quadro? O que ele queria revelar ao mundo através desse corpo?

Rembrandt construiu o corpo usando pinceladas, por meio de camadas de tinta. Mais tarde, ele mudou de ideia e fez algumas alterações no corpo, voltando e fazendo acréscimos para alterar a composição. Adoro a palavra pentimento – que provém do termo italiano para arrependimento. Eu me arrependo com meu pincel e acrescento pinceladas de tinta para mudar a imagem. Com os pentimentos, o que podemos ver é a prova real do pintor diante do cavalete. Ou seja, o pintor pensando na tela. É um sinal do processo de Rembrandt – o funcionamento da sua mente – enquanto ele elaborava o quadro.

Em radiografias anteriores, observamos que Rembrandt tem uma grande concentração de pentimentos na mão esquerda, a dissecada, prova de que ele trabalhou e retrabalhou essa mão, no esforço de acertar a composição. A radiografia revela uma área clara parcialmente pintada em branco de chumbo, que se liga diretamente à imagem de raios X do antebraço dissecado agora visível. Naturalmente, é de se esperar que Rembrandt dedicasse um bom tempo a retrabalhar esse braço esquerdo, já que deve ter sido um desafio e tanto decidir de que modo iria pintar a anatomia interna de um braço, com todos os seus tendões, ligamentos, músculos e assim por diante. Afinal de contas, ele não era médico; nem tinha tido oportunidade de examinar detidamente o interior de um braço. Rembrandt precisou discernir sobre como criar um membro dissecado, com base no que pôde ver. Mas onde ele viu esse braço? O que usou como modelo?

Pesquisadores anteriores (De Vries *et al.*, Schupbach, Heckscher) propuseram que Rembrandt tenha usado manuais de anatomia – dos quais havia alguns em circulação na Holanda naquela época –, em particular a obra de Vesalius *De humani corporis fabrica* (Da estrutura do corpo humano). É decerto muito provável que Rembrandt tivesse essa obra à sua disposição (em outro texto sugeri que esse seria o fólio que está aos pés do cadáver no primeiro plano do quadro). Mas não é também possível que ele tenha usado algo mais natural como modelo?

Até agora, supôs-se que Rembrandt não compareceu à lição de anatomia, mas que construiu, sim, uma cena com base nas sessões individuais com os "atores" médicos. Essa suposição é sustentada por argumentos (Wood Jones; Wolf-Heidegger) de que a anatomia da mão esquerda, dissecada, está incorreta sob vários aspectos.

Entretanto, o novo estudo médico de Groningen, "Uma comparação da *Lição de Anatomia* de Rembrandt com um antebraço esquerdo dissecado de um cadáver holandês do sexo masculino", publicado no *Journal of Hand Surgery*, alinhando-se com Heckscher, indica que Rembrandt realmente ofereceu uma descrição espantosamente precisa dos flexores superficiais dos dedos. O estudo concluiu que os "detalhes e a aparência realista e vívida do quadro original sugerem que Rembrandt tenha usado um braço verdadeiro...". Isso parece indicar que Rembrandt estava trabalhando com um modelo-vivo. Ou seja, que ele não só assistiu à dissecação, mas passou um bom tempo com o braço do cadáver, tanto antes como possivelmente depois da lição de anatomia de Tulp, além de ter usado um braço real como modelo. Creio que devemos examinar por um momento as implicações dessa descoberta. Rembrandt usou um braço de verdade? Onde ele teria conseguido um braço de verdade para um exercício como esse? No patíbulo? Com o próprio professor de anatomia?

    O que pretendo fazer agora é examinar o resto do corpo do cadáver para ver se pode haver algum outro sinal de que Rembrandt viu esse corpo em particular.

    Agora estou olhando com o microscópio.

    A camada de tinta é relativamente fina, em especial se comparada com quadros posteriores de Rembrandt. Está aplicada com enorme parcimônia, como se ele estivesse tentando poupar tinta. Os pigmentos, em especial os matizes mais quentes, estão aplicados de modo mais espesso no primeiro plano. Os detalhes do pano de fundo e as figuras no segundo plano apresentam tonalidades mais frias, mais amortecidas. As tonalidades mais quentes estão na frente. Também as pinceladas estão aplicadas de modo mais sucinto no fundo, e mais detalhado na frente. É o início do surgimento da técnica de Rembrandt: com o uso de pigmentos mais claros e mais espessos, ele atrai o olhar do observador para onde quer que ele vá. As figuras dos médicos apresentam uma uniformidade relativa em termos de matizes e da espessura da tinta. O rosto de Colevelt, porém, na extrema esquerda, tem uma tonalidade mais acinzentada. Ele foi pintado posteriormente, mas essa questão já foi discutida.

    Agora estou olhando para o corpo do cadáver. Há algumas áreas sombreadas na cabeça do cadáver que foram pintadas por cima. Será que ele mudou a cabeça de lugar um pouco? Os tons aqui estão mais cinzentos, mas também mais quentes, com uma concentração maior de pigmento. Há uma quantidade extraordinária de luz que se derrama sobre o cadáver, como se viesse de uma única fonte no alto. Ainda assim, a coloração tende para o cinza, para indicar a morte.

    Aqui temos algo curioso: parece haver, sim, uma transição estranha entre a mão direita do corpo e o pulso. Rugas de tinta ocorrem junto com algumas rachaduras prematuras. Essa é a mão direita – a mão mais próxima do observador, não a mão dissecada. Além disso, há uma mudança na tonalidade entre o pulso direito e a mão direita. A mão é mais cinza, e há uma concentração maior de pigmento. É uma mão muito incomum, desnecessariamente elegante para um ladrão, ao que me parece. Já pensei nisso antes, só de olhar para ela na galeria. É realmente muito atípica.

    Observe-se por favor que precisarei solicitar permissão para colher uma amostra desse trecho. Muito curioso. Talvez eu deva também dar uma olhada na radiografia de 78 de De Vries e sua equipe, para descobrir se já estava assim naquela época. É o que farei agora de manhã.

V

A MENTE

31 de janeiro de 1632
Caro Mersenne,

Prometi-lhe que, antes do final do ano, lhe mandaria meu novo tratado que explica o peso, a leveza, a dureza e a velocidade de queda de pesos no vácuo; e, como está perfeitamente óbvio pela data desta missiva, mais uma vez não consegui cumprir minha promessa.

Peço que continue sendo paciente comigo, meu caro amigo, pois meu motivo para protelar o envio tem sido a esperança de incluir parte de minhas recentes observações para "O Mundo". Queria também responder a seus pensamentos sobre o halo da chama de uma vela e apresentar minhas próprias posições quanto à questão da localização da alma no corpo.

Hoje pela manhã, comprei um cordeiro de um dos açougueiros de perto de onde estou morando e o estive examinando em meus aposentos. Esmiuçando seus órgãos e tentando anotar minhas observações das funções vitais com base na anatomia do cordeiro, espero aprender acerca da digestão dos alimentos, da pulsação cardíaca, da distribuição dos nutrientes e dos cinco sentidos. Não posso supor que essas sejam funções corolárias às de um ser humano, mas são um ponto de partida.

Ainda assim, receio descobrir pouco no cordeiro que eu já não tenha observado em minhas vivissecções em cães e cabras. É notável como os órgãos dos animais se assemelham na forma e na função. Eles só são diferentes no tamanho e às vezes na localização no corpo. Pesquisei nesse cordeiro algum sinal de sua alma racional, mas, como já estava morto, não tive muita esperança de descobri-la. Sob muitos aspectos o corpo dos animais é tão complexo quanto o dos seres humanos. Mesmo assim, ainda não encontrei uma explicação para o fato de eles não possuírem a capacidade da fala ou do raciocínio.

Caro amigo, minha intenção era viajar para Deventer esta semana para me reunir com Reneri e comparar notas sobre essas e outras observações recentes. Contudo, parece que estou impedido mais uma vez, tanto pelo tempo gélido, que torna intransitáveis muitos dos rios e canais do campo, quanto por um evento ao qual devo comparecer hoje à noite. Assistirei a uma demonstração e aula de anatomia de um certo dr. Nicolaes Tulp, preletor da guilda dos cirurgiões desta cidade. Na Holanda, todas as profissões devem ter uma guilda, pois os homens aqui não fazem questão da singularidade, mas preferem ser mais como epífitas, que crescem onde outras plantas da espécie já tenham encontrado à disposição alguma fonte de umidade.

Sabia que aqui eles têm permissão para executar necropsias em criminosos recém-saídos da forca, diante de uma numerosa plateia, que inclui cada mercador e comerciante que possua uma gola de rufos? É diferente de qualquer coisa que eu tenha ouvido dizer de Oxford ou Pádua. Os holandeses cortam a carne e dão aula, discutem e debatem; e depois se banqueteiam abertamente e com a aprovação do público. A dissecação festiva é bem mais cheia de pompa do que de substância, porém, quase como uma peça no palco.

Já ouviu falar do preletor de anatomia desta cidade, que adotou o nome da flor mais emblemática do país? Tulpius, é como o chamam, como algum personagem de Rabelais. É a ele que se atribui a frase "prefiro errar com Galeno a circular com Harvey", como se apostar nos antigos contra a modernidade fosse algum tipo de corrida de cães.

Entendo que a objeção de Tulp não é a teoria específica que William Harvey propõe acerca do bombeamento do sangue através do coração, mas a própria noção de investigar a função precisa do coração. No fundo não entendo a lógica dessa posição. É claro que ainda há quem considere o coração o local da alma mortal ou da imortal, e talvez essa objeção ao trabalho de Harvey decorra do medo de que perturbemos a imagem de um órgão tão sagrado. Parece-me perfeitamente claro que o coração tem uma função mecânica no corpo, uma função que está de algum modo relacionada à revitalização do sangue. Quando o sangue sai do coração, ele não tem as mesmas características que tinha ao entrar. É mais quente, mais rarefeito e mais agitado. Será que os médicos receiam que o coração já não poderia ser a sede da alma se desempenhasse uma função mecânica?

Tenho minhas dúvidas acerca das conclusões de Harvey, porque suas observações sobre os movimentos do coração diferem em termos substanciais das provas que acumulei durante vivissecções de cães. Harvey merece, porém, os maiores louvores possíveis por fazer uma descoberta tão valiosa sobre o bombeamento desse órgão.

Posso ter algo a aprender com esse Tulpius – e descobrir nossas diferenças para eu poder articular minha oposição com maior vigor – e, no momento, a observação direta da dissecação de um ser humano pode gerar esclarecimentos maiores do que minhas próprias dissecações amadorísticas de animais.

Por sinal, já mencionei que aqui eles vendem os quartos traseiros do boi inteiros, de modo que é possível acompanhar o trajeto das veias e artérias diretamente das patas até os intestinos? Fiquei empolgado ao descobrir isso e mal posso esperar para abrir espaço nos meus aposentos e poder avançar com meus estudos.

Muitas vezes, entoei louvores a Amsterdã como o perfeito retiro urbano, e como é preferível a Paris ou Roma, porque todos estão

tão envolvidos com os negócios que não prestam atenção a ninguém. Não faz um ano que me vangloriei com Jean-Louis de Balzac, dizendo que poderia morar aqui a vida inteira sem jamais ser percebido por quem quer que fosse. Contudo, o tempo desgastou meu anonimato, e comecei a ser notado... Na realidade, comecei a ter certas obrigações sociais das quais parece que não consigo me esquivar.

    Portanto, é isso: sou forçado a adiar meu passeio a Deventer mais uma vez. Permaneço aqui em meus aposentos na Oud Prins e compartilharei com você alguns novos capítulos do "Mundo", assim que os tiver prontos.

Seu amigo sincero e dedicado,
René Descartes

VI

O CORAÇÃO

Eu nunca soube que havia tanto espaço vazio lá fora entre Leiden e outros lugares. Sempre imaginei que uma cidadezinha terminava, e outra começava logo ali, do outro lado de uma barragem ou um dique.

Minha mãe às vezes falava dos trechos desertos que percorria a pé quando levava seu touro para coberturas, mas eles deviam ser mais desertos do que eu podia imaginar, porque não havia nada por lá, a não ser os campos, o céu e os corvos. Pelo menos, isso era tudo o que eu via da barcaça que nos levou na travessia do Haarlemmermeer até Amsterdã.

Mas aquela brisa no barco era demais. Quando ela passava veloz pelo meu rosto, eu pensava que no mundo havia outras coisas além de crueldade e maldade. Adriaen me disse uma vez que tinha estado numa galé. Com outros condenados, ele tinha que remar por oito anos para o almirantado de Roterdã. Isso parecia importante, mas ele disse que o almirantado não era melhor do que os traficantes de escravos, e seu trabalho era remar para eles. Eu nunca soube como ele conseguiu sair daquele navio, mas pensei nos lugares aonde ele teria sido levado. Pensei que, mesmo numa embarcação como aquela, podia ser que houvesse esse tipo de brisa. Se ele sentiu essa brisa, aposto que sorriu. Isso fez com que me sentisse melhor. Por isso, segurei minha barriga e pensei que Carel um dia devia sentir aquela brisa.

O menino que o padre mandou comigo era uma criatura fraca e descorada. Disse que se chamava Guus. Ele me fez lembrar Adriaen quando era jovem: magricela e desconjuntado. Ele podia ter sido um daqueles meninos jogando pedras de manhã. Quando chegou perto de mim, parecia que o tinham mandado se encontrar com um fantasma ou um bicho-papão. Vai ver que ouviu o que todos gritavam. Vai ver que tinha ideias a respeito de mim.

Peguei a mão dele e a segurei entre minhas duas mãos. Fechei os olhos.

— Obrigada, rapazinho, por não sentir medo. Você é um bom menino. Nós vamos cuidar um do outro.

Ele deu um sorriso sem graça.

Quando a gente ainda estava perto da terra, a barcaça era puxada ao longo da beira do canal com a ajuda de cavalos que seguiam por terra. Mas, assim que nos afastamos, eles soltaram os cavalos, e a barcaça partiu. Levantaram as velas, e o vento batia nelas. Dava para ver a força do vento, sem parar, às vezes inclinando nosso barco até eu me assustar. Uma força sobrenatural, aquela brisa. Nada que se pudesse tocar, mas a força dela era demais.

Quando o barco estava mais para o meio do *meer*, de vez em quando o menino olhava para mim e fazia uma pergunta.

— Há quanto tempo você mora em Leiden?

— Como conheceu esse condenado?

— Você sabe ler?

— Como é ter um bebê aí dentro?

Peguei a mão dele e a encostei na minha barriga. Ele esperou até o bebê dar um chute. O menino teve um sobressalto quando Carel se mexeu. E então riu. Nós dois rimos. Engraçado como a gente pode rir a qualquer hora, em qualquer lugar, mesmo nas piores situações.

— Você conseguiu o bebê com um feitiço? — perguntou ele, então.

— Não, foi com um homem — respondi.

— Esse homem que a gente vai procurar em Amsterdã?

– É.
Guus deu um passo para trás, para se afastar de mim.
– Disseram que ele matou alguém.
– Ele não matou ninguém. Só tentou roubar o casaco de um homem.
O menino pareceu confuso.
– Mas ele não tinha um casaco dele mesmo?
– Não sei – disse eu, para ser franca. – Às vezes, ele tinha um casaco. Às vezes andava só de colete. Às vezes tinha coisas e depois perdia tudo. Ele não era bom nessa história de guardar o que tinha.
Guus pensou sobre isso.
– Ele pode ficar com meu casaco – disse ele. – Eu nunca sinto frio.
– Seria muita bondade sua.
Ele pareceu orgulhoso de ter dito aquilo.
Daí em diante, ele sentiu menos medo de mim e passou a me chamar de "senhora".

NA NOITE ANTES DE ATIRAREM AS PEDRAS, TIVE UM SONHO QUE ESTÁVAMOS subindo numa árvore com nosso recém-nascido. Eu e Adriaen. O bebê está numa das minhas mãos. Eu queria fazer uma torta de maçã para a primavera, e nós todos íamos juntos colher as maçãs na árvore no quintal. Quando eu subi, Adriaen levantou o bebê para o meio dos galhos, porque disse que o bebê só estaria a salvo no topo da árvore. Eu estava tentando pegar uma maçã de um ramo e tentando me esticar para apanhar o bebê ao mesmo tempo. Foi assim que perdi o equilíbrio, porque me estiquei e quebrei os galhos de baixo. Adriaen estava subindo e caiu para a frente, de modo que nós dois caímos juntos e caímos bastante. A queda durou muito tempo. No sonho, eu estava calma com aquilo tudo, sem gritar, mas sentia medo pelo bebê.

Acabamos batendo num galho e fomos parar num ninho enorme, mas ele estava cheio de espinhos, e nós nos ferimos com cortes e contusões, e choramos. O bebê não estava mais com a gente. Ele subiu planando até o alto da árvore quando começamos a cair. E, quanto mais caíamos, mais alto ele subia. Finalmente, nós o vimos lá em cima, acomodado num poleiro, tranquilo como um cordeirinho. Adriaen e eu ficamos no nosso ninho, e ele me abraçava enquanto olhávamos para nosso bebê lá nos galhos mais altos da árvore, acima de nós. Vi a barriga de Adriaen e apalpei a marca do ferro quente, e não era nenhuma das formas que eu conhecia. Dessa vez, era um passarinho, com penas fantásticas, de muitas cores. Risquei meu nome naquela cicatriz, e meu dedo era uma chama.

Pensei no que eu podia dizer ao magistrado para fazê-lo conceder o perdão. Eu não sabia o que minhas palavras representariam para um magistrado. Sou só uma mulher pobre, com um moinho quebrado; e agora estou mais cansada do que nunca, com o peso do bebê.

Eu não sabia se o bilhete do padre van Thijn ia ajudar. Só que estavam dizendo que ele era um assassino, e eu sabia que isso Adriaen não era. O padre sabia também, mesmo que não dissesse nada. Adriaen não era meigo nem bondoso, mas ele não tinha esse tipo de perversidade. Eu sabia tudo que ele roubava e como roubava. Ele não tinha vergonha de falar do seu jeito de ser ladrão. Tinha orgulho do seu jeito. Dizia que sempre era cortês com os homens, mesmo quando estava tirando alguma coisa deles. E, se era apanhado, dizia que sempre demonstrava respeito pelos carcereiros. Não se incomodava com o que faziam com ele, não importava o que fosse que fizessem, parecia que ele achava que fez por merecer. Era assim que tudo funcionava com Adriaen. Ele era um malfeitor porque era assim que vivia. Eles lhe davam surras de açoite e o marcavam com ferro quente porque aquele era o castigo esperado. Mas ser enforcado? Por matar alguém? Não, não. Ele não era assim.

Podia ser que eu dissesse o seguinte ao magistrado: Adriaen gostava das pessoas. Conversava com todo mundo, como se nunca tivesse encontrado um desconhecido. O que era dele era de todos; o que era de todos era dele. E, se ele gostasse de alguma coisa, não deixava de pegar essa coisa. Mas nunca ficava muito tempo com nada; e nunca conseguiu muito com a ladroagem. Uma faca afiada para comer e um jogo de ferramentas para trabalhar o couro, que o pai deu para ele. Era só isso que eu sabia que ele tinha. E também adorava a vida de andarilho. Gostava de aquecer as mãos diante da fogueira crepitando na margem de um canal, com os outros mendigos. Achava que o vento era música nos seus ouvidos.

Conheci Adriaen quando menino e o conheci como homem. Fomos criados em casas vizinhas, junto do Reno. Era um menino tranquilo de pernas espichadas. Ele cuidava de mim quando meu pai subia bêbado para a tulha do moinho. Eu cuidava dele quando o pai dele se descontrolava dando socos para todo lado. Ele saiu de Leiden quando eles perderam a oficina, e passou anos perambulando.

Quando voltou para Leiden depois de todos aqueles anos de viagem, era o homem mais cansado que eu já tinha visto, meu Adriaen. Não era só nos olhos, mas por toda parte, como se ele tivesse sido uma vela num navio mercante em alto-mar, retalhada por piratas. Era assim que ele estava quando voltou para mim depois de todos aqueles anos por aí. Ele saiu e voltou exausto.

O corpo dele também já não era bonito. Mas cada uma daquelas cicatrizes de açoites e marcas de ferro eram prova da vida que ele tinha levado; e, quando a gente estava na cama, eu costumava tocar nelas e passar meu dedo de uma para a seguinte, como se fossem um mapa das suas viagens. Aquelas costas dele eram como os morrinhos das nossas terras alagadas; e cada cicatriz comprida, um canal, um caminho para sua salvação. Ele me deixava tocar nelas, apesar de que a pele era sensível ali. E acho que não deixou mais ninguém fazer isso, nunca.

Eu prestava atenção e ouvia histórias de onde ele tinha estado. Não era bonito o que ele contava, às vezes, mas aquelas palavras eram um lago fundo onde a gente entra e fica com os pés presos no lodo lá embaixo, não se sabe como, só balançando. O que eu quero dizer é que não era feio lá no fundo de Adriaen; era só escuro e diferente. Eu podia ficar muito tempo ali naquele lugar, sem ter nenhum sentimento mau por nada.

Assim que atravessamos o *meer*, amarraram a barcaça de novo a cavalos; e foram eles que nos puxaram ao longo da margem até o Overtoom. Quando chegamos perto dos portões da cidade, os cavalos começaram a corcovear e relinchar. É que muitas éguas estavam na comporta. Na barcaça, espalhou-se a notícia de que tinham fechado os portões da cidade no porto de Leidse. Diziam que tinha gente demais de fora tentando entrar para o Dia da Justiça. Eles não podiam deixar passar o povo.

Isso queria dizer nós, os de fora. Isso queria dizer o mundo, vindo ver o enforcamento de Adriaen. Corri até o capitão e lhe disse que tinha que chegar à praça Dam para impedir o enforcamento, mas ele não estava me ouvindo. O barulho era tremendo, com os cavalos e com tantos homens gritando para os barcos darem meia-volta. Iam ter que dar a volta e navegar até o porto Haarlemmer, disse ele. Esse era o único jeito de entrar. Eu disse que Adriaen ia ser enforcado se eu não conseguisse chegar com minha carta. Ele disse que sentia muito, mas eu simplesmente ia ter que esperar.

Foi o que fizeram. Deram meia-volta. Os cavalos estavam enlouquecidos com o caos nas margens, mas os marujos lhes deram chicotadas até se acalmarem e recuarem da comporta. Eu estava ficando nervosa, e Guus não parava de olhar para mim.

— Já vamos chegar lá, senhora — repetia ele. — Não se preocupe. Vou fazer a senhora chegar lá.

Como se um menino pudesse resolver tudo.

VII

A BOCA

Não encontrei minha ave-do-paraíso nos estábulos do cais. Também não consegui encontrar Rotzak, mesmo tendo chegado lá com a velocidade com que minhas pernas puderam me levar. Os encarregados do estábulo me disseram que tinham visto uma gaiola que imaginaram conter um pássaro; e que o próprio Rotzak a tinha apanhado poucos momentos antes. Tinha chegado e partido num pé só, sem dizer aonde estava indo. Quando perguntei em que direção tinha seguido, me indicaram os ancoradouros.

Talvez tivesse voltado para seu navio. Saí correndo pelos píeres, descendo até a água, sem saber em que navio ele tinha chegado, nem se já estava zarpando de novo. Subi num navio após outro. Não consegui encontrá-lo em parte alguma. Um marinheiro me disse para ir olhar lá onde o arenque é preparado. Por isso me encaminhei para lá. Um peixeiro me apontou de volta na direção do píer. E lá fui eu correndo de novo. De um lado para outro eu ia, primeiro perguntando com educação e depois gritando o nome dele. O Rotzak-fantasma estava "aqui não faz um minuto", ou "desceu para tomar uma cerveja, acho", ou, o que era perturbador, "estava conversando com algum negociante no píer".

Eu estava enlouquecido, correndo, por fim, pelos deques, gritando como uma droga de pirata decidido a se vingar. A certa altura, vi um homem carregando alguma coisa que parecia ser uma gaiola coberta e, sem olhar para o rosto dele, me aproximei e a arranquei das suas mãos.

Era só um balde fedorento, cheio de trutas, e o pescador agredido o exigiu de volta com os dois punhos fechados.

Isso era como perseguir a própria ave-do-paraíso. Desisti, amaldiçoei o marujo e voltei resmungando por todo o caminho até a praça Dam. Pensei que me postaria diante da forca, recuperaria o fôlego e esperaria pela queda de Joep. Foi então que ouvi meu nome ecoando pela praça.

— Jan Fetchet, Jan! Estou procurando você pela cidade inteira.

O fantasma que eu tinha procurado de navio em navio estava ali parado, com um largo sorriso de bêbado. Foi quando me ocorreu que eu não tinha verificado nas tabernas. A gaiola estava nas suas mãos, coberta com uma lona, exatamente como tinha sido descrita para mim.

— Rotzak, seu patife — gritei, correndo na direção dele. — Estava correndo atrás de você e dessa ave-do-paraíso. Eu devia lhe cobrar tudo o que perdi suando!

Ele estava cambaleando.

— É sua, meu amigo, toda sua — disse ele, segurando a gaiola bem alto. — Quinze *stuivers* pela ave-do-paraíso.

Eu me estiquei para pegar a gaiola, mas ele a puxou para trás, me provocando com a perspectiva de ainda se esquivar de mim. Dava para eu ver que minha aflição lhe dava algum prazer.

— Aqui está — disse eu, empurrando minhas moedas para a palma da mão dele. — Passe a ave para cá. — Foi o que ele fez, mas não sem antes girá-la acima da minha cabeça de novo. Pisei no pé dele uma vez, e ele deu um uivo. Então acrescentei: — Um dia você há de me pagar por ter me dado tanto trabalho. — As palavras foram duras, mas a comunicação foi alegre. Por fim, ele pôs a gaiola nas minhas mãos. — Vá gastar suas moedas com uma boa rapariga!

Fiquei tão aliviado de finalmente estar com a gaiola nas mãos que nem me dei ao trabalho de verificar se a ave não tinha pés. Não importa, pensei, enquanto seguia em disparada, da praça rumo à Sint Antoniesbreestraat — pois tinha pouquíssimo tempo para chegar lá e voltar à praça Dam para o enforcamento –, de qualquer maneira tirarei algum lucro dessa rápida excursão.

Eu ainda estava com um ridículo sorriso de triunfo quando cheguei à Sint Antoniesbreestraat e toquei a campainha do ateliê de Uylenburgh. Só que alguma coisa estava me perturbando, e eu não tinha tido tempo de pensar naquilo enquanto vinha correndo. Descobri o que era no exato instante em que a criada abria a porta: a gaiola estava estranhamente leve. Não havia nenhuma energia vital nela – nenhum ruído, nada de asas rebeldes.

Era tarde demais para dar meia-volta. A criada, uma mocinha de pele clara, estava me observando com os olhos semicerrados.

– Que deseja? – perguntou ela, já que eu não tinha me apresentado.

– Parece que bati na porta errada... – comecei a dizer, abaixando a cabeça para me despedir. Mas então ela falou:

– Ah, sinto muito, sr. Fetchet, não o reconheci de pronto. O patrão disse que eu devia levar o senhor até ele assim que chegasse. Pode me acompanhar.

Agora eu não podia ir embora por dois motivos. Em primeiro lugar, porque eu não tinha nenhum pretexto para ir embora se acabava de chegar ali. Em segundo lugar, a criada tinha segurado minha mão e já estava me fazendo atravessar o salão principal da casa de Uylenburgh, cheio de pinturas e esculturas que ele devia estar negociando, junto com finos tecidos, porcelana do Oriente e mobília de madeira entalhada à mão, da Itália. Eu estava fazendo um levantamento mental, para o caso de essa informação se revelar útil um dia.

Ela soltou minha mão assim que chegamos à escada estreita, só para permitir que eu me apoiasse na balaustrada enquanto subíamos. Contudo, enquanto subia a escada atrás dela, eu percebia cada vez mais que alguma coisa estava irremediavelmente errada dentro da gaiola. Ela chegou ao segundo patamar e, com um gesto, indicou que eu deveria entrar no ateliê primeiro. Hesitei, e a garota voltou pelo corredor estreito e agarrou minha mão novamente. Dos seus lábios saiu um som, o tipo de estalo de desaprovação que eu associo às damas da Cidade Nova, e então ela estendeu a mão para liberar a tranca de ferro da porta. A porta se abriu tão rápido que tive medo de invadir o espaço do pintor antes que ele se desse conta.

O ateliê já estava, de fato, cheio de gente. Havia um garoto de talvez uns onze anos, sentado diante do que parecia ser uma mesa de boticário, moendo minerais num almofariz com um pilão. Por trás de uma cortina, pude vislumbrar pelo menos outras duas pessoas. De início, achei que eram dois assistentes, mas, com um segundo olhar, pareceu que era um pintor e sua modelo, que estava seminua. Os pintores sem dúvida têm as melhores desculpas para se regalarem.

Van Rijn estava de costas para nós, voltado para o cavalete. Havia diante dele uma tela em branco gigantesca, que ele estava observando em profunda contemplação. Outro garoto estava sentado ao lado do cavalete, com um pequeno bloco de desenho na mão, esboçando vultos de alguns homens. As janelas estavam escancaradas, talvez para deixar entrar o sol, ou então para deixar sair o cheiro desagradável da terebintina.

– Senhor, o negociante de curiosidades Jan Fetchet – anunciou a criada.

Van Rijn virou-se de modo abrupto, deixando claro que não se perturbava com a interrupção; e, quando viu meu rosto, limpou os pincéis na bata de pintor. Num segundo estava diante de mim, animado, cheio de expectativa.

– Fetchet! Que prazer! Estava aguardando ansioso por sua chegada.

O pintor estava usando uma bata que cobria as roupas de ateliê amarrotadas, e suas mangas estavam arregaçadas até acima dos cotovelos. Seu volumoso cabelo ruivo se projetava de todos os pontos da cabeça como uma auréola desgrenhada.

– Recebi seu bilhete e fiquei muito satisfeito – disse ele.

Sem esperar pela minha resposta – pois o pintor era um homem ocupado –, Van Rijn removeu a cobertura da gaiola. Nós dois descobrimos, com uma breve passada da mão do pintor, que eu era um enganador. Em vez de uma ave-do-paraíso viva, a gaiola continha um monte de penas empalhadas, montadas numa vareta. Morta, é claro, e também sem pé.

— O que é isso? — disse ele. — A mensagem de hoje de manhã dizia que você tinha...

O sorriso animado com que ele me recebeu sumiu como que por mágica. A expressão era mais de consternação do que desapontamento. Com um olho fixo no meu rosto, ele abriu a porta da gaiola, enfiou a mão ali dentro e retirou a bugiganga emplumada. Ele a tirou de sua prisão com dois dedos, por uma asa, e a segurou diante de mim.

— Diga-me, Jan. Na sua avaliação, esta ave está viva?

— Não sou nenhum especialista, mestre van Rijn, mas devo admitir que ela não me parece bem.

— Não lhe parece bem?

Por que eu, ainda por cima, tinha respondido com tanto atrevimento?

— Não muito lépida, é verdade.

— Lépida? — As sobrancelhas de van Rijn estavam erguidas, e sua boca apresentou uma expressão de zombaria. Ele estava começando a achar aquilo divertido, creio eu. — Eu me arriscaria a dizer nem um pouco lépida. Chegaria mesmo a propor que está totalmente sem vida. Como uma amostra de um ser vivo, eu diria que é muito fraca. Diria mesmo ressecada. O que você acha, Jan? Estou chegando lá?

Eu não conseguia formar palavras que demonstrassem uma contrição adequada, não sei por quê. Estava farto de mim mesmo, depois de correr tanto, depois de tanto gritar por aquele vigarista safado.

— Mestre — foi tudo o que consegui começar a dizer. Respirei fundo e por fim baixei a gaiola ao chão. — Fui enganado do modo mais clamoroso.

Van Rijn chamou o rapaz que estivera sentado ao lado do cavalete.

— Tomas, preciso de você aqui um instante. — Pela asa inútil, o pintor segurava a triste ave no alto, e o auxiliar veio na nossa direção, com as mãos em taça, como que em súplica. Van Rijn depositou a ave-do-paraíso morta nas mãos do rapaz e prosseguiu. – Tomas, precisamos ter muito cuidado quando nos dispomos a fazer negócios com mercadores de curiosidades. – Era certo que aquele comentário estava dirigido aos meus ouvidos. – Eles lhe oferecem uma coisa e entregam outra totalmente... diferente. – Então, voltando-se para me encarar de frente, ele acrescentou em tom mais severo. – Eles despertam sua esperança só para destruí-la.

O jovem concordou, em silêncio, e levou a ave para uma prateleira junto da janela, que já estava repleta de objetos que ele tinha adquirido de mim e dos meus concorrentes – escudos e bustos romanos, máscaras e espadas, conchas e peles de animais. Vi que no canto havia também gaiolas, e nelas criaturas aladas que se movimentavam. Senti uma vergonha ainda maior.

– Imagino que o preço desse saco de penas não seja muito alto, certo? – Ele estava remexendo nos bolsos em busca de uma moeda.

– Não me deve nada, mestre – disse eu, finalmente encontrando um modo de falar contrito. – Cometi um erro terrível. – Não considerei prudente encrencar meu fornecedor, pois os mexericos se espalham velozes por essas vielas estreitas. Que outra desculpa eu tinha? – A vida e a morte coexistem tão próximas nesta cidade que eu só posso dizer que às vezes é difícil discernir uma da outra – respondi, sem firmeza.

– Hum – disse van Rijn, pondo a mão no quadril numa pose de reflexão exagerada. – Ora, isso realmente me deixa intrigado, Fetchet. Você alega não saber dizer a diferença entre a vida e a morte? Será que passou tempo demais nas celas do burgomestre? – Ele riu, e eu consegui dar um meio risinho. – Ora, posso lhe mostrar a vida. – O pintor agarrou meu braço e me puxou na direção dos fundos do ateliê, onde as duas pessoas não identificadas estavam sentadas por trás de um lençol. Havia ali uma mulher; e, exatamente como eu pensava, ela estava com pouca roupa, sendo esboçada por um rapaz. Ela não exclamou nem se cobriu toda quando entramos; só puxou um lençol mais para perto do seio e reprimiu o riso. Suas bochechas eram rosadas; as pernas, primorosamente gorduchas.

— Isso é a vida — disse van Rijn, inclinando-se para dar um beijo no ombro nu da mulher. E não parou por aí: beijou-a mais três vezes, subindo até o pescoço, até ela começar a se debater e dar gritinhos. Ele então atravessou o aposento, puxou-me até janela do ateliê e apontou para o outro lado do IJ. — E aquilo, meu amigo, é a morte.

Daquela janela podíamos ver o campo dos enforcados, embora ele não ficasse muito perto dali. Dava para discernir somente três figuras suspensas das forcas, mas eu sabia que havia outros corpos mais antigos, mais adiante.

— É verdade, mestre van Rijn — eu finalmente consegui encontrar coragem para dizer. — À esquerda está Bas van der Plein, que estrangulou a própria mãe com o cinto, na comporta de Nieuwe Heren. No centro está o ex-meirinho Bart Boatel, que esfaqueou quatro homens na cadeia da casa de raspagem, só para se divertir, e pôs a culpa em outros prisioneiros, apesar de ter sido apanhado em flagrante. À extrema direita está o pobre Sander van Dam, que tentou incendiar o senhorio com um esfregão em chamas e está pendurado ali já há seis semanas.

— Ah, veja bem. Você realmente sabe pelo menos alguma coisa sobre a morte. Parece que poderia registrar suas histórias. — Ele estava um pouco impressionado.

— Por assim dizer, senhor, eu poderia, sim — respondi. — Estou presente em todas as publicações de sentença e execuções; e sei o nome de todos os condenados. Porque compro os corpos da cidade.

— E o que faz com eles, diga-me por favor.

— Trabalho como *famulus anatomicus* para a Guilda dos Cirurgiões de Amsterdã — acrescentei, pois achei que poderia recuperar parte da minha dignidade com esse título imponente. — Escolho os corpos que serão usados para a dissecação pelo preletor e depois os transporto até o Waag. Neste exato momento, estou atrasado para recolher um paciente.

Sua reação foi muito mais acentuada do que eu teria previsto.

— Você disse que trabalha para a guilda dos cirurgiões? — Sua atenção tinha mudado. — E o que é essa história de *famulus anatom*...?

— *Anatomicus*, senhor. É um título majestoso para uma função macabra. Sou eu que providencio os corpos para as dissecações públicas.

— E você vai fazer isso hoje? — sondou ele um pouco mais. — Para a dissecação festiva do preletor Tulp de hoje à noite?

— Por sinal, eu já devia estar lá agora.

Nesse momento, a expressão do pintor pareceu mudar.

— Eu também devo estar lá hoje à noite — disse ele, escolhendo as moedas pequenas no meio do que estava na palma da sua mão.

Esperei um instante antes de responder.

— Bem, era o que eu esperava, mestre. Todos os homens importantes da cidade estarão presentes.

Van Rijn lançou-me um olhar irônico.

— Foi bom termos feito essa transação hoje — disse ele, entregando-me quatro *stuivers*, que me pareceram ser um pagamento, não da ave, mas da informação sobre a forca.

Ainda assim, as moedas pareciam sem valor na minha mão, já que eu tinha suado tanto para obter aquela maldita ave-do-paraíso. No entanto, peguei o dinheiro e fiz uma profunda reverência. Foi um gesto absurdo e desnecessário, mas um negociante precisa se manter nas boas graças de seus clientes.

— Levante-se, Fetchet — disse van Rijn. — Não estamos na Itália. Diga-me quando você estará com o corpo nas mãos.

Eu me endireitei.

— Daqui a instantes, espero. A execução é ao meio-dia.

— Então você já está atrasado — disse ele. — Vá de uma vez.

Desci correndo a escada, saí pela porta e segui pela Sint Antoniesbreestraat, atravessei a Cidade Velha e voltei para a praça Dam, chegando ali bem a tempo de ver o carrasco passar o laço por cima da cabeça de Joep.

Quando recuperei o fôlego, senti alívio. Apesar de que teria sido natural eu sentir alguma tristeza pela sina de Joep, ali estava eu, mais como um urubu cercando sua presa. Minha fome derrotava minha misericórdia. Eu pensava: pelo menos esse eu vou pegar.

Quando o carrasco apertou a corda, veio um berro do meio da multidão, tão alto e penetrante que fez com que todos na praça Dam se voltassem para olhar. A multidão abriu-se em torno da origem desse grito, como se tentasse se proteger de um cavalo que estivesse se empinando. Era uma mulher, vestida em farrapos. Seu corpete estava desatado, quase revelando o busto inteiro. E seu cabelo brotava rebelde da cabeça.

— Pare, demônio! — berrou ela. — Ninguém vai ser enforcado! Salvem o inocente!

Ai, ela gritava sem parar como uma sereia grega, de modo que ninguém podia deixar de lhe dar atenção. Gritava que era uma bruxa, que já tinha parido cinco tigres do seu ventre e que ia parir mais dez e soltá-los bem no meio da praça, se não parassem com a execução. Embora eu tenha visto muitas bruxas de verdade nesta vida, ali havia mais teatro do que bruxaria. Suas mãos esticadas tentavam invocar raios, mas não vinha nada. Seus olhos, apesar de vermelhos e arregalados, não eram demoníacos. Só mostravam que ela estava descontrolada.

Aos sussurros correu o boato pelo povo de que ela se chamava Trijntje van Dungeon, de Antuérpia, a viúva do peixeiro assassinado. Algumas moças a empurraram para a frente, e alguns homens a ergueram até o patíbulo, junto do carrasco, para defender sua causa.

Assim todos nós podíamos vê-la com mais clareza. Seu rosto era redondo como um prato e estava manchado de lágrimas. O cabelo, um monte de cachos crespos com alguns fios grisalhos sobressaindo entre os tons mais louros. Ela parecia algum tipo de Medusa furiosa se contorcendo para sair do mar. Seus braços eram como dois remos enormes roubados de um galeão de guerra. Não era nenhuma bruxa, mas algum espécime altivo da mulher nórdica, que poderia esmagar um homem frágil com tanta facilidade quanto a de uma carruagem que passasse por cima de um camundongo.

Em vez de tentar forçá-la a sair do palanque, o carrasco parecia tão assombrado com a presença dela quanto todos nós. Ela não se dirigiu a Joep, como eu imaginava, mas, em vez disso, ocupou o centro do patíbulo, como se fosse seu próprio palco, e lançou seu monólogo sobre a multidão.

— Esse homem é inocente — gritou ela, agora que tinha conquistado a plena atenção de milhares de espectadores. — Ele não matou meu marido. — Vendo os dois parados um ao lado do outro no patíbulo, era difícil acreditar que supostamente houvesse um elo entre o alfaiate tímido e devoto e essa Medusa carnuda. Era como imaginar um inseto casado com uma vaca. — Esfaqueei meu marido por pura maldade e sem nenhum arrependimento — prosseguiu ela. — Eu o odiava com todas as minhas forças, dei-lhe uma facada bem no pescoço e fiquei olhando enquanto sangrava.

A multidão sufocou um grito, mas duvido que fosse porque alguém achou que ela não fosse capaz daquilo.

— Ah, eu o odiava mesmo — continuou ela. — Joep me amava e acabou chegando nessa hora. E o pobre coitado levou a culpa. O meirinho o carregou de lá, e Joep nunca alegou nada. Todos esses meses, ele pagou pelo meu crime. Agora estou aqui para morrer no seu lugar. — Ela se virou e olhou com carinho para seu amado. Ele retribuiu o olhar, e qualquer um podia ver que havia um amor verdadeiro entre aquele caniço e a vigorosa baleia.

Voltando-se para a plateia, ela começou a gritar:

— Podem me levar! Me levem no lugar dele. Sou eu, eu que deveria encarar a corda do carrasco. Sou a assassina e não sinto remorso. Fiquei louca de ódio. Matei meu marido com minhas próprias mãos.

Ela arranhava o peito, exagerando na teatralidade, para confirmar o que dizia, gritando para a multidão impedir a execução injusta. Ela não se calaria, a menos que o carrasco removesse a corda do seu amado Joep e a pusesse, sim, no pescoço dela. Até mesmo tentou empurrar o mascarado para um lado e fazer descer a corda; com esse movimento, sem querer, começando a estrangular seu próprio amado... mas então os carpinteiros do patíbulo e alguns homens da multidão intervieram. Eles conseguiram arrancá-la do seu palco, mas ela não parou de berrar e de dar socos no peito avantajado.

Devo admitir que a cena me comoveu. Eu estava feliz por Joep. Sempre o tinha considerado uma criatura gentil e bondosa, nos meses em que estive de olho na sua carne. Nunca senti vontade de arrancar seus olhos do lugar e colocá-los numa taça.

A multidão teria ficado mais que satisfeita de ver o carrasco passar a corda do pescoço de Joep para o de Trijntje. Logo a praça Dam em peso estava cantando pedindo a libertação dele e a condenação dela.

O clamor aumentou enquanto ela era carregada da praça para o prédio da prefeitura.

— Soltem ele, soltem ele! Enforquem a mulher! Enforquem a mulher!

Até mesmo eu fui arrastado naquela instigação.

— Joep, Joep! Libertem o inocente! Matem a maldita! — repetia eu, agitando meu punho cerrado. Também gritei e dei vivas quando o carrasco começou a soltar Joep da corda e até levantei um menino nos meus ombros para ele poder ter uma visão melhor.

Foi só depois de alguns instantes que me dei conta das consequências daquilo tudo: meu cadáver, aquele que eu tinha passado tantos meses cultivando, não ia morrer. Apesar de a multidão exigir que a doida da Trijntje fosse enforcada na corda designada para Joep, o carrasco não ia fazer nada enquanto os magistrados não dessem suas instruções. Que covardia! Estava claro que ela era a assassina! Além disso, seria uma perfeita substituta para Joep. Com o corpo de uma mulher para a dissecação, eu poderia cobrar seis ou até mesmo sete *stuivers* por cabeça na entrada; e sem dúvida seus órgãos dariam plena comprovação da sua ignomínia.

— Não perca nem mais um minuto! – gritei, com tanta fúria que algumas pessoas ao meu redor se voltaram, espantadas. O carrasco não me deu atenção. Trijntje foi acorrentada e arrastada para a cadeia de Sint Ursula. Enquanto estava sendo levada dali, diante da multidão que clamava, subi no patíbulo para falar com o carrasco, implorando.

Ele fez que não.

— Me recuso a enforcar uma bruxa – disse ele, sem rodeios. – Nunca se sabe o que pode acontecer.

Por isso, essa bruxa ia ficar no bem-bom na *spinhuis*, costurando e tricotando para passar o tempo, em vez de servir ao nobre propósito da ciência. Era um escândalo.

Eu agora estava com a corda no pescoço, se vocês me permitem o jogo de palavras, uma óbvia armadilha dessa minha profissão. Que dia! Tudo estava se voltando contra mim.

— Mas e o meu corpo? – disse ao algoz. – Os documentos estão todos assinados. A taxa foi paga. A aula anual de anatomia é hoje à noite!

— Ainda temos outro enforcamento – disse o carrasco. – Fale com o magistrado.

VIII

O CORAÇÃO

A barcaça finalmente chegou ao porto Haarlemmer, e os portões ali ainda estavam abertos, graças ao Senhor. Mas agora diziam que estávamos longe da praça Dam; e as ruas, cheias demais com carroças para se conseguir passar. Era preciso um bote para chegar à praça; e, mesmo assim, os canais estavam entupidos. Estava cada vez mais perto do meio-dia, e meu coração batia forte.

O menino disse que ia procurar um barqueiro para nós. E, mesmo antes que a barcaça tivesse atracado, ele já tinha pulado para a terra para ir encontrar um. Fiquei olhando enquanto ele corria pela margem e a barcaça deslizava para o ancoradouro.

Eu precisava chegar à praça Dam, mas a cidade me dava medo. Ela era barulhenta, apinhada de gente, e o fedor do lixo era pesado como um nevoeiro. Aquele porto estava cheio de marinheiros, mercadores, milicianos, catadores de lixo, andarilhos e todos os tipos de estrangeiros com suas sedas, seus veludos e seus turbantes. Quem não estava avançando aos empurrões estava em pé, no meio do caminho, tentando vender alguma coisa. Desse lado, um mendigo desdentado apregoava mercadorias feitas à mão; logo ali uma menina de não mais de seis anos vendia toucas e golas; aqui uma dama indecente puxava o corpete para baixo, para se vender. Homens empurravam barris de cerveja para cima de carroças; meninos ofereciam ostras que ainda tremiam nas meias conchas. Eu sentia medo nessa cidade como nunca senti em Leiden.

Guus voltou com um cara grande e troncudo, com a roupa tão esfarrapada que achei que fosse algum escravo de galé.

— Consegui – disse o menino, ofegante. – Ele tem um barco a remo. Deu para eu ver que nenhum outro quis aceitar a tarefa.

— A gente precisa ir depressa à praça Dam para parar o enforcamento – disse eu, tirando uma moeda da bolsa do padre van Thijn e a entregando ao homem. – Já estamos atrasados.

O homem fez que sim como se soubesse toda a história.

— Trate de esconder esse dinheiro – disse ele. – Essas ruas estão lotadas de ladrões. – Ele deu um sorriso estranho.

O bote estava ali perto. Ele me ofereceu a mão para me ajudar a embarcar, e eu me sentei no banco atrás do dele. Então ele mesmo embarcou, quase virando o barco, e pegou nos remos.

— Está pronta? – perguntou ele.

— Vá o mais rápido que puder – disse eu. – Por favor.

— Vamos ter que dar a volta pela enseada – disse ele. – Não está dando para passar pelos canais que saem do porto. Íamos demorar até o pôr do sol para chegar lá.

— Não importa como, a gente só quer chegar lá – disse eu.

Assim que estávamos fora do porto, o barqueiro começou a remar com ritmo. Eu podia ver que ele era forte e capaz; e que tinha firmeza com os remos. Estava de frente para nós, com as costas para a água à frente do barco, mas sabia aonde estava indo. Me olhou da cabeça aos pés por um tempo, e eu tive certeza de que ele estava me julgando quando seus olhos se fixaram na minha barriga.

— Você é casada com Aris, o Garoto? – perguntou ele. Eu sabia de quem ele estava falando. Meu Adriaen. "O Garoto" era seu apelido. O menino tinha lhe contado nossa história.

— Não chegamos a nos casar – foi tudo o que eu disse.

— Conheci seu cara – disse o barqueiro. – Ficamos na mesma casa de correção em Utrecht.

— Adriaen? – Não acreditei nele.

— Tenho a marca de Utrecht — disse ele. Segurando os dois remos com uma das mãos, ele soltou os cordões da camisa para mostrar uma marca no pescoço. Sua pele era mais clara que a de Adriaen, e seu pescoço era forte e grosso. A marca não era como a de Adriaen. Era mais comprida e retorcida, como se ele tivesse tentado se esquivar quando aplicaram o ferro quente.

Guus olhava, de queixo caído.

— Quer vir dar uma olhada? — perguntou o barqueiro, chamando o menino, com um gesto, para vir olhar mais de perto.

Guus deslizou para a frente no barco.

— Puxa! — disse ele.

Esperei que o barqueiro amarrasse a camisa.

— Então, você se salvou, porque está aqui, um homem livre, trabalhador, enquanto Adriaen está sendo preparado para a forca. — De repente senti um calafrio. — Já estamos chegando?

O PORTO DE AMSTERDÃ DEVE SER O LUGAR MAIS MOVIMENTADO DOS reinos do Senhor. Era como uma floresta onde as árvores eram os mastros e as aves eram bandeiras e fitas sendo açoitadas pelo vento de velas da cor de marfim. Por toda parte ao nosso redor, havia galeões gigantescos, ornamentados com mulheres de madeira entalhada e escudos majestosos. Chalupas traziam homens da terra, com os ombros sobrecarregados com arcas.

O nosso era um barco pequeno, e nós éramos jogados de um lado para outro na esteira daqueles barcos maiores. Perguntei ao barqueiro se íamos morrer ali.

— Não tenha medo, mocinha — disse ele. — O barco é pequeno, mas é firme.

Foi nessa hora que vi, lá na margem do outro lado do IJ, o campo dos enforcados, onde havia cruzes enfileiradas com corpos suspensos delas: o lugar que chamam de Volewijk. É para lá que levam os mortos para deixar o corpo se decompor depois de um enforcamento. Parecia um pequeno pomar de árvores esquisitas. Os corpos davam a impressão de trapos negros caídos de algum varal de roupa, com exceção do fato de que, quando se olhava por mais tempo, eles pareciam se encher um pouco enquanto balançavam com o vento. Meu coração começou a disparar, e dava para eu ouvir o sangue entrando nas minhas orelhas. Imaginei Adriaen lá entre eles, mais uma trouxa de trapos negros pendurados, batidos pelo sol, se afundando na carne, com os abutres dando voltas.

— Ele está ali? — perguntou o menino, junto do meu cotovelo, no parapeito.

Eu disse a Guus que Adriaen não ia ser enforcado.

O barqueiro olhou por cima do ombro e viu o que a gente estava vendo.

— Melhor fechar os olhos, então — disse ele. — Você não precisa ver esse tipo de coisa agora.

Nós íamos atrás dos navios grandes pelo canal principal do IJ que eles chamam de Damrak. O barqueiro estava certo. Eu podia ver que os canais menores estavam todos bloqueados com esquifes e botes a remo; e as margens estavam lotadas de gente. Não passávamos de um barquinho num mar de navios que tentavam chegar ao porto. Íamos bem junto da muralha do canal, e às vezes os barcos maiores batiam em nós. O barqueiro recolhia os remos dentro do barco e usava as mãos para nos empurrar em meio às outras embarcações. Nós nos agarrávamos um ao outro, o menino e eu, enquanto todos os barqueiros ao redor gritavam e praguejavam, tentando ver quem conseguia avançar mais.

Se isso não bastasse, ainda tinha aqueles vendedores ambulantes por toda parte. Mãos se estendiam para mim enquanto íamos avançando pelos canais fedorentos: peixe defumado, milho verde e brinquedos para o menino. Meretrizes levantavam as saias para o barqueiro.

— Açúcar e especiarias das Índias Orientais! — gritavam os ambulantes. — Açúcar do Novo Mundo! Especiarias do Extremo Oriente!

Eu queria estar lá. Estávamos atrasados. Não chegaríamos a tempo. O barqueiro sabia o que eu estava pensando. Ele viu o medo nos meus olhos.

— Moça, estamos mais perto do que imagina.

Os prédios foram ficando cada vez maiores enquanto passávamos pelo Damrak. Eram altos e imponentes, com o dobro da altura das construções em Leiden. Parecia que eram construídos um em cima do outro, sem nem mesmo um jardim ou um simples caminho entre eles, e com as portas dando direto para a rua, de tal modo que se saía da intimidade da casa direto para a via pública, todos, uns em cima dos outros.

— Vou parar aqui — disse ele, afinal — e vou junto com vocês até a praça. Não é longe, mas o Damrak está cheio demais, e a gente vai chegar lá mais rápido indo a pé. — Ele se voltou e olhou para minha barriga. — Está dando para você andar?

Eu disse que sim. Ele fez uma curva para entrar num canal estreito, atracou o bote e nós saltamos. Tentei lhe entregar minhas moedas de novo, mas ele não quis aceitar. Ele me pegou pelo braço, e o menino veio para meu outro lado. Entramos numa viela apertada, e eu podia ouvir a multidão ali perto. Ele estava fazendo o que tinha prometido. Estava esfarrapado e era durão, mas eu podia ver que era um homem bom.

— Preciso ver o magistrado — disse eu.

Mas, assim que a viela desembocou na praça enorme, tive medo de termos chegado tarde demais. Todos já estavam lá, e o patíbulo estava pronto, esperando. Vi que arrastavam pelo cadafalso uma mulher acorrentada e pensei: Se Amsterdã enforca uma mulher, do mesmo modo ela há de enforcar um ladrão.

O barqueiro disse para a gente manter o queixo baixo e ir direto à prefeitura. Não era longe, bem ali na praça. Havia um aviso na porta, que eu não consegui ler, e a sala estava escura do lado de dentro. Achei que tinha perdido o magistrado, mas o barqueiro me disse que havia homens lá dentro. Um homem abriu a porta com um empurrão, quase batendo em nós ao sair, agitando um rolo de papel na mão. Era um baixinho que carregava um saco de aniagem.

Foi o barqueiro quem abriu a porta para nós. Entramos para um piso de mármore, e a porta pesada foi fechada com violência. Um funcionário entrou e, sem perguntar quem éramos, nos mandou esperar. Eles nos sentaram em cadeiras de braços com encosto alto, cobertas com veludo vermelho. Aquela sala foi feita para gente importante, e eu me sentia pequena e suja ali dentro, como um camundongo que entra sorrateiro para roubar queijo.

Esperamos muito tempo ali, e eu podia ouvir a multidão do lado de fora se alvoroçar de novo antes que o funcionário do magistrado nos chamasse. Era um homem magro, de queixo comprido e olhos esbugalhados. Usava um longo colarinho branco e um chapéu alto, preto. Seu rosto tinha pequenas rugas fundas, dos olhos até a boca.

O menino foi comigo até a mesa. Fiz o que o padre van Thijn tinha mandado. Disse meu nome, mostrei minha barriga e disse que era "noiva" de Adriaen.

— Certidão de casamento?

— Ainda não nos casamos — disse eu, fazendo que não.

Ele concordou em silêncio.

— Registro de nascimento?

Fiz que não de novo. Adriaen nasceu mais ou menos quando eu nasci, também.

— Nenhum documento, então?

O menino deu um passo à frente e pôs a carta do padre van Thijn em cima da mesa.

— O que é isso? — O funcionário abriu a carta e a leu uma vez. Depois, encarou o menino. — E você quem é?

— O padre van Thijn me mandou vir — disse, com orgulho. — Sou um órfão, da nossa igreja.

Até aquele instante, eu nem tinha imaginado quem poderiam ser os pais do menino.

O funcionário olhou para nós dois.

— Suas intenções são louváveis, mas receio que tenham chegado tarde demais. São só dois homens a ser enforcados hoje, e o primeiro acabou de ser libertado. O seguinte está condenado. Acabei de transferir seu corpo para a Guilda de Cirurgiões de Amsterdã.

— Transferiu o corpo...? — disse eu.

— Eles usam condenados para a aula anual de anatomia.

— Transferiu para os carniceiros? — perguntou o menino.

— Os médicos pagaram uma boa soma pelo corpo. — O funcionário se empertigou e me encarou. — Ele vai servir à medicina. Seu corpo será usado para o bem público.

— Para o bem público? — perguntei. — Mas ele não precisa morrer. Ele não é um assassino. É só um ladrão.

O funcionário baixou os olhos para um livro que estava diante dele, onde palavras estavam escritas, e olhou de volta para mim.

— É. É o que diz aqui. Ladrão.

Ele leu em voz alta o que estava no livro.

— "Cedo de manhã, em torno das cinco ou seis horas, no Heren Sluis, nesta cidade, ele se juntou a mais dois para atacar um cidadão com o propósito de arrancar sua capa, cidadão esse que eles atiraram ao chão enquanto todos os três se abatiam sobre ele. E quando esse homem, essa vítima, tentou gritar pedindo socorro, eles o amordaçaram, impedindo que fizesse barulho. Se a ronda da noite não os tivesse descoberto a tempo, eles decerto o teriam matado."

O funcionário tinha guardado a carta do padre van Thijn, abanando a cabeça, em desaprovação.

— Todos esses fatos e suas graves consequências não devem ser tolerados numa cidade dedicada à justiça e à honestidade.

— Mas Adriaen. Adriaen adorava... — Eu sabia que ele não ia ouvir o que eu tinha a dizer. Saquei a bolsa do padre van Thijn e despejei as moedas em cima da mesa. Elas fizeram ruído de chuva pesada. — O que eles pagaram pelo corpo dele? Nós vamos pagar mais. — Eu não sabia quantas moedas tinha ali, nem quanto elas valiam.

O funcionário se levantou, firmando mais o chapéu na cabeça.

— Não há nada que eu possa fazer por vocês agora. A sentença foi determinada há quatro dias. O carrasco já perdoou o outro condenado com base nas palavras da sua mulher. E a Guilda dos Cirurgiões precisa realizar sua lição de anatomia.

— Adriaen nunca foi cruel — disse eu. — Nunca foi violento...

Os olhos dele demonstraram alguma pena.

— Vocês deveriam ter vindo antes. Não haverá mais nenhum perdão neste Dia da Justiça.

Ele se levantou, e sua cadeira rangeu forte no piso de mármore.

— Mas nós viemos de Leiden. A igreja... — disse o menino.

— Se quiserem ficar com o corpo, sinto muito, mas terão de arrancá-lo das mãos dos cirurgiões. — Ele já estava saindo da sala.

— Aquele homem... — disse eu. — O que acabou de sair? Foi ele quem comprou o corpo de Adriaen?

Ele não respondeu minha pergunta.

— Depois da execução, vocês têm de ir à guilda, à torre no Waag. A dissecação começa ao entardecer. Sugiro que cheguem lá antes.

Saí correndo da prefeitura, entrando no meio da multidão à procura daquele homem baixinho, o que estava com o rolo de papel. Se ele tinha pagado pelo corpo de Adriaen, haveria de aceitar meu dinheiro em troca, não é mesmo? Ele permitiria que deixassem Adriaen continuar vivo. Deixaria que me ouvissem.

Atravessei a praça correndo, com o barqueiro e o menino atrás de mim. Mas não vi sinal daquele baixinho, nem de todas as outras pessoas. Era como se eu estivesse vadeando um rio, com a correnteza contra nós, o capim alto querendo agarrar nossos tornozelos. Foi tudo rápido demais. Perdi tanta coisa tão depressa, tamanha era a minha tristeza. Eu não podia fazer nada para impedir que ele fosse pendurado naquela corda. Quase me afoguei naquela praça.

— Sinto muito por você precisar ver isso — foi a última coisa que o barqueiro disse quando chegamos ao centro daquela praça.

As vozes, o barulho, os cheiros e os sons eram mais do que eu conseguia suportar. Não tentei avançar, mas lá estava eu bem na frente. Fiquei ali em pé olhando e vi. Adriaen estava machucado, com cortes, e sua mão direita tinha sumido.

As pessoas abriram caminho, e ele foi andando na direção do patíbulo. Seu rosto estava descorado, encovado. Os olhos estavam vermelhos e descontrolados. Parecia que ele não via nada, apesar de estar olhando bem em frente. Os grilhões que prendiam suas pernas chocalhavam batendo no chão; os braços estavam presos para trás, acorrentados. Tinha um guarda de cada lado dele, dando empurrões, fazendo com que ele arrastasse os pés, retinindo. Eram brutos, como se ele fosse uma mula.

Ele não resistia a eles. Não queria resistir. Estava tentando não se curvar. Ele pôs o peito para fora, mantendo o queixo para o alto. Mas os guardas lhe davam empurrões no meio da multidão, e as pessoas gritavam seu nome. Então os guardas empurravam cada vez mais.

Estava abatido e fraco, mas não deixava que eles percebessem. O carrasco soltou as correntes, e elas caíram no patíbulo com um barulho metálico. Então o carrasco perguntou se ele queria dizer suas últimas palavras. Ele só perguntou se podia tirar o colete e a camisa. Ficou ali parado, com o vento açoitando, o corpo espancado, cortado, cheio de cicatrizes, os lábios secos e ensanguentados, as pernas das calças rasgadas. Ergueu para o céu os braços livres e os flexionou como um levantador de pesos.

— Não estou com medo — gritou ele. — Estou esperando por isso há muito tempo. Morte, aceito seu abraço. Não tenho medo de ti.

Olhei para cima, para ver algum sinal de misericórdia, mas o céu estava carregado, escuro e ameaçador. E bem diante de mim lá estava o laço pendurado, pronto para meu Adriaen.

Os dedos pequenos do menino foram se enfiando na minha mão, e eu fiquei feliz por isso, pelo menos. Fez com que eu pensasse em Carel e em como eu precisava viver por ele.

Então os sinos começaram a tocar. Os sinos das igrejas, batendo a hora. A hora fatal. O som era forte e cruel. *Blão, blão, blão,* como uma exigência. Como o próprio demônio dando ordens ao carrasco para cumprir sua tarefa. Eu sentia cada badalada do sino como se eu estivesse na ponta da corda que o fazia soar.

O carrasco avançou e pôs o laço em volta do pescoço de Adriaen.

– Aris! Aris! Aris Kindt! Aris Kindt! – gritavam as pessoas acompanhando o ritmo dos sinos. Não era música. Não estavam recitando, nem cantando. Não era o som de Deus, de Jesus, do amor ou da oração. Era um trovão estourando nos ouvidos antes de uma tempestade.

Senti a praça inteira se fechar em torno de mim. Eles estavam todos se aproximando para ver a execução. Agora estava na hora. Os sinos dobravam, e aquilo tinha que ser feito. Estava tudo tão apertado. Eu não tinha espaço para me mexer; não tinha ar para respirar. Estava pronta para me afogar. O carrasco se aproximou de Adriaen. Ele não era um ser humano, mas um demônio com buracos negros nos olhos por trás da máscara. Fechei meus olhos e fiquei com eles fechados. Minha cabeça latejava forte com cada badalada, cada *blão*. Eu inspirava o ar fétido de Amsterdã. As pessoas, a praça, o céu negro. Amsterdã inteira rugia. Todos rugiam seu nome com a voz alta e forte.

– Aris!

Depois veio o silêncio. No instante em que puseram o laço em volta do seu pescoço, Adriaen ficou parado, imóvel. Foi só então, um momento antes que eles o puxassem para cima, que ele me viu. De algum modo, ele me viu.

Parou de fingir orgulho. Parou de fingir ser forte. O laço estava no seu pescoço, e ele olhou para baixo. Era ali que estávamos, bem ali, bem diante dele. Seus olhos se fixaram no meu rosto, mas ele viu minha barriga também. Ele me viu e viu seu bebê.

– Flora. – Ele disse meu nome.

– Adriaen. – Eu disse o dele.

E então o carrasco cobriu o rosto de Adriaen com um capuz.

NOTAS DA CONSERVADORA, TRANSCRITAS A PARTIR DO DITAFONE
Diagnóstico do quadro: *A lição de anatomia do
dr. Nicolaes Tulp*, de Rembrandt, 1632

Já ressaltei algo que me deixou curiosa quando comecei a observar a mão direita do cadáver, com um microscópio. Descrevi o ponto como uma "transição estranha entre a mão direita do corpo e o pulso" com enrugamentos da tinta ocorrendo junto com algumas rachaduras prematuras. Essa não é a mão que é o foco da dissecação de Tulp (a que recebeu tanta atenção da comunidade médica ao longo dos anos), mas a outra. Solicitei uma cópia da radiografia de 1978, feita por De Vries e sua equipe, e agora ela está nas minhas mãos.

Durante o almoço, no refeitório, dediquei muita atenção à radiografia. Observei algo que aparentemente ninguém percebeu até agora em exames anteriores dessa radiografia ou do quadro: é digno de nota que o pentimento da mão direita tenha um formato muito incomum. Não é da mão inteira, mas é mais parecido com uma curva, como um grande C ao contrário. Isso parece indicar que Rembrandt pintou originalmente a mão que não é bem uma mão, o que apresenta duas possibilidades, ao que me parece: ele poderia ser um tipo de esboço da mão ou poderia de fato ser a representação de um membro decepado. Ou seja, mão que foi amputada. Um coto.

Fico muito surpresa por não termos percebido isso no estudo de 1978, porque está logo ali, podendo ser visto com total facilidade, agora que estou olhando.

Será que esse poderia ser um jeito de Rembrandt esboçar um lugar para a mão antes de acrescentar mais detalhes? Suponho que seja possível. Mas nunca o vi usar essa técnica em outros quadros. Suas camadas de base são tipicamente bem detalhadas, especialmente naqueles anos iniciais em que ele dá a impressão de não querer desperdiçar nenhuma tinta. Quando de fato muda as coisas, com seus pentimentos, em geral transfere objetos ou figuras da esquerda para a direita ou de cima para baixo. Ele faz alguns dos personagens num dado retrato se inclinar numa direção a certa altura e depois ajusta a posição deles na estrutura geral, para abrir espaço para outras figuras, como Colevelt. Mas nunca o vi esboçar uma mão como um porrete para depois inserir a mão mais detalhada. Nem um pé. Nem uma cabeça, por sinal. Na tela, Rembrandt não esboçava. E, quando cometia um erro, voltava e aplicava pigmentos até ter corrigido a pintura.

Tenho quase certeza de que mais alguma coisa está acontecendo aqui. Talvez o que Rembrandt estava tentando pintar fosse de fato um coto. Porque agora sabemos que o morto que ele retratou era um ladrão, um ladrão reincidente. E no século XVII era comum que os ladrões fossem punidos com a amputação da mão direita. Uma punição corporal. O próximo passo é verificar esse *justitieboek* para ver se ele foi realmente punido dessa forma bárbara.

Realmente fascinante. Isso poderia explicar o motivo para tantas discussões sobre o fato de a mão esquerda estar bastante distendida. A mão direita é bem menor, e parece que a área distal da mão foi pintada por cima do braço mais curto.

Agora estou colhendo uma amostra muito pequena dos pigmentos da área da mão direita, para examiná-la com o microscópio binocular. Também estou colhendo uma pequena amostra dos pigmentos da camada superior da pintura nessa área. Vou precisar discutir tudo isso com Claes quando ele chegar hoje à noite. Poderia ser uma descoberta realmente muito empolgante!

IX

O CORPO

Cometi meu primeiro crime quando respirei pela primeira vez, Senhor Meirinho: matei minha mãe, quando cheguei a este mundo aos berros. Meu pai nunca mencionou o dia do santo do meu nome, nem o ano em que nasci, nem mesmo em que estação do ano. Ele só amaldiçoava aquele dia e a mim com ele, declarando que eu era um pecador de nascença.

É, Senhor Meirinho, vou lhe contar tudo. Vou revelar muita coisa. Só não deixe que me pendurem com pesos, senhor. Eu lhe conto tudo o que o senhor quiser saber. Posso cantar, Senhor Meirinho. Posso dançar para o senhor. Só não me pendure.

Sim, Meritíssimo, é verdade o que os papéis dizem. Sou de Leiden. Cresci numa casinha à margem do Reno, entre um moinho de cereais e a ponte Kerkgracht. Meu pai era um calvinista devoto, por temperamento, e sua profissão era confeccionar acessórios para armas. Às milícias civis ele fornecia artigos de couro para sabres e cimitarras, bem como coldres para adagas e mosquetões; e negociava com forjadores de espadas e especialistas em munições. Às vezes também fazia algum trabalho artesanal em selas.

Pegávamos restos de couro do açougueiro e do curtume; e peças de ferro de um ferreiro da vizinhança. A função de um fabricante de bainhas consiste em trabalhar o couro; e não é muito difícil para uma criança aprender. Desde minhas lembranças mais antigas, meu pai me levava diariamente à oficina, onde ensinava minhas mãozinhas a alisar o couro, a cravar tachões e a prender tiras.

Enquanto outras crianças iam à escola, eu era despachado para o meio do bosque para colher casca de carvalho e de faia, ou partir sementes de faia para obter seus taninos. Isso a gente usava para amaciar os pedaços mais duros de couro. Meu pai era quem entalhava: desenhos caprichados ao longo da bainha da espada. E depois eu fazia as costuras e prendia as alças para o cinto. No final, a gente punha a marca da nossa oficina, uma semente de faia saindo da sua casca. A semente é lisa e lustrosa, mas a casca é um ouriço cheio de espinhos. Era uma marca simples, e ele usava um ferro quente para ela. Deixava o ferro no fogão até ele ficar vermelho como um atiçador de brasas e então gravava a marca no couro. Eu adorava o cheiro do couro queimando.

Dentro e fora da oficina, meu pai era devoto e diligente como um monge; e não pronunciava uma palavra, a menos que estivesse me ensinando algum segredo do ofício. Eu me sentia grato se ele deixava escapar um bocejo ou um suspiro para interromper nossa monotonia terrível. Nós trabalhávamos um ao lado do outro o dia inteiro, a semana inteira, um ano após outro, enquanto eu crescia de menino pequeno e doentio para me tornar um garotão habilidoso, seu aprendiz em tudo, menos na felicidade. Eu era um criado obediente, sem nunca brigar, nunca praguejar, não brincar com ossinhos nem sair correndo para a praça da cidadezinha, como os outros meninos faziam. E aos domingos eu ia dois passos atrás dele na sua peregrinação semanal à igreja.

Eu não teria conhecido nenhum amor na minha vida, se não tivesse sido por Flora, a garota que morava na casa do moinho. Ela era natural como a papoula vermelha comum que crescia no meio do urzal. Da minha janela, eu a observava no quintal. Eu a via espalhar pires de leite para os gatos. Eu a via à sombra de um pé de zimbro.

Ela não vivia debaixo do tacão do calvinismo. A única religião do pai de Flora era mamar cerveja, e ele costumava se deitar ao meio-dia na tulha do moinho. Por causa da sua indolência, fazia muito tempo que o moinho tinha parado de girar e que a mó tinha sentido a passagem de um feixe de trigo. A mãe de Flora, que tinha dedos grossos demais para se dedicar ao ofício do linho de Leiden, ganhava o pão para a família com o aluguel do reprodutor. Desde o amanhecer até as lamparinas serem acesas, ela levava o touro de cidadezinha em cidadezinha, de fazendola em fazendola, deixando que Flora lavasse a roupa, cuidasse do quintal e dos bichos.

Apesar de meu pai tentar em vão me convencer da existência de Deus, ali finalmente havia um sinal. Na igreja, se as Escrituras mencionavam Maria, eu imaginava Flora. E, quando me diziam para refletir sobre os pecados de Madalena, eu imaginava Flora, também. Mas quando Flora passava pelas minhas janelas, e eu via o reflexo dourado do seu cabelo ensolarado, eu baixava os olhos com respeito, como meu pai me ensinou a fazer.

Meu pai acreditava na mais rigorosa doutrina da predestinação. Quando Maurits de Orange chegou, meu pai se juntou rápido à cruzada do regente para livrar os Países Baixos dos *waardgelders*, mercenários; e, assim que os calvinistas mais devotos na sua congregação pegaram em armas, ele foi o primeiro a clamar direto pela guerra. Decidiu ser fornecedor das forças calvinistas e planejava fazer a mala e ir embora de casa, deixando-me para trás para cuidar da oficina de confecção de bainhas de couro.

A ideia de morar sozinho naquela casa, trabalhar na oficina sem ele, era assustadora, apesar de ele ser tão cruel. Implorei, tentando impedir que fizesse isso.

— Mas, pai, vou sentir sua falta se o senhor for embora. — Ele só levantou uma sobrancelha e me disse que um homem não gasta palavras em tarefas impossíveis.

Na véspera da partida dele, nós nos sentamos à noite para jantar pela última vez. Diante do nosso banquete de camponeses, eu abri a boca para falar numa voz trêmula, rachada. Comecei devagar.

— De que adianta lutar em qualquer guerra se estamos predestinados de qualquer maneira?

Tendo sido perturbado o silêncio que ele desejava, como um seixo perturba a clareza de um lago sereno, ele fixou o olhar no meu rosto.

— Você disse alguma coisa, meu filho? — perguntou ele. — Não lhe ordenei que falasse.

— Eu só disse... — Hesitei, mas depois reuni coragem para prosseguir. — Se Deus já nos predestinou para nosso destino, não faz diferença se alguém é gomarista, arminiano, calvinista ou libertino, ganso ou porco.

A raiva coloriu as bochechas do meu pai.

— Você duvida da nossa causa?

Não pude dizer mais nada. Meus lábios, que agora estavam cerrados para me salvar da minha própria destruição, não conseguiam sequer emitir um "sim". Voltei a olhar para meu prato.

Mas meu pai, agora que tinha sido provocado, não quis deixar passar. Ele repetiu a pergunta, dessa vez fortalecido por minha timidez.

— Você gostaria de ter os libertinos na nossa igreja? Abrir as comportas para deixar entrar a enxurrada de todos esses papistas do sul?

Concentrei o olhar ainda mais no meu prato.

— Fale, filho. Você tem a audácia de desafiar a moralidade. Quero ouvir o que tem a dizer.

Eu sabia que ele me instigaria até eu falar de novo, por isso fiz uma tentativa.

— É só que... — Já fazia algum tempo que eu vinha trabalhando na minha lógica. — Se cada um de nós está predestinado para o paraíso ou para o inferno, de que adianta essa guerra? Cada um de nós vai descobrir a vontade de Deus por sua própria mão.

A expressão do meu pai era como a de um homem que levou um coice do próprio cavalo. Então, com toda a força da sua ira, ele me deu uma bofetada no queixo, me derrubando do banco para o chão.

Ficou ali em pé acima de mim e falou com raiva, disfarçada pela clareza e pela razão.

— Deus me perdoe, mas agora vou me arrepender. Isso elimina a dor do golpe? Isso levanta você do chão? Se é essa sua crença, filho, me diga: devo me arrepender desse ato como vocês papistas fazem? Ou seria melhor que eu não tivesse lhe dado um murro para começar?

Meu pai nunca tinha me tocado antes com raiva. Ele quase nunca tinha chegado a tocar em mim. Esse golpe reverberou pelo meu corpo inteiro como uma súbita revelação, e eu não fiz nada a não ser deixar que as lágrimas caíssem dos meus olhos e escorressem pelo meu rosto.

— O que é melhor? — Meu pai fazia questão de saber. Parecia que ele achava que estávamos tendo uma conversa séria.

Eu não tinha uma resposta para ele. Nunca tinha tentado debater com ele antes e agora sabia por quê. Percebi um gosto de alguma coisa como cobre na boca. Mexi com a língua e senti o sabor. E, quando minha língua foi adiante, ela encontrou um dente solto, se mexendo na gengiva.

— Responda, garoto — disse ele, me chutando nas costelas. — Dói menos se eu me arrepender?

Eu cuspi um pouco do sangue.

— Não se arrependa — disse eu, ali deitado. Agora eu queria que ele me chutasse. — Seu lugar no céu ou no inferno está garantido, pai. Pode chutar, se achar que deve.

Em nossa vida juntos, essa foi a única vez que eu retruquei desse modo. E foi a única vez na vida que ele obedeceu a uma ordem minha. Ele me chutou de novo.

— Não sabe cuidar da oficina, não sabe gravar nem costurar. Foi isso o que Deus me deu em troca da minha Ilja? Por que Deus me amaldiçoou? Sou um homem devoto. Fui um soldado no exército de Deus.

Naquele momento não senti nada pelo meu pai. Nem ódio, nem amor; e, sem dúvida, nenhuma pena. Tive vontade de chorar, mas preferi trincar meus dentes porque vi pela primeira vez o quanto ele me odiava.

Não vou relatar tudo o que se abateu sobre mim por conta do impulso cruel do meu pai naquela noite, pois todos os homens conhecem as consequências de trair um senhor e patrão. Mas vou lhes dizer que ele usou as ferramentas do seu ofício para gravar na minha carne a lembrança da minha desobediência. Ele aqueceu nossa marca no fogão e pressionou a semente de faia nas minhas costas. Não me lembro exatamente a que altura isso aconteceu, mas me recordo do que ele disse:

— Posso passar muito tempo longe — disse ele —, mas agora vou reconhecê-lo na próxima vez em que o vir.

De manhã, eu já tinha sucumbido diante da força da sua argumentação. Eu não estava morto, mas podia sentir cada centímetro do meu corpo. Tinha sido surrado e marcado pelo meu próprio pai, mas foi um contato humano, e isso era algo que eu desejava com ardor.

Acordei com o som dele soluçando, agachado ao lado do meu catre, afagando minha cabeça. Deixei que chorasse e não revelei que estava acordado, porque pelo menos preferia vê-lo masculino em sua fúria. Depois ele partiu para a guerra. Só abri os olhos quando ouvi o som dos seus passos desaparecer no caminho.

Flora veio me acudir pela primeira vez naquele dia, com sua cesta de ataduras e ervas. Tinha ouvido tudo da casa do moinho, nossa vizinha, e tinha esperado até meu pai ir embora. Ela veio e me alimentou, limpou os ferimentos, cuidou dos cortes. Foi a única pessoa que me tocou com delicadeza, aquela Flora.

Meu pai foi se juntar aos gomaristas; e eu, aos canequistas na taberna local. À medida que o ano se arrastava, eu passava cada vez mais tempo lá e me tornei negligente com a oficina. Apesar de saber que meu novo caminho me levaria à ruína, a vida entre os beberrões, os gatunos e os ladrões era muito mais fácil do que o esforço para me tornar um homem íntegro.

Nesse período, minha Flora estava muito distante de mim, porque se tornara escrava do pai, que finalmente tinha abandonado sua antiga religião, só para se tornar um dos mais austeros calvinistas da nossa cidade, embora sua mãe fosse luterana. A coitada da Flora não tinha permissão de andar dentro dos limites do próprio quintal, a menos que estivesse indo buscar água ou levando roupa para lavar no canal. Eu a via só de longe, agora usando um lenço de criada por cima do seu lindo cabelo da cor de palha.

No entanto, quanto mais tempo eu passava sem meu pai e sem Flora, pior eu me sentia. Pois, entre aquelas criaturas perdidas, eu só estava garantindo minha própria perdição. Mesmo assim, eu raciocinava: de qualquer maneira, isso não era inevitável?

No terceiro aniversário da última noite com meu pai, o inspetor de Leiden pregou um cartaz na minha porta, avisando que a oficina seria fechada. Eu tinha deixado de pagar os impostos da propriedade. Tudo culpa da minha indolência e depravação. Tentei encontrar um homem na cidade que se dispusesse a me ajudar, algum bom amigo do meu pai – um ex-cliente ou freguês que tivesse contado com meu pai ao longo dos anos –, mas nenhum quis ajudar. Uma semana depois, eles vieram e fecharam a oficina, com tábuas pregadas. Puseram mais um aviso na porta, com meu nome, me chamando de falido e covarde.

Nesse mesmo dia, recebi notícias do meu pai, de que ele estava voltando para Leiden, para casa, para trabalhar junto comigo de novo, dessa vez no ofício de sapateiro. Dizia que o negócio com mercadorias militares estava encerrado, e ele queria ter uma oficina civil.

Eu não sabia o que fazer, Meritíssimo. Não tinha coragem de ficar para mostrar a meu pai minha cara desprezível! Não podia me postar diante da loja e ver que sua opinião de mim se confirmava quando ele lesse o aviso difamante preso na porta.

Naquela noite pus algumas coisas num saco e corri até onde minhas pernas jovens e fortes quisessem me levar. E, quando já não conseguia correr, andei até perder o fôlego. E, quando não conseguia andar sem mancar, baixei o ritmo. E, quando não conseguia mais andar de modo algum, engatinhei. No final, eu me encontrava num bosque de árvores mirradas e ali, sonolento e tão cansado a ponto de não enxergar, chorei até meus olhos se esvaziarem, pus a cabeça num tronco caído e me deixei adormecer.

Fui acordado, pouco antes do amanhecer, por sonhos de um tipo terrível, que fizeram minha alma fugir voando do descanso: eu estava na bancada da oficina, e meu pai estava em pé ali, segurando uma faca acima do meu peito. Eu estava imóvel e incapaz de falar, de me mexer e de me defender. Podia ver e ouvir meu pai, que estava me passando um sermão sobre a fraqueza humana e a torpeza moral. Ele se estendeu muito, mas eu não entendia as palavras que dizia, por estarem abafadas como que por um pedaço de musselina. Outros homens entraram na sala e ficaram olhando enquanto meu pai usava um tesourão para fazer um corte no meu peito. Os homens estavam assombrados com os atos do meu pai, mas não faziam nada para me proteger. Parecia que concordavam que eu tinha pecado, e isso era suficiente para justificar essa tortura.

Acordei de um salto para me descobrir com a cabeça apinhada de formigas pretas. As criaturas estavam por toda parte: no meu rosto, no meu cabelo, dentro das orelhas, dentro das narinas e tentando subir pela minha língua. Logo vi a causa dessa praga. Na escuridão da noite anterior, eu tinha usado como travesseiro um tronco que estava em decomposição, ocupado por insetos. E atrás desse tronco estava o corpo de uma velhota que parecia ter sido levada pela peste negra. Na exaustão e no tormento da noite anterior, sem perceber, eu tinha me deitado com um cadáver. As formigas tinham achado que eu era companheiro dela e já estavam tentando fazer uma refeição com minha carne.

Depois de me livrar das formigas e dos calafrios, fiquei olhando para essa idosa por um tempo. Ela era estranha, toda enrodilhada em si mesma como uma bola, com as mãos tocando o rosto. Ao seu lado, estava um balde de metal, cheio de areia. Eu não sabia de onde ela vinha ou para onde ia, porque não conseguia pensar em nenhuma praia perto daquele bosque. Com isso concluí que ela era uma velha cujo balde de água tinha se transformado em areia.

Tudo isso eu considerei um mau presságio para minha viagem, mas não voltei para Leiden, porque meu maior medo era a ira do meu pai. Revistei o corpo da mulher, encontrei dois *stuivers* no bolso da sua bata e segui rápido pelo meu caminho.

X

O CORAÇÃO

Dizem que desmaiei quando tudo terminou. Quando acordei, estava deitada na lama, com o barqueiro ali ajoelhado, segurando minha mão.

— Senhora, senhora, senhora — repetia o garoto, sem parar, como um choro de bebê.

Mexi com a mão para tocar na minha barriga. Tudo podia terminar assim, de uma vez, tudo. De início, não o senti ali e não pude me mexer, tamanho era o medo dentro de mim. Mas então senti um movimento — um chute forte por baixo das costelas. Uma vez, duas, e ainda uma terceira vez. Dei um grito, rindo também. Meu bebê. Ele ainda estava ali. A gente ainda estava ali.

Adriaen tinha sumido. O patíbulo, os guardas, tudo. Ele nos tinha visto, e sabia; mas agora o tinham levado embora de novo. O laço tinha sido cortado da corda, o carrasco não estava mais lá. O céu estava escuro como a meia-noite. Parecia a escuridão da noite, mas ainda era dia.

Tinha gente em pé ali, se esforçando para ver meu rosto.

— Ela está esperando o filho do Garoto — ouvi um deles dizer.

— Ela não devia estar aqui, não neste frio — disse outra pessoa.

— Bom levá-la para um lugar aquecido — disse outra.

— Ela que apodreça aí — disse mais outra.

Apalpei a bolsa do padre van Thijn. Com os dedos peguei algumas moedas, que ofereci para eles.

— Eu tenho dinheiro — disse eu. — Me levem para casa. Por favor, me levem para casa. Preciso ir para casa.

— Mas, senhora — disse o menino —, senhora, o padre van Thijn disse que a gente devia recolher o corpo. Para o enterro cristão. Se ele morresse. Foi o que o padre van Thijn disse.

Suas mãozinhas procuraram meus dedos outra vez. Ele me fazia pensar em Carel e em como nós dois íamos seguir em frente.

Com a ajuda do barqueiro, consegui me levantar um pouco apoiada nos cotovelos.

— O corpo foi levado por uma carroça — disse ele.

A partir dos cotovelos na lama, me sentei. As pessoas na praça me puseram em pé. Me ajudaram a dar alguns passos e depois mais alguns até eu não me sentir tonta demais, até eu poder andar sozinha.

— O menino está certo — disse o barqueiro, quando achou que eu estava pronta. — Se você quiser reclamar o corpo, precisamos chegar aos carniceiros.

Sim, me lembrei. O corpo. Era só isso que eu seria capaz de salvar.

Eu não tive as palavras que salvariam Adriaen. Eles não quiscram ouvir minhas palavras, e eu não tinha nada a dizer. Eu não sabia que iam me tirar Adriaen daquele jeito, daquele jeito tão rápido lá fora na praça. Achei que, para aquilo acontecer, tinha que haver alguma vontade divina. Mas que tipo de Deus determina uma coisa dessas? Enforcar um ladrão? Se sabiam que ele não passava de um ladrão, por que o enforcaram?

Eu não tive palavras para o magistrado, mas achei que poderia formar palavras para aquele médico que queria abrir o peito de Adriaen. Ele não ia encontrar nenhum coração duro no meu Adriaen. Nenhuma frieza no fígado; nenhuma maldade no sangue. Adriaen tinha uma alma bondosa. Desde que era menino. Eu o conheci quando menino e o conheci enquanto ia crescendo. Seu corpo acabou se tornando o corpo de um homem, mas eu nunca vi sua alma mudar. Ele tinha o coração mole e a alma ferida, uma alma à procura de bondade. Era por isso que o chamavam de "Garoto". Isso, quem o conhecia. Mas esse nome nunca me agradou. Ele só passava com simplicidade de uma coisa para a próxima.

Quero contar como foi que tudo começou entre nós, porque estávamos apaixonados, e o amor era sincero. Começou quando o pai lhe deu uma surra e foi se juntar a Maurits, o deixando sozinho. Minha mãe e eu ouvimos tudo, da casa ao lado. Tapávamos a boca com as mãos para não deixar escapar gritos e ficamos agachadas junto do fogão. A gente conhecia a ira dos homens quando toda a bondade os abandona. A gente esperou; e, quando o pai foi embora, minha mãe disse que eu devia ir.

Levei comida para ele, cuidei dos ferimentos e fiquei ao seu lado até bem tarde. Na semana seguinte, ele veio à nossa casa com flores silvestres que tinha colhido no nosso quintal mesmo. Vi quando ele colheu as flores e depois amarrou com barbante.

— O garoto veio ver você. Arrume esse cabelo — disse minha mãe. Eu enrolei meus cachos no dedo e fui atender a porta. Adriaen era jovem naquela época, com o cabelo louro e fino. Ele me perguntou se eu queria sair pelo rio num barco a remo, e eu disse que iria, se ele já estivesse tão bem que pudesse remar.

Eu ainda me lembro daquele dia e de cada gota de luz que vi, porque foi quando me apaixonei. Fomos andando até o embarcadouro, e ele desamarrou um barco a remo e o empurrou para a água. Seu rosto ainda tinha alguns cortes, e sua testa tinha uma mancha roxa logo acima do olho, mas ele parecia jovem e forte; e seus braços eram esguios e sardentos. Fiquei calada a maior parte do dia, e ele remou o tempo todo. Levou o barco para o meio do rio, e ficamos ali aproveitando a correnteza. O sol brilhava, o ar estava fresco, e havia pássaros praticamente por toda parte. Ele não se virava para ver aonde estava indo. Sabia aonde queria ir. Estava me levando a algum lugar, e eu estava feliz de ir lá, não importava para onde fosse.

Chegamos a uma ilha pequena, toda coberta de árvores. Nunca vi um lugar como aquele, sem nenhuma casa, nem caminho, nem muro, nem cerca. Era um lugar todo tomado pelo mato, selvagem, e a gente precisava se segurar aos troncos das árvores só para conseguir subir pelo meio do mato baixo. Ele ia na frente; mas, sempre que eu olhava para cima, ele estava estendendo a mão para me ajudar. Fomos nos embrenhando por essa floresta virgem e logo estávamos no alto de um morro.

– Olha – disse ele, apontando para o alto.

Não tinha nada lá a não ser o sol, mas era o sol, sim, que a gente podia ver com nitidez. A luz caía como chuva através da copa densa das árvores e era cortada em pedaços, como pequenas gotas, que pingavam em nós e nos nossos olhos.

Fiquei ali sentada com ele, sem fazer carinho, sem beijos, sem nada das coisas que jovens namorados fazem. Ele era tímido, mas se sentou perto de mim e ficou me olhando.

– É que eu queria lhe mostrar isso.

Nessa hora alguma coisa mudou em mim. Eu cresci. Amadureci. Vi aquele garoto machucado, ferido, mas forte, orgulhoso, mas fraco, obediente, mas rebelde, me mostrando o sol. Não sei quanto tempo passamos ali sentados, mas logo fomos embora; e foi no bote, no caminho de volta daquele passeio, que olhei para ele e soube que eu amava Adriaen e que não íamos nos separar nunca.

Ele demorou dias para chegar a me dar um beijo, mas acabou me beijando. Foram anos até nos tornarmos amantes, mas acabamos nos tornando. Anos e mais anos se passaram entre um momento e outro, mas Adriaen sempre foi aquele garoto para mim. O que remou o bote pelo rio e me levou àquele lugar tranquilo, suave. Onde ele apontou através da confusão das folhas no bosque fechado e disse: "Olha. Olha o sol."

XI

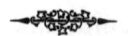

A BOCA

Não foi simples levar Aris por toda aquela distância até o Waag na carrocinha de transportar defuntos com a multidão em cima de mim. Levei uma surra de repolhos e maçãs. Puxões no cabelo e na barba. Quase fiquei cego com ovos podres.

A escolta da polícia bem que valeu os dez *stuivers* a mais que o magistrado me cobrou pela "cortesia" da sua companhia. Havia centenas de homens e mulheres, e até mesmo meninos pequenos, que queriam tocar no corpo de Kindt. Não vejo nada parecido desde que enforcaram o Bartô Negro — e ele tinha matado seis homens com um machado.

Essa é a pior parte da função do *famulus anatomicus*. O resto — arrancar os olhos, dar banho no corpo e enterrar os órgãos no cemitério — não passa de serviço sujo em comparação com tirar o morto da praça depois que ele foi enforcado. As mulheres uivam, os homens agarram a roupa do *famulus*, e as crianças batem na sua canela com colheres de pau.

Juro que, se pudessem, tirariam o corpo direto da carrocinha e o carregariam acima da cabeça por toda a cidade, entoando seu nome. Não sei por que uma multidão é assim tão inconstante. Num minuto, eles o estão chamando de marginal e exigem aos gritos que seja enforcado. E, assim que ele morre, tudo é perdão, e se apressam para aclamá-lo como se ele fosse o próprio milagre de Amsterdã.

Mas senti pena desse tal de Kindt, porque ele não precisava ter acabado assim: enforcado e na lição de anatomia, ainda por cima. Era um ladrão de capas e um andarilho, mas é raro que alguém seja enforcado por roubar.

    Ah, é verdade. Sou amigo de todos os salafrários, admirador de patifes. Não tenho sede de vingança contra nenhuma criatura viva, santa ou pecadora. Não há um único homem em Amsterdã que não possa ser acusado de roubo e mendicância em alguma escala, pequena ou grande. As transgressões são o que nos torna humanos, sabe? Pois não existe um único de nós que seja isento de pecado. Mostre-me um homem de mais de vinte anos que não seja responsável por no mínimo cem crimes insignificantes, e pode ter certeza de que ele é um monge ou um pastor. Então mostre-me um monge ou pastor que não tenha no mínimo cinquenta delitos menores. Mesmo aquele magistrado pegou um dinheiro a mais do meu bolso quando tive de comprar o corpo de Aris no lugar do de Joep.

    — Mais três florins — declarou aquele funcionário de cara comprida, enquanto um sorriso matreiro passava pelos seus lábios. Como eu digo: todos os homens nesta cidade são ladrões.

    Assim que me encontrei dentro do Waag, enclausurado por trás das pesadas portas da guilda, eu me senti, pelo menos, seguro. Comecei a refletir sobre todos os acontecimentos do dia: a busca por Rotzak, a obtenção da ave-do-paraíso falsificada, a visita ao pintor, a visão de Joep sendo posto em liberdade, as súplicas ao magistrado pelo novo corpo, a execração que sofri pelas ruas da cidade. A ave, o marinheiro, o pintor, os cadáveres, a multidão. Assim que me encontrei em silêncio, minhas emoções exigiram algum alívio. Não tenho vergonha de admitir que me sentei por um instante e chorei como um bebê.

    Então tratei de me recompor, pois meu trabalho precisava ser feito com certa urgência. A primeira coisa a fazer era retirar os sapatos do morto, um triste par feito de couro castigado com buracos nas solas e saltos de madeira apodrecida. Depois, usando uma navalha, cortei o que restava das suas vestes esfarrapadas, que consistiam apenas numa calça de malha de lã e calções até os joelhos. Ele já não portava camisa nem colete, já que tinha se despido da cintura para cima para sua apresentação no cadafalso. Tudo o que cobria a parte superior do seu corpo eram as ataduras muito apertadas em torno do coto do seu braço. Deu um pouco de trabalho deixá-lo livre do empastamento de sangue e sujeira.

Minha tarefa seguinte era aparar o cabelo e a barba do homem. Acho que aquela gaforinha nunca tinha visto um pente, e era provável que ele tivesse feito a barba com seu próprio facão dobrável. Sua cabeça inteira estava sarnenta como a de um vira-lata e exalava um odor repugnante, como alguma coisa entre as pernas de um cachorro. Eu poderia ter cortado o cabelo com uma tesoura de tosquiar, mas consegui dar um jeito com um dos instrumentos do cirurgião. Podei a cabeleira até o corte de um miliciano civil e raspei toda a barba, menos no queixo.

Realizada essa tarefa, peguei meu balde e o enchi com água fria, já com sabão, mergulhei nele meu pano e comecei a lavar o morto. Havia uma espessa camada de sujeira em toda a sua pele; e uma linha tão grossa atravessava sua barriga que dava a impressão de ter sido desenhada nele, exatamente onde o ventre teria encontrado a bainha do colete. Meu pano passava devagar pela pele porque ela era muito grosseira. Precisei verificar se havia cera nas orelhas, meleca no nariz.

Não é uma empreitada fácil fazer um andarilho parecer limpo. Pense bem: ele dorme junto dos portões da cidade, banha-se no rio ou nos canais, come junto de uma fogueira ao ar livre, sem nunca ter uma bacia ou uma esponja à mão. Precisei fazer pressão por um tempo em certos lugares para soltar a sujeira da sua pele. Limpei seus pés, que eram marrons e cheios de pústulas; as axilas que tinham um cheiro de cogumelos e carvão; debaixo das unhas, que estavam pretas com a sujeira incrustada. E precisei verificar suas partes pudendas, também. Muitos deles se sujam quando são enforcados, mas não esse Aris.

Depois que acabei de lavar o corpo, arranquei os globos oculares, um de cada vez, e os coloquei num recipiente. Para isso uso uma ferramenta especial, um tipo de colher dentada. Agora estou acostumado com isso, depois de todos esses anos, mas posso lhe dizer que essa é a parte que mais me desagrada.

Dei-lhe uma última enxaguada e fiquei satisfeito com o resultado do meu trabalho. Depois, eu o peguei no ombro e o coloquei – ombros, torso, pernas e pés – em cima do bloco de gelo para mantê-lo resfriado. Ele era maior do que eu, mas consegui levantá-lo. Sou pequeno, mas robusto, e estou acostumado a carregar peso morto.

Então precisei ajeitar sua pose antes que ele se enrijecesse numa forma desagradável. Sei o que acontece ao ser humano nas poucas horas depois que é enforcado e antes que seja dissecado. O corpo endurece e se torna frio e descorado. O maxilar já não se move. Portanto, se você não tiver fechado a boca a tempo, o cadáver dará a impressão de estar espantado durante a dissecação. As articulações emperram, e os membros não se flexionam. Para ele não ficar reto como uma tábua, o que eu faço é dobrar um pouco os cotovelos e apoiar os joelhos com um pedaço de pau para lhe dar um ar animado.

Dei um passo atrás e avaliei meu trabalho. Esse ladrão não poderia ter tido um leito mais solene e majestoso. Não havia muita coisa que eu pudesse fazer para remediar suas cicatrizes, mas pelo menos tinha conseguido deixá-lo limpo e arrumado.

No entanto, por melhor que eu o tivesse aprontado, eu sabia que Tulp não ficaria satisfeito com esse corpo. As cicatrizes, o coto, a queimadura grosseira causada pela corda. Mas o que eu podia fazer? Houve só um enforcamento, e era esse o cara que tinham enforcado. Não podíamos reerguer a forca e executar outra pessoa.

Peguei um lençol branco que usaria para cobri-lo – o mesmo que mais tarde eu usaria para o enterro. Mas, antes de estendê-lo sobre o corpo, deixei-o repousar descoberto. Gosto de deixá-los assim por uma hora ou duas, até a alma do morto ter tempo de fazer a ascensão. Ou a descida, dependendo da situação. Isso aprendi com Otto van Heurne, meu segundo mestre. Ele dizia que os egípcios enrolavam as múmias bem apertadas para que a alma pudesse ir junto com o morto na viagem até a vida após a morte. Eu gosto de deixar a alma seguir mais rápido para a vida após a morte; e às vezes a estrada é realmente acidentada. Se um cadáver for abandonado por alguns dias, dá para ver e ouvir aquela alma escapar. A carne incha, o peito cresce, bafos imundos saem da sua boca. O corpo faz outros tipos de... emissões. Estou lhe contando isso não para que você ria. É o corpo se acomodando enquanto a alma encontra sua liberação. Creio que a alma deve ser como vapores; e, quando o corpo já não se agarra a ela, ela sai voando por todos os orifícios.

Eu estava limpando meus instrumentos quando ouvi uma leve batida na porta da frente. Só uma batida e mais nada. Depois ouvi a abertura do trinco e passos. Um arrepio percorreu minha espinha.

— Aí está você, Fetchet — disse alguém do meio da penumbra. — Não me ouviu bater?

— Ouvi, senhor — respondi à voz anônima, pois não a reconheci. O mestre van Rijn saiu das sombras.

— Sou só eu, Fetchet. Espero que não se incomode por eu ter entrado antes que me atendesse.

Por reflexo, estendi o pano sobre o cadáver e me posicionei entre ele e o pintor.

— Mestre, o senhor não deveria ter se incomodado de vir até aqui. Basta enviar um mensageiro que eu assim que possível me apresento no seu endereço...

Ele invadiu o aposento.

— Gostaria de pedir desculpas por ter sido tão rude com você mais cedo — prosseguiu ele, em tom tão informal como se tivéssemos nos encontrado no meio da rua. — Depois que você saiu, eu realmente me repreendi por minha presunção. Imagine esperar que criaturas fantásticas surjam à minha porta. A lendária ave-do-paraíso provida de pés. É só encomendá-las que acho que vou poder tê-las. Como se eu fosse algum tipo de rei.

— Essa é a beleza dos nossos tempos, senhor. É verdade que atualmente podemos obter quase qualquer coisa de qualquer lugar, se quisermos. Eu lhe prometo: se existir neste mundo uma ave-do-paraíso com pés, eu a conseguirei para o senhor.

O pintor movimentou a mão no ar.

— É mesmo, e não foi por isso que vim aqui. Vim porque gostaria de passar um tempinho com ele.

Ele estava falando do corpo.

— Imagino que ele não seja muito bom de conversa, mestre van Rijn.

O pintor riu.

— Meu assunto com ele não exige uma troca de palavras. Fui contratado para pintar o retrato comemorativo da aula de Tulp.

— Então uma verdadeira honraria lhe foi concedida, mestre van Rijn. O grande Pickenoy é quem geralmente pinta os quadros da guilda. — Pude ver que esse comentário o desagradou. Por isso, continuei. — É claro que tenho certeza de que o retrato pintado pelo senhor superará de longe os dele.

— A questão, Fetchet, é que eu gostaria de ter um tempinho para fazer um esboço do cadáver.

Achei esse pedido estranho.

— Ele não tem dinheiro, senhor. Eu o teria encontrado nos calções. Tenho certeza.

— Que diferença isso faria?

— Sei o que dizem sobre os mercadores de curiosidades: que pegamos até moedas pintadas no chão. Mas há gente honesta nessa profissão, também, senhor. Eu teria dado o dinheiro ao professor Tulp, porque foi ele quem comprou esse corpo.

— Mas não quero dinheiro nenhum dele, Fetchet.

— Eles não lhe pagam para serem retratados? — perguntei sem rodeios. — Se não for assim, para que pintar?

— Só quero dar uma boa olhada no braço do homem, porque o dr. Tulp me pediu para eu me certificar de pintar o braço no quadro.

— Pediu? — Refleti sobre isso.

— Pediu. É... bem... é uma longa história.

— Especificamente o braço? Ele por acaso mencionou que braço?

— Que braço? Faz diferença que braço?

— Nesse caso, sim, senhor. Pois, veja bem, o condenado era ladrão.

— Preciso admitir, Fetchet, que nem sempre acompanho o desenrolar da sua lógica.

— Senhor, um ladrão rouba com a mão.

— É claro, pois não tem como roubar com os pés.

— A menos que se trate de um macaco, senhor.

— O que não se aplica.

— É a mão que comete o crime.

— E daí?

— E o que comete o crime deve ser extirpado.

— Você quer dizer que a mão foi decepada pelo carrasco?

— É o que quero dizer, senhor. Ele não tem a mão direita.

— Mas ele foi executado. Por que também lhe cortaram a mão?

— A mão foi antes... em outra ocasião.

Talvez você esteja escutando minha história e ache que meu cérebro é meio entorpecido. A verdade é que eu estava tentando ganhar tempo. Tinha esperança de dar ao corpo a oportunidade de que precisava para sua alma escapar.

— Ele tem a mão esquerda — disse o pintor.

— Exato. A mão esquerda combina bem com ele.

— Ótimo. Agora estamos avançando.

— O senhor gostaria de ver a mão esquerda?

— Gostaria, é só isso que preciso ver, Fetchet. — Ele pegou sua bolsa e a segurou sobre a palma da mão. — Quantas moedas preciso pagar para encerrar essa conversa e você me permitir alguns momentos com o corpo?

Ora, você deve se lembrar de tudo que gastei naquele dia: as negociações difíceis com os fornecedores, o preço pela ave-do-paraíso, os *stuivers* a mais exigidos pelo magistrado para pagamento do novo corpo e da escolta policial. Eu já sabia que Tulp descontaria parte da minha remuneração por causa da mão que estava faltando e do corpo cheio de cicatrizes. Que lucro eu tinha obtido até então, com todo o meu esforço?

— Dez *stuivers*? — sugeriu van Rijn.

Pensei um instante, sem dar uma resposta.

— Quinze — ele ofereceu, sem esperar por ela.

Vi que minha hesitação me era favorável. Continuei calado.

— Negociar com você não é fácil — disse ele, perscrutando meu rosto. — Dezoito.

— Mestre, o professor Tulp não ficaria muito satisfeito de saber que eu deixei o senhor entrar aqui. E realmente preciso abastecer os incensários com incenso no anfiteatro de anatomia. De quanto tempo o senhor precisa? Também tenho outras tarefas: preparar a turfa para a fornalha, alimentar o fogo na galeria, pôr as velas perfumadas nos candelabros...

— Vou usar o tempo que um florim me conseguir. Incenso e candelabros, acho eu.

— Então, até a próxima badalada dos sinos.

Enquanto eu ia saindo dali, ele acrescentou:

— Preciso também lhe pedir que seja prudente no que vai dizer perto de Tulp.

— O senhor sabe que minha palavra é... — Parei de falar, tendo em vista que minha palavra já tinha revelado seu baixo valor naquele dia. — Eu lhe garanto que meus lábios estão lacrados.

O pintor voltou-se para olhar para mim.

— Mais uma coisa. Você me disse mais cedo, Fetchet, que sua função não é apenas a de preparar o corpo para dissecação, mas também a de enterrar as partes dissecadas após o encerramento da palestra...

— O braço — disse eu. — O senhor gostaria que eu lhe reservasse o braço depois que a dissecação terminar?

— Rápida dedução — disse ele, demonstrando nitidamente não considerar que eu fosse capaz dela.

Ele pôs um único florim na minha palma e fechou minha mão em torno dele.

— Vá, Fetchet. As velas estão loucas para se encontrar com seus candelabros. Você o levará para mim hoje à noite?

— Levarei, mestre, levarei.

Em silêncio, recuei para sair do aposento e deixei o pintor com o cadáver.

XII

─❦─

OS OLHOS

Suponho que seja um reflexo da pobreza da mente do pintor o fato de ele não conseguir invocar seus quadros direto da própria imaginação. Ele precisa depender do mundo e das coisas nele existentes para se lembrar de como a vida funciona: como se vê a luz passando inclinada por vidro velho, como a água parece revolta quando dá lambidas na praia, como a idade torna quase transparente a pele da mão. É exatamente por isso que faço esboços, por que convido meus retratados a posar para mim, por que coleciono tantos objetos para meu gabinete de curiosidades. Preciso começar a partir de algum material. Nesse caso: a carne.

Não vou me intitular um Michelangelo ou um Leonardo, mas sempre quis saber como a forma acompanha a função na constituição humana. Visito as forcas no Volewijk para esboçar os mortos se decompondo na chuva, jogados para lá e para cá pelos ventos do porto. Vou ao matadouro de Kalverstraat para esboçar os bois suspensos por ganchos durante o abate. Muitas vezes trago mulheres do ambiente dissoluto da Breestraat ao nosso ateliê para esboçá-las nuas. Não sou pudico nem desavergonhado; apenas interessado na verdade da vida, no aspecto artístico.

Parecia uma tumba aquele aposento por baixo do movimentado prédio da balança da cidade. Do outro lado daquela enorme porta de carvalho, estavam sendo feitos negócios que envolviam cereais e fumo, gim e cerveja. Mas naquela saleta onde eu tinha encontrado Fetchet, tudo era silêncio. As paredes de tijolos estavam escorregadias e brilhosas com o gelo. Também nas janelas tinha se depositado uma camada de gelo, de modo que elas permitiam que entrasse no aposento uma espécie de luz difusa, empoeirada. Ali dentro fazia mais frio do que lá fora. Minha respiração penetrava no ar em enormes plumas visíveis.

Depois que Fetchet me deixou sozinho, contemplei a forma coberta: uma paisagem de montes com inclinações suaves e abruptas. Um tecido de musselina estava jogado sobre o corpo. Esticado em seu leito de gelo, com só os pés descalços e o topo da cabeça e do cabelo expostos, o corpo me causou a impressão de ser uma espécie de imagem sacra. Na realidade, a cena toda fez com que me lembrasse da *Lamentação* de Mantegna.

O senhor a conhece? Se vier um dia a meu ateliê, eu lhe mostro minha reprodução. Lastman me deu essa cópia para me ensinar o claro-escuro nas dobras do tecido. É um retrato de Cristo na tumba, com os pés na direção de quem olha o quadro, a cabeça no alto da tela, o corpo inteiro escorçado. Dois discípulos se debruçam sobre ele, chorando, mas praticamente ninguém os vê. O que se vê é um momento de verdadeira serenidade: seu Cristo não está morto, mas apenas em repouso.

Tratei de esboçar com meu carvão. Meu pensamento era o de começar de novo com a matemática, as proporções corretas, a geometria, a largura dos ombros, a curva do cotovelo e o comprimento do antebraço.

Estendi a mão, toquei na borda da musselina e comecei a dobrá-la para um lado. Minhas mãos roçaram na superfície de sua pele, que tinha a textura das mais improváveis, como pergaminho ressecado. Eu pude sentir a rigidez da carne sob meus dedos. Recorri à disciplina para me revestir de coragem. Procurei me lembrar de observar a cor de sua pele, para calcular quais minerais se combinariam para produzir aquele matiz acinzentado.

Vi o outro braço, com seu coto, sobre o qual Fetchet me avisara. No lugar onde antes estava a mão, seu membro tinha sido decepado logo acima do pulso. A pele estava toda franzida como a ponta de uma salsicha. Era feio, irregular e descuidado, no lugar onde tinham costurado a pele de volta. Dava para ver a crueldade do carrasco. No passado, eu já tinha visto uma mão amputada. Ou pelo menos parcialmente amputada. Era a mão de meu irmão. Ele a esmagara num acidente no moinho. Isso ocorreu quando eu era jovem, quando Gerrit mal tinha acabado de assumir o moinho. Foram tempos árduos para minha família: um acidente que levou a muitos anos de dificuldades.

Afastei a musselina da outra mão. Lá estava ela, a mão esquerda do ladrão. Não era tão grosseira quanto eu esperava. A pele era calejada, mas os dedos eram longos e até mesmo um pouco elegantes. Ele tinha trabalhado com as mãos, mas essa não era a mão de um trabalhador braçal. Ela não tinha arado campos, nem amarrado linhas de pescar; nem içado velas, nem cortado carne de baleia. Tinha empunhado uma faca para comer, para algum ofício, para brigas, quem sabe. Mas a mão não era grosseira. E as unhas tinham sido limpas recentemente.

Esbocei os dois braços. O do coto e o da mão. Um estudo sobre o contraste do tipo mais medonho. Fiquei parado, desenhando, ali na tumba gelada, tentando impedir que meus pensamentos se voltassem para Gerrit. Passava meu carvão pelo bloco e tentava captar as formas. Desenhei de diversos ângulos, na busca de obter uma sensação de cada forma, bem como uma comparação entre as duas. Estava me sentindo mal, triste e esgotado, mas continuei a desenhar. Eu desenhava e me esforçava para evitar a lembrança, mas meus pensamentos não conseguiam escapar das recordações que essas imagens novas evocavam com tanta naturalidade. Uma das mãos, destruída; a outra, preservada.

———

A MANHÃ DO ACIDENTE DE GERRIT ESTAVA NUBLADA, COM O CÉU pesado e granuloso, a luz filtrada através de um nevoeiro espesso. Tinham me dado a tarefa de enfardar o feno e o levar para a carroça. Mesmo essa tarefa leve tinha se revelado de algum modo acima de minha capacidade porque, em vez de fazer meu trabalho, eu estava simplesmente parado do lado de fora do celeiro, apreciando o jogo da luz nos poucos feixes dourados que eu tinha conseguido atar até então.

É estranho como a mente recolhe detalhes de certas sensações em momentos específicos, antes que alguma coisa de enorme gravidade esteja prestes a ocorrer. Mesmo agora ainda me lembro da hipnotizante transição da cor ao longo de cada haste, de um tom escuro de terra até o amarelo; e o local em que havia um ponto puro de ocre amarelo refulgindo como uma lamparina.

Ouvi meu irmão gritando – não Gerrit, que tinha me passado minhas tarefas, mas Cornelis – e então ouvi passos pesados vindo pelo caminho.

– Venha cá agora. Agora!

Peguei um forcado e fingi estar espetando o capim inocente.

– Estou fazendo. Estou...

Cornelis abateu-se depressa sobre mim, com a mão pesando em meu ombro.

– Largue isso – disse, com a voz tão firme quanto a mão. – Precisamos de você. Vamos.

Fui rápido atrás de Cornelis enquanto ele voltava correndo para o moinho. À medida que nos aproximávamos, nós dois podíamos ouvir a voz de Gerrit, gritando de dor. Chegando mais perto, ouvi que suas palavras eram incoerentes, involuntárias e que, entre gritos, ele gania como um cãozinho. Era um som insuportável, e meu primeiro impulso foi o de dar meia-volta e desaparecer por trás das pilhas de feno.

Em vez disso, reduzi a velocidade para passos largos, enquanto Cornelis seguia em frente, correndo, instigado pelo gritos.

– Não pare – berrou Cornelis para mim, voltando para me agarrar pelo braço e me puxando pela porta do celeiro. – Não tenha medo. É só o Gerrit.

Foi puro medo que me invadiu naquele instante, quente e insistente, latejando por minha espinha. Trinquei os dentes; senti um aperto violento no peito. Com exceção de minha mãe, todos já estavam reunidos em torno de Gerrit, que jazia no chão de terra batida do moinho, coberto com o que de início me pareceu ser uma camada de gesso da cor de bronze, com fissuras finíssimas como as da superfície de um busto romano caído.

Depois entendi que esse efeito tinha sido produzido pelo sangue de meu irmão, empastelado com a poeira trigueira do chão do moinho. E o sangue, eu vi, acabei vendo, estava por toda parte – nos calções e sapatos de meu pai, respingado no vestido de minha irmã Lysbeth e no blusão rasgado de Machtelt. E vi também, na testa de Cornelis, uns salpicos assustadores de sardas irregulares, da cor de vinho.

– Vamos levantá-lo – ouvi a voz de meu pai, a voz familiar, cheia e autoritária. – Rembrandt, venha para esse lado e pegue esse ombro. – Mais uma vez, eu hesitei. Quando tentei avançar, meus joelhos se dobraram como se eu tivesse me enfiado num charco. – Agora! – gritou meu pai, tão feroz que por fim meu corpo obedeceu.

Fui na direção de Gerrit e me inclinei para me posicionar atrás de sua cabeça, segundo as instruções de meu pai. Foi então que vi, com uma clareza aterradora, a catástrofe que tinha acontecido com a mão de Gerrit. No lugar de dois de seus dedos, estavam não mais que cotos de carne, amarrados e toscamente estancados por tiras de pano rasgado do blusão de Machtelt. Eu ainda pude ver a estampa do tecido, mas a atadura improvisada logo se empapou, ficando de um vermelho vivo. Ela não cobria totalmente a carne, que dava a impressão de ter sido mordida e mastigada por um cachorro.

Eu não podia pensar e estava me sentindo enjoado. Precisava simplesmente cumprir ordens e fazer o que me mandassem.

– Todos, já! – gritou meu pai; e eu levantei o ombro de Gerrit no instante em que ele se debatia, praguejava e gritava meu nome. Dessa vez eu tinha sido mais rápido que os outros e lhe tinha dado um tranco desnecessário. Então todos os outros o levantaram e, quando ele estava no alto, consegui me inclinar e levar meus lábios à testa de meu irmão.

— Está tudo certo — sussurrei. — Estamos aqui. Todos estamos bem aqui, Gerrit.

Enquanto o levávamos na direção da carroça, todos gritavam instruções. Cornelis dizia a Machtelt onde encontrar o médico na cidade, se ele não fosse encontrado de imediato em casa. Meu pai, que estava aguentando a maior parte do peso de Gerrit, gritava na direção da casa, para minha mãe.

— Neeltje! Neeltje! Vá tirar água do poço!

Lysbeth estava chorando, dizendo alguma coisa abafada por trás das lágrimas.

Eu me inclinei mais perto e falei bem no ouvido dele:

— Estamos todos aqui, Gerrit. Todos aqui. Nenhum de nós vai sair daqui. — Eu disse essas palavras muitas vezes enquanto nos aproximávamos da casa; e, quanto mais as repetia, mais minha voz parecia falsa, insegura.

— Tratem de se apressar — disse meu pai, depois que conseguimos colocar Gerrit na carroça do feno. Como não conseguiu nenhuma resposta de minha mãe, meu pai chamou Lysbeth, que estava inconsolável. — A mãe deve ter levado o cavalo ao rio. Vá apanhar o balde e traga água do poço.

Lysbeth arrepanhou a saia e saiu correndo.

— Se o médico não chegar a tempo — gritou o pai para ela —, nós vamos continuar até a cidade. Espere pela mãe e lhe diga o houve. Conte devagar, Lysbeth. Ela não vai receber bem essa notícia.

Minha irmã saiu como um vento pelo morro; afinal tranquilizada por ter um objetivo. Foi então que vi pela primeira vez que ela também estava coberta com o sangue de meu irmão. Parecia uma cortina jogada nas costas do seu vestido da cor de mel.

O médico não veio. A roda de nossa carroça de feno se partiu. Meu pai, Cornelis e eu tivemos de carregar Gerrit todo o caminho até a cidade. O médico o tratou com verdadeira bondade, mas seu diagnóstico foi rápido como uma condenação: Gerrit já tinha perdido pelo menos dois dedos, decepados pelos dentes da roda do moinho. Para salvar a mão, ele teria de amputar mais um dedo, que já tinha sido esmagado sem possibilidade de recuperação. Se a mão se curasse, como ele esperava, e não ficasse infeccionada, Gerrit ainda seria capaz de usar o indicador e o polegar, os dois dedos essenciais para seu trabalho; mas, se a mão não reagisse bem à cirurgia, o médico teria de amputá-la mais acima, junto do pulso.

Essa notícia sombria percorreu nossa família rapidamente, e todos caíram em silêncio para esperar. Apesar de terem sido necessários dez homens para imobilizar Gerrit para a primeira operação, eu fui dispensado da tarefa por ser jovem demais. Em vez disso, fiquei sentado à mesa de madeira na sala ao lado, de cabeça baixa, enquanto minha mãe chorava, passando sua mão por meus cachos, como se fosse eu quem merecesse ser consolado. Eu só desejava ser mais velho, mais forte, mais capaz, enquanto entalhava minhas iniciais, RHL, na superfície macia da madeira do banco.

NOS DIAS QUE SE SEGUIRAM, A CASA DE NOSSA FAMÍLIA NO WEDDEsteeg esteve cheia de pessoas indo e vindo, rostos crispados de preocupação. De meu quarto na casa, eu podia ouvir os gemidos baixos de Gerrit, ao longo das noites sem estrelas, com ele se debatendo na cama. A mão tinha se infeccionado, e a dor subia ardendo pelo pulso. Ele implorava aos médicos que amputassem tudo de uma vez para aliviar a terrível sensação da queimadura.

Eu me ofereci para trocar o curativo da mão dele. Minha mãe viu que eu precisava de alguma coisa para fazer, para ajudar, e me permitiu essa tarefa. Eu desenrolava a atadura devagar, fazendo o possível para que ela não ficasse grudada em nenhum ponto. Mas nunca tinha um sucesso total nisso. Sem querer eu puxava com força demais ou rápido demais, e ele dava um grito de dor.

Depois, eu tentava me sentar com meu irmão pelo tempo que ele suportasse minha companhia.

– Você vai ficar bom – eu lhe dizia. – A dor logo vai passar. – Eu não sabia se isso era verdade. Olhando para a mão dele, eu realmente achava que não era verdade.

Dormir na casa e ouvir seus gemidos me dava pesadelos. Quando todos os outros tinham se recolhido, eu saía sorrateiro até o celeiro. Mas, apesar de estar fora da casa, eu, na solidão, precisava encarar a tortura de meu próprio purgatório.

Veja bem, o destino da mão de Gerrit parecia estar intimamente ligado a meu próprio destino. Gerrit, o mais velho, tinha sido preparado para se encarregar do moinho, que pertencia à família havia três gerações dos van Rijns.

Cornelis também estava capacitado para o trabalho de moleiro, mas meus irmãos Willem e Adriaen já tinham seguido outros ofícios. Eu mal tinha começado meu aprendizado com Jacob van Swanenburgh. Dentro de apenas alguns dias eu deveria estar de volta para continuar a ajudá-lo com um quadro grande, em estilo italiano, sobre os castigos do inferno.

Se Gerrit não pudesse se encarregar do moinho, e Cornelis ou Willem tivesse de assumir seu lugar, poderiam me pedir para interromper meu aprendizado. Achei que minha mãe poderia me pedir para voltar para casa para aliviar sua dor, porque eu era o caçula. E, se ela quisesse isso, é claro que eu atenderia seu pedido. Isso também tornaria impossível a continuidade de meu aprimoramento como pintor sob os cuidados de van Swanenburgh.

Todas as noites, meu irmão deixava que eu trocasse seu curativo. Não fui um grande enfermeiro para ele, mas pelo menos era alguma coisa que eu podia fazer. Haverá quem me considere muito carinhoso e atencioso, com esse relato. Mas eu estava preocupado só em parte com a mão de Gerrit. Como se sabe, o homem é motivado por seus próprios interesses; e esses interesses costumam estar centrados no eu. Os pensamentos sobre meu próprio futuro não me deixavam em paz. Durante o período da recuperação de Gerrit da amputação de seus dedos, eu mal conseguia dormir, mesmo no celeiro. Se tivesse sido por preocupação com meu irmão, talvez fosse desculpável, mas era por mim mesmo. Porque eu queria tanto continuar meu aprendizado, sair daquela casa, tornar-me pintor, um homem com experiência do mundo.

Para meus pais, a pintura era um ofício digno, talvez não adequado para um aristocrata ou para o filho de um mercador, mas lucrativo o suficiente para sustentar o filho de um moleiro. Eu já sentia, porém, que minha vocação era a de ser um pintor e não simplesmente um pintor por ofício, mas um artista, como Rubens ou Tiziano. Eu sentia uma paixão pelo trabalho, muito além de qualquer coisa que via em meus irmãos no que dizia respeito ao ofício de cada um. Ser capaz de expressar os conflitos e preocupações do homem através de pedra moída aplicada com um pincel: esse é o trabalho de quem faz milagres. Nada menos que isso. Eu estava impressionado pela tarefa diante de mim e não sabia ao certo se teria condições de dominar esses conhecimentos.

O senhor deve saber do que estou falando, Monsieur Descartes. Aqui nesse aposento despretensioso, o senhor trabalha como eu no ateliê de pintura, sem mais do que uma régua de cálculo, alguns pesos e medidas, esse punhado de livros e sua própria mente. A partir desses elementos básicos e de sua visão do céu noturno através dessa pequena portinhola, o senhor produz teorias colossais sobre o movimento dos objetos, a circulação do universo e os princípios que orientam a natureza. É provável que nem o senhor nem eu enriqueçamos com nossas atividades. Mesmo assim, nós nos dedicamos a elas com a avidez de mercadores da Companhia das Índias Orientais em seus esforços para conquistar o Novo Mundo. Uma descoberta que lance luz sobre a perspectiva, ou uma nova técnica que nos permita esclarecer uma verdade humana obscura no passado: é esse tipo de coisa que nós dois buscamos, como a maioria das pessoas busca o amor ou a riqueza material.

O acidente de Gerrit fez com que eu quisesse isso ainda mais. Todas as noites no celeiro eu era atormentado pela ideia de que, em consequência do acidente, eu precisaria ficar em casa, no moinho, e trabalhar como todos os meus antepassados, como trabalhador braçal e como comerciante que negociava com cereais. Perdendo assim a oportunidade de ser o pintor que eu sabia que deveria ser.

Mas tive sorte: a febre de Gerrit diminuiu. A infecção cedeu. O braço seria salvo. Houve uma celebração discreta em nossa casa, todos pisando com cuidado no assoalho e sendo totalmente gentis, para que nada perturbasse nossa boa sorte.

Minha mãe passou-me os detalhes dos planos que tinham sido feitos: Adriaen e Willem pediriam licença cada um de seu emprego por mais um mês, para trabalhar em casa até o fim do verão. Tinha sido decidido que eu passaria só mais alguns dias no Weddesteeg antes de voltar para meu aprendizado. Meus irmãos mais velhos dariam conta do serviço até Gerrit estar pronto para reassumir seu lugar de direito ao lado de nosso pai.

Imensamente aliviado por esse desdobramento e pela consideração que tinha sido dada a meu progresso artístico, eu quis provar para meu pai e meu irmão que sempre faria minha parte. Acordei ao amanhecer e fui me juntar a Cornelis no moinho, oferecendo-me para abastecer a mó, mover o trigo com a pá e classificá-lo, ou fazer o que fosse necessário.

Meu pai e meu irmão me toleraram durante a manhã inteira, mas ao meio-dia eu já percebia alguma coisa de errado. Não sabia se não tinha cumprido bem minhas tarefas, se tinha trabalhado muito devagar ou o que os estava incomodando. Esforcei-me ainda mais, implorando por mais trabalho, demonstrando minha disposição para ajudar e me aperfeiçoar.

No meio da tarde, minha mãe entrou furiosa no moinho, correu na direção de meu pai e começou a brigar com ele, como eu nunca a tinha visto fazer em minha vida. Tudo o que eu ouvia era um refrão constante:

— Você me prometeu! Você me prometeu!

Por fim, ela entrou mais no moinho, vindo em minha direção, enquanto meu pai suplicava atrás dela.

— Achei que um dia só não poderia fazer mal.

Imaginei que minha mãe estivesse prestes a me repreender, mas ela agarrou meu pulso e me afastou da roda do moinho.

— Você é um bom rapaz, meu filho — disse ela. — E será recompensado no céu por tentar ajudar. Mas seu pai me deu a palavra de que não o deixaria chegar perto desse moinho de agora em diante.

Eu realmente não entendia por que ela exigiu essa promessa absurda. Eu era um descendente dos van Rijn, destinado a assumir minha vez àquela roda.

— Mas, mãe, eu *preciso* ajudar.

— Olhe o que aconteceu ao Gerrit — disse ela, abrandando o tom. — E se acontecesse com você?

Ela estendeu as mãos e pegou as minhas, segurando cada uma pelo polegar, e envolveu seus punhos com a palma de minhas mãos.

— Essas mãos delicadas — disse ela — não vão ser destruídas num moinho.

Ela puxou minha mão esquerda até os lábios e beijou a palma. Depois fez o mesmo com a direita. Cada beijo uma bênção.

Esfreguei meus olhos, sentindo a pressão dos globos oculares através do fino escudo das pálpebras. Quando os abri de novo, minúsculos pontos verdes e cor-de-rosa me atrapalhavam a visão como mosquitinhos. Lá estavam as duas mãos. Uma amputada, uma íntegra.

Aqui estava eu, em Amsterdã. Gerrit tinha morrido, tendo sido enterrado seis meses antes em Leiden, mais ou menos na época em que me mudei para cá para assumir a academia de pintura. Meu irmão tinha continuado a trabalhar no moinho, mas para ele cada dia tinha sido cheio de dor.

Deixei de lado o carvão. Meu olhar continuava a percorrer o corpo, como um viajante numa terra exótica. Para além dos braços, depois da mão decepada. Afastei a musselina e vi que o resto do corpo apresentava cicatrizes grosseiras: ele tinha cicatrizes de ter sido açoitado nos ombros e nas costelas. Deixei de lado meu bloco e com delicadeza ergui um ombro do leito de gelo, só por um momento. Ele era mais leve do que eu imaginava, mas tocar nele me pareceu uma tamanha violação que o deitei de volta com a mesma rapidez com que o tinha levantado. Naquele breve instante, porém, pude ver que as cicatrizes deviam cobrir as suas costas por inteiro. Eram duros, toscos, esses entalhes semelhantes a cicatrizes num tronco de árvore, só que em alto-relevo em vez de afundados. Pensei na velha árvore e em como ela permanece, apesar desses entalhes, portando com elegância essas crueldades humanas.

Havia marcas em seu pescoço e nos ombros, tanto na frente do corpo como atrás. Seu ventre, embora mais limpo que seu tórax, tinha marcas nos lugares onde ele tinha levado facadas. Imaginei que tipo de faca teria causado aquilo: as armas improvisadas que os homens criam na prisão, pensei. Há quem use suas cicatrizes como emblemas de honra. Vi universitários em Leiden que cortavam com orgulho a própria camisa para exibir as cicatrizes obtidas em torneios. Há rapazes que procuram ter cicatrizes no queixo e no pescoço. Para a carne ganhar resistência. Para mostrar que são homens.

Leonardo escreveu sobre *il concetto dell'anima*, a intenção da alma, revelada através dos elementos externos – que o corpo é a morada da alma, e que nossa visão pode atingir suas câmaras interiores através de sua fachada. Se for verdade, a alma desse homem era uma morada que foi destruída e afundou, descorada e lascada, com toda a estrutura caída para um lado.

Por fim, afastei a musselina inteira e dei uma boa olhada em seu rosto. Os olhos estavam fechados; o maxilar, relaxado; os lábios, secos e rachados. A barba estava aparada, e o rosto limpo. Depois de imaginar toda a dor que tinha sido imposta a seu corpo, fiquei surpreso quando vi seu rosto. Ele estava em paz. A expressão, serena. Nenhuma tensão, tristeza, medo ou dor. Seria possível dizer que ele era um homem sem um corpo devastado. Um homem entregue a uma tranquilidade completa.

Pensei mais uma vez no quadro de Mantegna *A lamentação sobre o Cristo morto*. E pensei mais uma vez no quadro que me fora encomendado. O primeiro vislumbre de uma ideia para o quadro de Tulp me ocorreu naquele momento. O estalo da inspiração: e se eu incluísse mais do que apenas o braço do morto? E se eu pintasse o homem inteiro? E ninguém diante dele para escondê-lo?

Sim, o cadáver inteiro, no centro da moldura, até mesmo na base da pirâmide. Não mostrar simplesmente os médicos e seu momento de orgulho, com um único membro separado do corpo, mas mostrar o homem cujo corpo eles aproveitaram para esse trabalho. Era um homem que tinha suas cicatrizes, que tinha sido castigado, açoitado e executado, mas cujo rosto ainda mostrava isso: esse estado de graça.

Já lhes disse que não sou religioso, mas essa não é a pura verdade. Nunca frequento a igreja, e não gosto de padres. Mas aprendi as histórias da Bíblia e as considero uma espécie de verdade humana. Acredito que os homens sejam testados por perdas terríveis, como Jó, e que homens fiquem cegos por obra de passarinhos, como Tobit. Homens de verdade, homens que nós conhecemos. A Bíblia não é um texto histórico para mim. É um texto para os vivos, que nos diz o que acontece com alguns de nós bem aqui, bem agora, entre os mercadores, clérigos e comerciantes de Amsterdã. Entre os patifes e os açougueiros.

Mas homens que passam por enorme sofrimento recebem punições além do necessário e ainda assim prosseguem, continuam a ter esperança, a amar, a difundir seu evangelho. Prosseguem até ser derrubados. Cristo foi crucificado entre ladrões. Morreu como um criminoso comum. Então, um criminoso comum não poderia também ser Cristo?

Fiquei empolgado com essa revelação. Mesmo ali na tumba gelada, escura, detestável. Mesmo ali, com o morto diante de mim. Comecei a me animar com essa ideia. Peguei de novo meu carvão para desenhar o rosto. Para captar aquela impressão de profunda serenidade.

Quando estava começando a esboçar o rosto, percebi outra cicatriz menor, mais apagada, em seu pescoço. Cheguei mais perto e vi que era outra marca a ferro quente, mas não do tipo que o carrasco faz com atiçadores em brasa nos condenados presos ao poste. Era alguma coisa mais exata: algo que parecia um trevo espinhudo com um círculo no meio. Eu conhecia aquela marca. Era a assinatura do fabricante de bainhas para armas brancas de Leiden, um homem chamado Adriaenszoon.

Depois disso, não adiantava eu tentar fazer esboços. Usei meu lenço para secar a testa – pois de repente eu estava suando muito – e peguei minha capa e minhas luvas, enfiando o bloco de esboços e o carvão de volta em meus bolsos. Lancei a musselina sobre o corpo, certificando-me de envolver seus pés, braços, os lados do torso, as pernas, cobrindo-o todo como uma criança na hora de dormir. Então fugi daquele aposento para a luz do dia.

Lá fora, respirei aquele ar frio para o fundo de meus pulmões, observando o ar que saía de mim a cada expiração. Felizmente, o sol ainda estava brilhando na praça. Fazia um frio terrível quando o vento soprava, atravessando direto a praça de Nieuwmarkt, vindo do IJ, mas o sol brilhava; e, como uma bênção, a feira estava cheia de vida. Absorvi as imagens e os sons – todo aquele belo turbilhão de atividade – como se fossem alguma nutrição. Abri caminho até a fileira lotada das bancas de peixes, onde o ar estava pesado com o odor da salmoura, e o inspirei.

Fui andando a esmo, em meio aos compradores e curiosos, entrando na fileira dos queijeiros e dos padeiros e além, rumo às bancas de legumes e aos peixeiros. Em algum ponto vazio no meio da feira, eu me voltei e olhei para o prédio de onde tinha acabado de sair.

O Waag elevava-se mudo, como um castelo altivo no meio do alvoroço, com suas paredes de tijolos brilhando ao sol, seus altos torreões salpicados de neve. Logo, Amsterdã inteira chegaria ali para a festa de inverno. Todos os nobres da guilda viriam assistir à lição de anatomia, e as multidões se reuniriam para o desfile à luz de archotes.

Resolvi que precisava andar. Não simplesmente me deixar ser carregado pelas ruas, mas também permitir que o ar gelado me preenchesse, sentir sua fisgada forte em meu peito. Segui direto para o cais, deixando o vento soprar em meu rosto. O céu estava repleto de gaivotas, voando em círculo, brancas e cinzentas. O canal estava salpicado de carquejas pretas. Mais lá para fora, mastros de navios dominavam a enseada. Saí andando, sabendo que caminharia por muito tempo.

XIII

O CORPO

Cheguei a Amsterdã graças ao meu faro aguçado, pois todos os cheiros levavam a essa cidade. Perambulei por ela, olhando boquiaberto para as especiarias em cima de carroças ao longo das docas, me espantando com as prostitutas no cais, cobiçando os barcos nos canais, tomando uma provinha do gim de cada destilaria. Eu adorava o badalar constante dos sinos das igrejas ao meu redor, os milhares de pombos e gaivotas por toda parte lá no alto, as vitrines abertas oferecendo taças cheias de vinho, bandejas com quantidades de frutas e queijos com cascas de todas as cores, arte de qualidade e prata. Mesmo com todas as prostitutas e bandoleiros, com todo o lixo e o fedor medonho dos canais, Amsterdã era o paraíso para um ladrão.

Eu roubava, ao que me parecia, qualquer coisa que estivesse solta: pratos, xícaras, bandejas e colheres de prata, de estanho e de cobre; frutas, vasos, tulipas, se estivessem cortadas, escovas, esporas, cobertores, peles de urso. Uma vez até mesmo ferraduras, tiradas dos cascos de um cavalo. E eu pedia esmolas também, usando todas as artimanhas que tinha aprendido no caminho. Aqui os mercadores pareciam preferir deixar cair uma moeda na palma da mão de um mendigo devoto do que passar um dia fazendo penitência na igreja. Eu fazia o papel de um santo mendigo, tão absorto na recitação das minhas orações que acabava trombando com bancas de frutas no velho mercado ou derrubando uma bandeja quente de nacos de vitela, para sair dali com os bolsos cheios.

Num dos dias em que eu estava à margem dos canais novos, conheci Jacob, o Valão, outro andarilho, e lhe contei minhas dificuldades.

— Pelo menos, você não está morando no rio. Ele está apinhado de malandros. É tanta gente se amontoando, um do lado do outro, à margem do Amstel, que é como ser escravo num galeão.

Ele pôs um braço nos meus ombros e me puxou para perto como um velho amigo, conduzindo-me para longe do cais, rumo ao centro da cidade.

— Você deve estar com frio com esse colete — disse ele. — Sei de um jeito para a gente arrumar um casaco quentinho e bem-feito para você. Aposto que você ia gostar.

É assim que funcionava: nós escolhíamos uma alfaiataria onde um cavalheiro estivesse provando um traje. Ele estaria parcialmente despido enquanto o alfaiate tirava suas medidas; e seu casaco usado estaria pendurado junto do espelho, ou talvez junto da porta. Jacob entraria ali e começaria a gritar que tinha sido assaltado na rua e que o ladrão tinha passado correndo pela loja. Muitas vezes, o cavalheiro generoso sairia para a rua, e o alfaiate costumava vir atrás. Era nesse momento que eu entrava sorrateiro e pegava o que tinha sido deixado ali. Eu costumava pegar apenas aquele único casaco usado, vestindo-o por cima do meu colete, e voltava andando para a rua, como se o casaco sempre tivesse sido meu.

Na primeira vez em que fiz isso, peguei uma capa de lã pesada, forrada com veludo roxo. Imagine! Alguém queria trocar aquela capa por outra nova. Adorei tanto a sensação da capa, o aquecimento e o conforto, que disse a Jacob que queria ficar com ela. Mas ele disse que merecia a metade, de modo que precisaríamos vendê-la para dividir o dinheiro. Foi o que fizemos: fomos até a feira na curva do Amstel e vendemos a capa a um vendedor de roupas de segunda mão por seis *stuivers*, cada um de nós ficou com três.

Continuamos assim por algumas semanas. Conseguimos roubar uma dúzia de casacos de alfaiatarias; e então ficamos mais descarados e fomos até a bolsa de valores, onde os homens tiravam a capa no calor dos negócios e as deixavam no chão. Ali só fizemos isso uma vez. Na segunda, fomos presos e expostos algemados.

Mas o negócio dos casacos usados era bastante bom, e voltamos para ele. Às vezes, eu conseguia usar o casaco meio dia até voltar a encontrar Jacob, que queria sua parte em moedas. Mesmo quando precisava renunciar ao conforto do casaco, eu podia usar o que tinha ganhado para comprar quase um banquete e dormir com a pança cheia. Mais adiante, aperfeiçoamos nossas atividades, concentrando a atenção em barbearias. Entrávamos de mansinho na loja enquanto o barbeiro estava fazendo a barba de algum cidadão. Era bem fácil surrupiar um casaco sem nem mesmo chegar a ser visto quando o barbeiro e o freguês estavam tão concentrados na navalha.

No dia 16 de novembro de 1623, eu estava usando uma das minhas belas capas emprestadas enquanto tentava seduzir um par de prostitutas ao lado da Oudezijds Voorburgwal, quando vi uma bela dama montada numa égua preta, com sua bolsa de seda suspensa, balançando do seu quadril. Pedindo licença às prostitutas, saí da soleira e abordei a dama.

— Madame — disse eu. — Não passo de um humilde morador de Leiden... — Antes que eu tivesse sequer terminado minha apresentação inicial, a dama deixou sua bolsa cair nas minhas mãos e instigou a égua a sair dali a trote.

Não se passou uma hora, e a dama pareceu ter se arrependido da sua generosidade. Ela despachou um guarda civil para ir à minha procura, acusando-me de roubo. É verdade que na minha vida roubei uma boa quantidade de coisas, sem nenhum motivo, mas nesse caso a mulher foi injusta comigo. Eu estava apenas querendo uma esmola! Como eu agora estava com dezenove anos, fui levado para a casa de correção para ser interrogado. Eu estava muito nervoso. Disse algumas palavras engroladas. Foi ele, senhor, que anotou as primeiras palavras naquele pedaço de pergaminho que o senhor tem nas mãos: que eu, tendo roubado uma bolsa, fui solto da prisão pelos responsáveis do tribunal com a condição de que deixasse a cidade para sempre, sob pena de ser encarcerado.

Naquela noite, enquanto eu tentava atiçar um fogo às margens do Amstel com um galhinho torto, refleti sobre tudo de mau que me havia acontecido: minha mãe cruelmente roubada de mim na hora do meu nascimento, meu pai arrasado sob o peso da sua própria ira, nossa propriedade tomada por conta de alguma ninharia de impostos. Eu tinha dado o melhor de mim para mendigar honestamente e só tinha roubado coisas de que ninguém se incomodaria em sentir falta, um pouco de pão ou um ou outro pé de porco para uma sopa. E todo o resto de Amsterdã se banqueteia com carneiro enquanto eu fico aqui sentado de barriga vazia, diante de um fogo que já vai se apagar! Meu estômago doeu naquela noite como um homem apaixonado sentindo saudade da amada; e ele uivou comigo como se eu mesmo lhe tivesse roubado a amada.

Naquela noite, quando adormeci encostado na tora que eu tinha puxado para perto do meu fogo, tive aquele sonho terrível mais uma vez. Eu estava novamente nu, deitado em cima de uma mesa e não podia levantar os braços nem mexer a cabeça, não podia abrir os olhos nem gritar, apesar de poder sentir o ar nos meus lábios e ouvir os murmúrios de conversas ao meu redor, sem perceber as palavras.

Dessa vez, o pesadelo sofreu uma reviravolta que eu só queria poder esquecer. O homem que estava em pé, acima de mim, aquele que era parecido com meu pai, estava usando nesse sonho não um casaco, mas um avental de açougueiro. E nas mãos ele segurava não um tesourão, mas uma faca de trinchar, que usou para me esfolar. Dispostos em torno de mim, eu via todos os tipos de iguarias – a cabeça de um suíno suculento, um coelho assado e uma pomba lardeada, ostras nas conchas, aspargos, uvas, damascos, romãs, limões e uma série de abóboras coloridas. Eu – eu mesmo, meu corpo – era o prato principal de um banquete. Meu pai ergueu uma taça para um brinde, aproximou uma cadeira da mesa e depois convidou os outros homens a se sentar e comer à vontade!

Minha sorte não tinha sumido de todo, pois nesse momento eu acordei e me descobri perfeitamente inteiro, muito embora continuasse sem um vintém e banido da cidade de Amsterdã, aquela cidade que tinha me mantido alimentado. Jurei não fechar os olhos enquanto não tivesse conseguido voltar para a Oudezijds Voorburgwal, onde eu estava pela última vez antes de ser preso.

RUMEI PARA DEN HELDER, ONDE BUSCAVA, PRINCIPALMENTE, sentir no rosto o frescor dos ventos cruzados dos mares. Quando garoto, eu até que era bonito, com bochechas rosadas e o cabelo louro e cacheado. Mas Amsterdã tinha prejudicado meu desenvolvimento e tornado desprezíveis minhas belas feições. Num curto período, eu tinha envelhecido muito. Já não conseguia correr tão veloz ou sobreviver tanto tempo só com um pedaço de pão duro; e, exposto aos elementos, eu dormia menos. Eu sabia que, assim que meus olhos se fechassem, algum outro vagabundo poderia roubar minhas coisas. Já me disseram que meus olhos são tão injetados quanto os do próprio demônio, e que as olheiras roxas abaixo deles parecem estar fixas no meu rosto.

Dizem que quem dorme bem não peca. Mas eu nunca dormi bem, Senhor Meirinho, e vai ver que é por isso que estou sempre pecando. Quanto menos eu dormia, mais eu amaldiçoava aquelas casas em que a mãe e o pai gritavam "Durma bem, durma bem" para seus bebês sortudos em aconchegantes camas-armário. Em troca do direito de descansar minha cabeça em paz e dormir uma única noite, eu teria dado todos os meus bens materiais, mas estava claro que eu não tinha nada para dar.

Em Alkmaar, fui detido com um grupo de homens e acusado de mendicância, sendo banido da Holanda e da Frísia Ocidental pelo resto da vida. Mas para onde eu haveria de viajar? Eu falo alguma outra língua que não seja o holandês? Conheço outra gente que não sejam meus compatriotas?

Há patíbulos logo do lado de fora dos portões de todas as cidades da Holanda, corpos pendurados como corvos que não podem voar. E toda vez que eu via um, pensava no meu destino. Eu sabia que devia dar atenção à mensagem daqueles malfeitores mortos, pois podia ver que eles eram meus irmãos e irmãs em sua triste sina.

Entrei para o serviço militar em Utrecht em 1629. Eles me deram um par de sapatos – os primeiros que tive na vida –, o pagamento era razoável e os companheiros animados, mas contrariei meu coronel mais de uma vez ao não me apresentar na hora certa. Como sabia que logo enfrentaria um tribunal militar, se me comportasse mal outra vez, fugi daquela companhia sem permissão ou documentos de dispensa.

Por esse motivo, eu sabia que seria perseguido e me dirigi para Houtten. Lá, um amigo de copo chamado Jan Berentszoon me levou a uma casa onde dois caixotes estavam abaixo de uma janela, um convite para se entrar. Ele usou uma barra de ferro para destroçar a fechadura, e eu fiquei de guarda. Essa casa nos forneceu vestuário e roupa branca, dinheiro e ornamentos de prata; e conseguimos vender o colete e os botões, para de imediato gastar o dinheiro em carneiro, cerveja e artigos de confeitaria.

Não me arrependo de nada. Só fico triste por não ter aquela mesma refeição diante de mim aqui e agora. O bom Jan e eu dividimos o resto do roubo. Eu estava tão saciado que me senti digno da minha nova prosperidade e deixei Houtten com as roupas roubadas no corpo. Foi desse modo que me descobriram em Utrecht, onde um vigia diurno achou suspeitas as borlas enfeitadas no meu cinto. Mais uma vez fui açoitado em público, marcado com o nome da cidadezinha e encarcerado na casa de correção.

A casa de Utrecht não conseguiu me segurar, e por duas vezes pude escapar. Na primeira, só cavando com minhas próprias mãos, removi uma pedra grande da parede que separava minha cela do muro da igreja ali fora, e continuei cavando pelo muro até conseguir passar espremido pelo buraco. Na segunda vez, roubei uma pequena serra da casa de raspagem e serrei um marco da janela para sair para a praça. Quando o guarda me pegou em flagrante dessa vez, eu o ameacei com a serra. No fundo não planejava ferir o guarda, como disse aos juízes de lá e repito agora. Era só que eu preferia morrer a ficar mais um dia naquela casa de correção.

    Meu desejo não foi concedido. Fui açoitado ali na praça. Sei que a boa gente de Utrecht deve ter visto mais do que o suficiente das minhas costas nuas, porque, a cada um dos meus açoitamentos públicos, toda a população daquela cidade compareceu, incluindo o galo do moleiro e a galinha da granja. Foi nessa época que o nome de Aris, o Garoto, começou a ser sussurrado de uma cidadezinha para outra na Holanda. Pois o que se dizia era que eu era algum tipo de ladrão santificado, pois nenhuma quantidade de castigo, banimentos ou marcações a ferro quente era capaz de me deter.

XIV

OS OLHOS

Aonde eu fui após deixar o cadáver no Waag? O tempo parou de ter importância à medida que eu me afastava de Nieuwmarkt; e tudo o que sei é que logo eu estava fora dos limites da cidade. A neve caía; o céu começava a escurecer; e o vento, embora forte quando eu seguia pelas margens do IJ, tinha começado a se abrandar. Devo ter atravessado o Sint Antoniesdijk, porque passei pela fileira de moinhos e acabei me encontrando numa clareira.

Fiquei parado ali, enquanto a neve caía mais densa e mais rápida; e o chão logo ficou estampado com desenhos de renda antiga. Eu sentia frio, mas não me lembro de ter tremido, tão imerso estava em meus pensamentos. Depois de um tempo, a clareira já não era uma tapeçaria cheia de detalhes, mas um lençol de linho branco, cobrindo uma paisagem isenta de estruturas feitas pelo homem. De início, havia vacas sarapintando o horizonte até que também elas foram apagadas.

Era assim tão raro que dois homens de Leiden acabassem chegando a Amsterdã, um começando a vida e outro a perdendo para o carrasco?

Fechei os olhos, sentindo os flocos de neve cair em meus cílios e em meu rosto.

Logo, ele estava ali, diante de mim, na clareira, o jovem que eu tinha conhecido tantos anos antes: agora o homem feito que jazia na mesa de dissecação no Waag. Louro, desajeitado e com os joelhos para dentro, ele passava cambaleando pelo caminho de terra batida, o Weddesteeg, diante de nossa casa em Leiden. À sua frente, ia o pai, com a cabeça coberta por uma boina preta e chata, como uma torta, e sua boca tinha a mesma forma. Chata e severa. Ele usava uma camisa preta e uma capa preta sem enfeites, com um abotoamento duplo de botões de latão na frente, que descia abaixo dos culotes pretos. Suas botas pesadas batiam no chão com tanta força quando ele andava que lançavam uma nuvem de pó no rosto do filho, que vinha logo atrás às cegas, pela terra batida.

Ele era um exemplo de contraste com meu pai, que era como um gigante – alto, de uma inteligência travessa, sábio, justo e brando em todo o seu comportamento –, e usava uma barba abundante e uma densa cabeleira, despenteada pelo vento e colorida pelo sol. Ele era o leme de nossa vida, tão robusto e propiciador de objetivos quanto o moinho.

O pai de Adriaen parecia frio e pequeno. Ele nunca falava comigo, mas, se por acaso minha mãe estivesse no quintal, ele sempre se dirigia a ela; não com saudações de vizinho, mas com uma reprimenda.

– Será que vamos ver seus meninos na igreja esta semana, *Mevrouw van Rijn?* – perguntava ele, sabendo que a resposta seria não.

Paciente, ela respondia que a igreja não era para todo mundo; se bem que, assim que o velho estivesse longe o suficiente para não ouvir, ela começava a resmungar baixinho maldições contra ele. Ela era católica, apesar de meu pai ser calvinista; e o velho sabia disso muito bem. Mesmo assim, ela simplesmente tolerava a censura implícita do velho, e continuávamos cumprindo nossas tarefas de domingo.

Assim que eles se afastavam, ela nos lembrava de que não devíamos odiar o homem, mas tínhamos permissão para sentir pena do garoto, já que a vida não podia ser fácil sem a mãe para consolá-lo.

Uma vez eu o vi passar pelo caminho sem o pai. Era domingo, e podia ser que ele estivesse indo à igreja, mas não parecia determinado quanto a isso. Eu estava ali fora, sentado na cerca, sem fazer nada especial, esperando que alguém me desse uma tarefa. Ele seguiu pela estrada, deu meia-volta e retornou. Em seguida, passou ali de novo, deu meia-volta e retornou.

– Onde está seu pai? – eu lhe perguntei.

Olhar em seus olhos azul-claros era como pisar numa espécie de poça rasa.

– Ele foi embora para ser vivandeiro.

– Foi embora?

– Para dar apoio a Maurits na campanha.

– Quando ele viajou?

– Há algumas semanas.

Sua mãe tinha morrido; e agora seu pai também tinha ido embora.

– Você está sozinho?

Ele só fez que sim, mas aquela poça em seus olhos ganhou forma.

– E você ainda vai à igreja?

Ele fez que não.

– Não tenho certeza.

Naquela época eu mesmo era uma espécie de menino solitário. Meus irmãos eram meus principais companheiros, mas todos eles eram trabalhadores diligentes, homens que compreendiam o valor de um bom dia de trabalho. Eu era diferente. Cumpria minhas tarefas, mas de má vontade. E com frequência, quando não tinha recebido instruções precisas, acabava me deixando distrair. Meus olhos se fixavam na luz que se derramava por cima de um colchão de nuvens, e eu podia ficar ali parado apreciando como aumentava e depois se apagava. Ou eu poderia contemplar a fileira de moinhos e observar como as pás giravam, sentindo no rosto o vento que as fazia girar ao mesmo tempo.

– Quer jogar ossinhos no celeiro? – perguntei-lhe.

Ele olhou para mim como se eu tivesse sido a primeira pessoa a lhe oferecer algum alívio na vida.

No domingo seguinte, ele trouxe alguns ossos do pé de carneiros que tinha implorado a uma copeira na cidadezinha. Ele me ensinou um jeito de jogar, lançando uma bola para o alto e formando grupos com os ossinhos, para então apanhá-los. Só que não tínhamos uma bola e, no lugar dela, usamos uma pedra do jardim. Depois, eu deixei que ele me ajudasse com minhas tarefas. Ele era mais rápido que eu para recolher a palha do celeiro e era melhor que eu para empilhar o feno. Em alguns instantes, conseguia fazer o que me custava uma hora. E então púnhamos os ossinhos no chão e brincávamos um pouco.

Antes do domingo seguinte, mostrei à minha mãe os ossinhos; e ela usou um pouco de garança para tingi-los de vermelho. Depois ela assou para mim uma bola de *bikkel*, que pintamos de preto. Devidamente equipado, tive o prazer de recebê-lo quando ele chegou no domingo. O jogo dos ossinhos tornou-se nosso passatempo habitual. Ele guardava o conjunto no forro do colete; e, sempre que terminávamos minhas tarefas, ele lançava os ossinhos espalhados no chão.

Nossa amizade continuou assim por um tempo. Parecia que ele não tinha mais nada para fazer e nenhuma outra obrigação em casa. Eu lhe perguntava pelo pai, e ele me contava histórias de suas façanhas na guerra dos gomaristas. Cada vez que ele contava uma história, a impressão era que seu pai assumia um papel mais importante.

Parecia que ele tinha feito muito mais do que ser um simples vivandeiro. Ele liderou a horda que abriu caminho à força para invadir a igreja da abadia em Haia, e conquistou um lugar de honra ao lado do regente Maurits de Orange.

Quando Oldenbarneveldt foi decapitado, o rapaz alegou que seu pai estava à frente da multidão.

— Ele chegou perto o suficiente para cuspir na cara do advogado um momento antes de ele dizer aquelas famosas últimas palavras: "Apressa-te, apressa-te."

Eu nunca soube se qualquer uma de suas histórias era verdadeira ou não, e suspeitava que não fossem. No entanto, elas eram realmente dramáticas e incluíam cenas de combate, e isso era tudo o que minha mente jovem exigia.

Uma vez perguntei pela oficina de seu pai. Ele disse que eles fabricavam bainhas, fornecendo bainhas para sabres e cimitarras às milícias cívicas e aos guerreiros gomaristas, além de coldres para adagas e mosquetes. Ele abaixou o colarinho da camisa e me mostrou uma marca na parte de trás do pescoço. Parecia um trevo espinhudo, com um círculo no meio. Ele disse que aquela era a marca da oficina, que eles gravavam em todas as bainhas e em todos os coldres.

– É o fruto da faia ainda na casca – disse ele. – Quando era pequeno, eu os colhia. Eles são amargos demais para comer, mas podem ser usados para aproveitar o tanino.

– Por que está gravado em suas costas? – perguntei.

– Foi meu pai – ele respondeu, me encarando de frente. – Ele disse que usaria a marca para me reconhecer quando me visse de novo.

Não pedi para ele explicar. Percebi que para ele já era suficiente contar até ali. Seu pai o tinha ferido, marcado com cicatrizes, o tinha deixado para trás a cuidar de uma oficina que fornecia equipamento para seu exército religioso. Naquele dia jogamos ossinhos até escurecer. Mas no domingo seguinte ele não voltou.

NA CLAREIRA, O SOL TINHA DESAPARECIDO NO HORIZONTE. UMA lua crescente iluminava a neve, conferindo-lhe um bruxuleio branco espectral. Comecei a sentir o frio me atingir e fechei melhor minha capa em torno do pescoço.

Um andarilho veio pelo caminho, conduzindo um burro carregado com sacos de couro. Eu não podia imaginar aonde ele estava indo num tempo daqueles, àquele ritmo. Eu não sabia que cidadezinha ou estalagem havia ao longe. O velho não levantou os olhos para mim, caminhava encurvado, com a cabeça grisalha baixa. Fiquei olhando enquanto ele passava e observei as pegadas deixadas na neve imaculada. O luar se refletia no pelo negro do burro. Eles atravessaram a clareira em silêncio, traçando uma diagonal pelo campo.

Eu não tinha pretendido andar tão longe. Havia alunos e aprendizes à minha espera no ateliê. Havia a aula de anatomia no Waag. Eu não tinha pensado nem um segundo em nada disso. Minha razão tinha sido dominada por minhas meditações, e minha memória ainda me controlava.

Na vez seguinte em que vi Adriaen, eu já estava trabalhando com Lievens em Leiden. Talvez uma década tivesse se passado. Estávamos ocupados em nosso ateliê, sempre pintando, sempre competindo para ver quem conseguia realizar o melhor trabalho. Eu pintava autorretratos. Repetidamente, meu próprio rosto. Lievens também fazia o mesmo, de vez em quando, mas não com tanto fervor quanto eu.

Numa noite especialmente gelada, eu estava trabalhando num autorretrato, e Lievens falou comigo.

— Vamos arrumar outra pessoa para você pintar, para não ter de pintar a si mesmo.

— Quem eu deveria pintar, então? Você?

— Claro que não. Não outra vez.

Pouco tempo depois, alguém estava batendo na porta do ateliê, pedindo esmola, pedindo comida. Como eu disse, estava muito frio; e, mais do que qualquer coisa, ele estava procurando abrigo. Lievens ouviu a batida e foi atender.

Do outro aposento, eu o ouvi, falando com uma voz séria, porém terna.

— Está um frio terrível aí fora. Entre, entre.

Quando entrou, o homem falou rapidamente de sua aflição – a neve, os pés feridos pelo frio, a fome –, mas Lievens lhe disse para se sentar ao lado da estufa enquanto ele ia ver se havia alguma coisa para comer no ateliê. Ficamos ali sentados um pouco. O rosto dele estava escondido pela barba e também por um chapéu de abas largas. Eu não o teria reconhecido. Ele tinha mudado de um monte de formas desde a última vez que eu o tinha visto. Levantei-me para abastecer a estufa e lhe disse para se aproximar.

Foi o que ele fez, e logo suas bochechas estavam vermelhas com o calor. Ele tirou os sapatos esfarrapados e aqueceu os pés junto do fogo crepitante. Eu podia ver seus olhos perambulando pela sala para descobrir todos os nossos pertences. Em sua maioria, eram itens que usávamos para compor nossos quadros históricos. Nossa lareira estava equipada com atiçadores de latão e vassouras com cabo de metal; e na parede, acima da nossa escrivaninha, havia uma espada dourada e cravejada com pedras preciosas. Em nossos armários, havia duas jarras de ouro, uma quantidade de taças de vidro, três bandejas de prata e algumas cumbucas de porcelana. Nós tínhamos todos os tipos de cadernos e papéis com anotações rabiscadas e esboços para nossa arte.

Lievens voltou com um jarro de vinho e uma coxa de peru, mantendo-os numa travessa de peltre que quase refulgia àquela luz. O homem ficou tão grato que pude ver seus olhos se enchendo de lágrimas, mas ele se conteve e somente aquiesceu e nos agradeceu. Ele fez o maior esforço para não devorar a coxa de peru numa única mordida.

Lievens e eu nos sentamos ao lado dele e também servimos vinho para nós. Lievens fez um brinde.

— À coragem de pedir ajuda quando é necessário — disse ele.

De início, pareceu que nosso visitante não sabia ao certo o que isso queria dizer, mas então ele levantou o copo.

— À generosidade de desconhecidos. Estou falando do fundo do coração.

— Diga-me, agora — disse Lievens, sem tirar os olhos do rosto do homem. — Você me contou alguma coisa quando estava entrando. Disse que viu um homem ser assassinado nesta noite mesmo?

— É verdade, meu senhor, mas não fui eu. Eu só estava sentado ali perto e presenciei o que aconteceu.

— E quem era esse homem, então?

— Ninguém da menor importância, meu senhor. Só um andarilho e ladrão, como eu.

— E o que ele fez para provocar a própria morte?

— Foi uma briga. Acho que foi por causa de algumas moedas num jogo de cartas.

— Um homem foi morto por algumas moedas?

A visita riu.

— Vi um homem ser afogado no Amstel por um cogumelo que ele tinha colhido nos bosques. E uma vez vi um homem ser esfaqueado por um pedaço de arenque.

Eu podia ver a comida que ele mastigava.

— Você diz que é ladrão?

Ele tomou um gole do vinho.

— Sou, meu senhor, principalmente sou ladrão de casacos. Pode acontecer de eu roubar outras coisas, quando não consigo ganhar meu pão com esmolas. Um homem precisa comer, de um jeito ou de outro.

— E você não se importa de dizer que é ladrão? — perguntei.

— Não, acho que não. Não escolhi essa atividade. Ela me escolheu.

— Decerto você não nasceu ladrão — disse Lievens. Seu tom era totalmente imparcial. Ele não censurava, nem provocava.

— Nasci da minha mãe — respondeu ele —, mas assim que vim à luz ela já não vivia. Eu a matei, sabe? Já comecei a vida pecando.

Lievens deu uma risada e, para minha surpresa, voltou a encher a taça do ladrão.

— Mas você não poderia tê-la matado. Você era só um bebezinho. Mas se, como diz, você pecou a vida inteira, isso quer dizer que não sente nenhum remorso quando rouba? — perguntou ele, com o vinho gorgolejando do jarro para a taça.

— Eu sentia. Mas agora não sinto mais. Porque vi muita gente roubar, mesmo os que não têm nenhuma necessidade nem sentem falta de nada neste mundo. Vi fabricantes de velas roubar de vendedores de óleo; vi padres roubar dos cofres da igreja; vi nobres se recusando a pagar ao sapateiro que consertou suas botas. Isso também não é algum tipo de ladroagem? E o que dizer dos mercadores, que se pavoneiam pelas avenidas, com plumas balançando a partir dos chapéus? Eles não fizeram fortuna roubando daquelas terras em que nenhum mosquete protege suas mercadorias dadas por Deus? O mundo está cheio de ladrões, meu senhor, e eu sou só daquele tipo bobo e displicente que pega um pouco aqui e acolá, hoje e em qualquer outro dia, e nunca melhora de vida.

Lievens estava encantado com nossa visita e empolgado com uma conversa assim tão animada àquela hora da noite.

— Quer dizer que você condenaria o comércio? Condenaria a construção de igrejas com dízimos e esmolas? Esses não são exemplos de roubo, mas das formas de negociar e governar no mundo moderno.

Nossa visita bebericava lentamente o vinho, e eu podia ver que ele estava começando a refletir sobre suas palavras.

— Meu ponto de vista, que na realidade é muito humilde, pois não posso ser juiz de ninguém, é que muitos homens têm as mãos enfiadas nos bolsos dos outros. A ladroagem é um pecado comum. Cabe ao ladrão determinar se vai seguir algum código moral, e cada ladrão precisa criar algum sentido da sua própria moralidade. Eu, por mim, meu senhor, tenho algumas regras básicas. Não me disponho a roubar de alguém mais pobre do que eu; e não vou ferir ninguém que não esteja tentando me ferir. Se eu puder passar dois dias sem pão, vou esperar chegar o terceiro dia para derrubar a banca de algum feirante em praça pública. E uma vez ou duas, quando eu estava suficientemente abonado, devolvi o que tinha roubado.

— Entendo — disse Lievens, muito intrigado. — E assim, dessa forma, você sente que é uma pessoa honrada, dentro dessa sua profissão ignóbil.

— Isso mesmo — disse ele. — Cada homem é dono do seu próprio nariz. Somente Deus determinará seu lugar no céu ou no inferno, e isso é feito antes de darmos nosso primeiro passo nesta terra.

Inclinei-me para a frente.

— Você veio aqui para nos roubar hoje? — disse essas palavras com muita simplicidade, para ele não sentir nenhuma vergonha ao responder.

— Pensei nisso, meu senhor, pois seria fácil roubar essa casa. Se um de vocês estivesse sozinho aqui, ou se nenhum dos dois estivesse aqui. Parece que vocês não têm nenhum meio de se defender a não ser aquela espada falsa que está pendurada na parede. E vocês têm toda essa prata e essas taças finas nos armários. Tenho certeza de que têm muitos outros tesouros que não vi. Por que os mantêm aqui? Isso aqui não é uma casa, mas um local de trabalho, ao que me parece. Mas vocês foram gentis comigo, sabe? E pelo meu código de honra, mesmo que ele não lhes pareça terrivelmente honrado, não posso lhes fazer nenhum mal. Eu não roubaria de uma criatura generosa que tivesse se disposto a dar tanto conforto a um andarilho.

— Então foi bom — disse Lievens em seguida — que nós o tenhamos deixado entrar. Pois você nos tornou mais conhecedores de como funciona o mundo. E, quando sair por aquela porta, depois de ter aquecido os pés e feito um lanchinho, você vai se expor ao perigo de novo, tentando roubar alguma coisa de algum outro lugar?

— Sim, meu senhor, acho que vou — disse ele, terminando a coxa de peru e bebendo o que restou do vinho. — Mas pode ser que não hoje. Meu pai previu que a condenação eterna me aguarda, e eu aceitei a maldição contra minha alma.

— Você aceita que não pode ser melhor do que é?

— Não faz diferença se aceito ou não — prosseguiu ele. — Nunca houve outro caminho.

Não discutimos com ele. Nossa função não era julgar cada desconhecido que passasse por ali, nem debater moralidade com ele. É claro que nós mesmos não éramos irrepreensíveis. Estávamos ocupados no esforço de nos tornarmos pintores, e achávamos que a arte tinha pouco a ver com a moralidade. Eu pelo menos concluí que ele não nos roubaria durante a visita, não enquanto nós dois permanecêssemos na sala. Por isso, perguntei-lhe se ele posaria para mim, para um retrato de rosto.

Eu queria captar a combinação singular de imaturidade e força na adversidade, que é tão característica no rosto de andarilhos.

— O senhor quer me pintar? — perguntou ele. — Vai espantar as crianças.

— Não é para crianças — respondi, com uma risada.

Ele posou para mim e não foi um modelo ruim. Ficou imóvel e só movimentava os olhos para examinar a sala. Eu ainda não o reconhecia, porém, e talvez não o tivesse reconhecido se não tivéssemos começado a falar do seu passado.

— Você diz que sua mãe morreu no parto. Você foi criado no orfanato?

— Não, meu pai me fez essa bondade. Ele me manteve em casa.

— E quem o criou?

— Meu pai mesmo. Me criou como gado. Me marcou aqui no pescoço, como se eu fosse uma bainha de couro. Ele era fabricante de bainhas, e essa era sua marca.

Ele baixou a gola para me mostrar a marca: o fruto da faia que um dia eu tinha confundido com um trevo espinhudo. Era uma cicatriz que não se esquecia.

— Seu pai era vivandeiro no exército de Maurits? — perguntei. — Você morava aqui, não muito longe do Weddesteeg?

Pareceu que ele me reconheceu no mesmo instante em que eu a ele.

— Ossinhos — disse ele.

— Ossinhos — disse eu.

Bem que eu gostaria de poder dizer que nos levantamos para um abraço e rimos dos velhos tempos. Mas isso não aconteceu. Pelo contrário, a conscientização de que nós dois tínhamos nos conhecido quando jovens nos deixou constrangidos, tanto um como outro. Ele começou a se mexer na cadeira e a perguntar se eu tinha terminado. Eu fiz mais uns traços no papel e o arranquei do bloco. Entreguei-lhe o desenho.

— Nem cobra, nem raposa.

Ele levou algum tempo olhando para o desenho.

— Não sou tão feio quanto acho.

Ele tentou me devolver o desenho, mas lhe disse para ficar com ele.
– Troque-o por sua próxima refeição. Ele está assinado.
Ele riu.
– Imagino que o senhor seja conhecido por aqui.

Adriaen foi embora naquela noite fria, e eu não pensei nele depois, a não ser para refletir sobre como o destino de um homem é tão diferente do de outro. Se ele ainda tinha algum plano de nos roubar, eu sabia que não o faria, já que eu sabia quem ele era.

Em pé naquela clareira na neve, imaginei o rosto jovem de Adriaen – o que eu tinha conhecido anos antes – transposto sobre o rosto cansado, mais velho, do ladrão no inverno; e então sobre o rosto gelado, de um cinza-azulado, do morto no Waag. Que estranho ter conhecido um homem dessas três formas.

Fiquei ali um bom tempo, deixando a neve cair sobre mim, deixando-a envolver minha capa e cobrir o tecido vermelho com seu tom imaculado. Não havia mais nada a ver no horizonte. Só vários matizes de branco.

XV

O CORAÇÃO

Bati com força na porta daquela torre. A que leva para o salão do carniceiro. Bati e bati sem parar. Ninguém ouviu meus gritos. Corri por todo o prédio da balança, chorando, berrando para quem quisesse ouvir. Havia portas de guildas por toda parte: cirurgiões, pintores, ferreiros, pedreiros. Mas ninguém abriu nenhuma delas.

Estava movimentado aquele prédio da balança, cheio de homens querendo pesar de tudo. Cereais, carnes, manteiga e sacos de mercadorias. Quem sabe o que eles pesavam? Ninguém tinha tempo para ouvir minha história. A dissecação, diziam eles, começaria ao anoitecer.

Esmurrei a porta da torre e gritei para qualquer um que se dispusesse a me ouvir. O garoto ficou junto, gritando também. O barqueiro acabou vindo e nos aquietando. Disse que nos levaria para um lugar aquecido, que esperaria conosco até eles abrirem o anfiteatro. Mas eu não quis sair dali. Sentei na escada que levava à porta da torre.

Esse aqui é o filho de Adriaen. Ele é tudo o que tenho no mundo agora, tudo o que significa alguma coisa. Se eu fosse voltar para Leiden, voltar para aquela casa do moinho, as pedras sempre viriam, os meninos sempre zombariam. A única maneira de manter meu Carel em segurança, de lhe dar algum tipo de vida, seria fazer o que o padre van Thijn disse. Enterrar Adriaen na nossa igreja. Essa era uma oportunidade que ele me dava.

Aos poucos elas foram chegando. As pessoas da praça Dam. Tinham visto Adriaen ser enforcado e agora queriam vê-lo dissecado. *Aris, o Garoto*, elas o chamavam, como se ele fosse seu amigo. Aquele garoto, diziam, que enfrentou a morte com tanta coragem. Aquele que inflou o peito e exibiu o coto para toda a praça Dam ver. O que arrancou a camisa e ficou ali nu no frio.

O barqueiro estava parado ao meu lado, tentando me proteger da força da multidão. O garoto disse que eu estava ali para recolher o corpo para um enterro consagrado. Foi assim que se espalhou pela feira a história de quem eu era e por que tinha vindo. Achei que fossem me apedrejar ali também, mas não foi assim que aconteceu.

A primeira coisa que chegou a nós foi um pedaço de linguiça e depois, logo em seguida, um naco de pão.

— Para a moça — disse o velho padeiro que os colocou nas mãos do barqueiro. — Ela deve estar com fome.

Outra pessoa viu o que nos trouxeram e acrescentou manteiga. O barqueiro usou sua faca para cortar a linguiça e espalhar a manteiga. Depois chegou alguém com canecas de sidra quente e as entregou ao garoto.

— Para a moça do Kindt — disse ele. — Não adianta morrer congelada aqui fora.

E veio mais. Mais comida e mais generosidade. Eles me chamavam de "moça do Kindt", de "rapariga do Kindt". Traziam o que tinham e dividiam comigo, com o barqueiro e o garoto.

Quando tínhamos acabado de comer, uma mulher se aproximou e pediu para tocar na minha barriga.

— Tem sorte aí — disse ela. — Um bebê com uma mãe forte desse jeito.

Outros a viram e se aproximaram também. Chamavam meu filho de "o bebê do Kindt" e de "o sangue do Kindt". Uma senhora se abaixou para dar um beijo. O dia inteiro eles vinham desse jeito. Trouxeram um xale para mim e luvas para o garoto. Trouxeram uma cadeira para eu não precisar ficar sentada na escada da porta da torre. Postaram-se ali conosco, conversando e perguntando como eu conheci "Aris". Não era nada parecido com o comportamento que eu tinha visto em Leiden. E essas eram pessoas que tinham querido vê-lo enforcado.

— Ela vai precisar da ajuda de vocês para conseguir entrar nessa torre – o barqueiro disse. – Vai precisar de uma turba para pegar o corpo dele. – Ele acendeu a ideia como um fogo na beira da palha. Eles fizeram pressão, até a primeira fileira, onde estávamos sentados ao pé da torre, e me disseram que iam ajudar. Com a força de toda aquela multidão atrás de nós, eles prometeram, nós conseguiríamos derrubar o portão.

ALGUMAS PESSOAS ACHAVAM QUE EU PODERIA SALVAR ADRIAEN. QUE poderia tocar na sua alma através dos ferimentos, transformando esses ferimentos em canais para a graça. Que poderia deixar que suas cicatrizes revelassem o curso da sua história. Ele não me dizia por onde tinha passado e o que tinha feito, nem por que tinha sido açoitado e banido dos lugares. Eu não era uma confessora, nem redentora. Comecei quando éramos jovens, na primeira vez em que o pai o espancou, pouco antes que o velho cruel partisse na sua cruzada.

— Minha mãe diz que seu pai se juntou ao exército de Maurits. – Eu estava em pé à porta da sua casa. Estava quase anoitecendo. – Ela disse para eu vir ver se você tinha comido.

— Ele não é soldado. Só vivandeiro – disse-me ele. Vi o sangue seco em torno da sua boca e dos olhos. Sua mão ainda protegia o peito. O sangue na boca formava crostas nos pelos curtos do seu primeiro bigode. Ele ainda era jovem. Nenhuma navalha tinha tocado seu rosto.

— Você está ferido – disse eu. Ele mal conseguia abrir um olho. – Precisa ser tratado.

Eu não era mais velha do que ele. Fiz um cataplasma e preparei um pouco de sopa. Ele mal conseguia mover os lábios. Sua mandíbula estava quebrada. Não conversamos, mas eu o alimentei com uma colher. Fiquei com ele até a lamparina quase se apagar. Limpei as mãos no avental.

– Está bem, então. Minha mãe deve estar esperando – disse eu. Ele não respondeu. – Venho ver você amanhã – eu disse antes de sair.

Ele tentou se acostumar à solidão da casa sem a presença do pai. Mas nunca conseguiu. Quando anoitecia, ele preferia a taberna. Gostava dos sons vertiginosos, das canecas batendo em canecas, dos homens dos realejos ou dos tocadores de teorbas e outros alaúdes, dos jogadores e apanhadores de animais nocivos. Havia riso nas tabernas, bem como conversas sobre viagens e aventuras. Ele era louco pelo que não conseguia imaginar e, com a cerveja, bebia todas aquelas ideias. Eu tinha tratado dele para ele poder se fortalecer; e, quando ficou forte, ele quis o mundo. Logo, estava bem o suficiente para partir. Arrumou rápido as coisas e foi embora.

Depois disso, passaram-se quase dez anos até ele voltar para casa. Quando voltou para mim, depois de todos esses anos, era um homem bruto, um homem duro, um ladrão. Dava para eu ver como ele tinha seguido por aquele caminho. Tinha sido surrupiando e gadunhando. Eu podia ler seus crimes na sua pele, e as adversidades no seu rosto. Ele tinha sido ferido. Isso eu via, também. Estava nos olhos dele, no seu comportamento. Ele se encolhia se eu estendia a mão para tocar nele. Nos seus olhos havia uma espécie de tremor. Ele não era aquele garoto pequeno e magricela que precisou dos cuidados das minhas mãos.

Tentei ler a história de Adriaen a partir da sua pele. Cada cicatriz de açoite nas suas costas e marcas a ferro quente feitas no seu pescoço e nos braços faziam parte dessa história, parte da vida que ele foi levar longe de mim, todos aqueles anos depois que saiu de Leiden. Quando eu molhava seus ferimentos com uma esponja, ou às vezes quando ele estava dormindo, eu tocava essas cicatrizes com delicadeza. Passava meus dedos, acompanhando as formas.

Ele tinha as estrelas e a espada do conde, de Haarlem; o leão de Aalsmeer; as três cruzes de Sint Andrew de Amsterdã. Ele tinha o escudo de

Utrecht, e as mais recentes eram as duas chaves cruzadas, de Leiden. Mesmo quando estava acordado, às vezes ele me deixava tocar nelas, apesar de sua pele ser fina ali e insensível em alguns lugares. Às vezes ele se contorcia, mas deixava que eu continuasse.

– Todas as cidades quiseram você – disse eu. – Todas puseram o escudo na sua carne.

– Foi o contrário, Flora – ele me disse, como se estivesse explicando para uma criança. – Elas me marcaram para não me deixar entrar.

– Mas elas não podiam fazer isso, podiam? Mesmo assim, você está aqui.

Ele nem sempre queria que eu o tocasse. Às vezes, se virava e me empurrava. Às vezes, olhava para mim com ódio.

Pode ser que, uma vez que se tenha uma parte tão grande do mundo marcada na pele, você acabe se considerando a soma das suas marcas. Já vi marinheiros voltando dos mares com a tinta na pele que eles chamam de *prikschilderen*. Eles dizem que fazem isso para se tingir, para deixar gravada alguma parte das suas viagens.

Eu passava meu dedo pelas suas feridas, e elas me contavam uma história. Atravessei o brasão da cidade de Amsterdã. Toquei no sulco que demarcava o escudo de Utrecht. Apalpei as linhas compridas das chibatadas nas suas costas, as cicatrizes finas das facadas. Não era por ele que eu fazia isso. Era por mim. Para eu saber alguma coisa das suas viagens.

As cicatrizes brancas eram mais grossas e mais longas. Dos açoites. Era nessas que ele dizia que tinha perdido a sensibilidade. As cicatrizes das marcas a ferro quente eram em relevo. Eu passava o dedo, atravessando as cicatrizes brancas, e ele se contorcia e se debatia. Dizia que era como se a pele de outra pessoa cobrisse sua carne. Como se lhe tivessem dado uma pele diferente. Tentei ser mais delicada. Mas não recolhi minha mão. Deixei que meus dedos tocassem.

Eu tratava das suas feridas, beijava sua testa e levava comida à sua boca – era isso o que eu podia fazer. Eu não podia salvá-lo, e ele não se dispunha a se salvar. Havia em Adriaen alguma coisa que o fazia gostar de ser espancado. Depois que cuidei dele meses a fio na minha casa, perguntei-lhe por que ele continuava a voltar àquela taberna onde tinha levado mil murros.

— Eu mereci apanhar — disse ele. — Ser espancado me fazia saber que eu estava vivo. — Depois ele chorou como uma criancinha. Deixei que se abrigasse em mim, todo enroscado, e o abracei. Às vezes ele era delicado.

Quando já estava bem, em atividade e em condições de continuar na farra, ele não ficou diferente do que era antes. A índole de um homem é sua índole; e um peixe não tem como virar carneiro sem feitiçaria. Se eu tivesse esse tipo de poder, é o que eu teria feito: eu o teria mudado; eu o teria salvado. Mas não sou nem um pouco boa para salvar, só para remediar.

Ele saía da minha cama para a taberna, e depois voltava com os punhos cerrados e dormia sozinho na soleira. Às vezes, ficava com raiva quando eu tentava cuidar dele. E me dizia que eu não era nenhuma freira; e minha casa, nenhum convento. Às vezes, dizia simplesmente:

— Vai procurar alguma alma digna de ser salva.

Adriaen queria tocar em mim, também. Mas não tocava. Não enquanto ainda estava de cama, cheio de contusões. Eu o tocava, e ele sentia minhas mãos. Mas não queria me tratar com grosseria, dizia ele. Dizia que tinha muitos malfeitos nas mãos. Elas eram muito dadas à maldade. Dizia que suas mãos pegavam mais do que o que mereciam. Que suas mãos se apropriavam do que não lhe pertencia, e era sempre ele que se encrencava. Ele não queria me possuir com aquelas mãos.

Eu queria sentir suas mãos em mim. Mesmo que fossem ásperas, mesmo que seu toque fosse calejado. Nas minhas costas e nos meus seios. Pode ser que ele achasse que, se chegasse tão perto assim, nunca mais seria capaz de ir embora. Ir embora era sua natureza, era seu jeito de ser.

O dia acabou chegando. Fazia calor, e havia uma ilha de sol no jardim. Eu estava lá atrás, arrancando umas ervas daninhas dos canteiros, com um sacho. A terra estava molhada e pesada com alguns dias de chuva. Eu ia plantar uma fileira de nabos e uns pés de ervilha ao longo da cerca. Parei um instante e senti o sol no meu rosto. Difícil pensar nisso agora, nesse inverno gelado. Lembrar de que pode ser daquele jeito. De que às vezes o sol brilha. Às vezes faz calor. Fiquei ali parada e deixei o sol me aquecer, como se ele fosse só para mim.

Quando o céu mudou, e o sol ficou por trás de uma nuvem, abri os olhos e vi Adriaen ali no vão da porta, apoiado numa vassoura.

— A chuva está vindo — disse ele.

— Sempre está — disse eu.

Peguei meu sacho e continuei a cavar.

— Eu queria poder fazer isso para você — disse ele.

— Você vai poder, quando estiver bem.

— Queria plantar algumas coisas e ver as plantas crescerem.

— Só alguns meses, e vou ter uma colheita. Nabos, batatas, ervilhas, cenouras e trevo. Logo vou secar ervilhas para as sopas do inverno.

— Já?

— Antes de setembro.

Pude ver nos seus olhos que ele estava imaginando que àquela altura já teria ido embora. Onde ele estaria? Debaixo de que ponte? Ao lado do portão de qual cidade? À margem de que rio?

— Entra antes que chova — disse ele.

— Mais alguns minutos.

Quando entrei, ele estava sentado na cama e me pediu que me sentasse ao seu lado.

— Flora, quando eu estiver bem, vou embora. Você sabe disso?

Não respondi. Estendi a mão, peguei a dele e a trouxe para o meu peito. Segurei-a ali até ele saber que lhe pertencia. Até ele saber que eu sabia que ele não estava tomando. Eu é que estava dando. Depois ele me tocou com delicadeza, sem promessas e sem exigências. Segurou meu seio e passou a mão dentro da minha blusa, subindo pelo meu pescoço. Percorreu meu queixo com um dedo e tocou nos meus lábios. Encostou a palma da mão na minha bochecha e passou os dedos pelo meu cabelo.

Usou as duas mãos. Puxou meu rosto para junto do seu e me beijou. Me beijou, me entregando sua boca e seu coração, um coração entristecido. Senti todo o seu desejo. Ele passou as mãos pelos meus ombros, desceu pelas minhas costas, pelos meus quadris. Suas mãos o levaram numa viagem que ele vinha querendo fazer havia muito tempo.

 Eu me levantei e tirei a blusa, o avental e a saia. Fiquei em pé diante dele para ele saber que eu era toda sua, quer ele ficasse, quer não. Nós nos deitamos juntos na cama. Do mesmo jeito que ele tinha deixado meus dedos acompanhar suas cicatrizes, deixei que os dele viajassem pela minha pele. Ele olhava aonde os dedos iam, vendo todas as dobras e saliências, a paisagem da pele. Eles encontraram o caminho escuro do meu peito até meu ventre. Encontraram os riachos brancos de pele esticada nos meus quadris. Seguiram os afluentes azuis das veias que se enrolam ao longo das minhas pernas. E avançaram devagar. Não procuraram dominar. Procuraram tocar, ver, conhecer. Ele tinha duas mãos perfeitas.

 Seu cheiro era tão familiar, um cheiro que eu conhecia desde sempre. Era o cheiro das urzes e do feno, de suor, cerveja e lenha queimada. Relaxei nos seus braços e respirei fundo. Ele tinha o cheiro de um homem e de um lar.

NA ÚLTIMA VEZ EM QUE ADRIAEN SAIU DA CASA DO MOINHO, ficamos parados à porta da casa. Na ocasião ele não sabia do bebê. Nenhum de nós dois sabia. Ele disse que gostaria de ser um homem diferente. O que eu precisava, disse ele, era de alguém que morasse comigo na casa ao lado do moinho, e ganhasse o pão com o suor da testa.

 — Quem dera eu fosse assim — disse ele. — Ah, se eu tivesse em mim o necessário para ser desse jeito.

 Eu deveria ter lhe dito que ele tinha, sim, o que era necessário. Eu deveria ter lhe dito que ele poderia ter sido de qualquer jeito que quisesse. Ou talvez eu simplesmente devesse ter dito: "Não vá, Adriaen.

Fique comigo. Não vá." A probabilidade é que ele tivesse ido embora de qualquer maneira.

Depois de algumas semanas, alguém me disse que ele estava na prisão em Leiden. Tinha arrombado uma casa com algum outro ladrão. Disseram que iam decepar sua mão. Iam lhe tirar a mão por roubar. Eu achava que não podiam fazer isso, mas foi o que fizeram. Foi bem ali no tribunal. Trouxeram um médico e fizeram com que dez homens o imobilizassem em cima da mesa. Berrei, gritei e chorei. De que adiantou? Será que existe alguma coisa que adiante? Adriaen simplesmente continuou do mesmo jeito.

Quando ele saiu do tribunal, ele não quis deixar que eu o levasse para casa. Não daquela vez, ele disse, nunca mais.

— Você não vai me querer agora — disse ele. — É impossível que você me queira agora.

Mas eu o queria, sim. Eu o queria em casa. Eu o queria junto da lareira. Queria cuidar dele, curá-lo e fazer da minha casa nossa casa.

XVI

A BOCA

Vi que eles tinham vindo. A pé, da praça Dam, de patins pelos canais congelados, de barcaça atravessando o Haarlemmermeer, de esquife a partir do cais, de carruagem vindo da Cidade Nova, e por qualquer outro meio, eles tinham vindo ver Aris, o Garoto, que tinha sido enforcado na praça Dam. Tinham ouvido falar da sua bravura na forca, do seu coto e do seu peito nu, cheio de marcas. Agora eles queriam vê-lo no cepo. Queriam uivar por sua carne.

A praça de Nieuwmarkt estava movimentada como a bolsa de valores na segunda-feira; e, exatamente como os negociantes naquele recinto, todos aqui agitavam as mãos no ar para conseguir um ingresso.

O senhor conhece nosso anfiteatro de anatomia? É um lugar apertado, alto, circular e estreito, onde mal conseguimos fazer caber duzentos homens para as aulas, espremidos como arenque num barco pesqueiro. Precisamos urgentemente de um anfiteatro melhor, e a guilda já esboçou projetos, mas por enquanto tudo o que se pode fazer é restringir com rigor a venda de ingressos. Naturalmente os membros da guilda têm precedência, depois dos magistrados, cidadãos da elite e conselheiros municipais. Tulp em pessoa elabora a lista e é muito exigente quanto a seus convidados. Eles devem ser homens que ele procura cultivar como colaboradores, patrocinadores, partidários e amigos. A escolha de quem entra na lista é uma questão estritamente política, sabe?

Quando ouvi a balbúrdia na praça lá fora, a multidão já estava tão numerosa que teria sido possível tripular um navio com ela. E eu estava sozinho – eu, contra uma multidão enfurecida – e já não me restavam ingressos a vender. Eu ouvia a turba esmurrar a porta sem parar e fiquei atrás dela um tempo, trêmulo, até chegar a me atrever a olhar pela vigia.

Àquela altura meu trabalho estava terminado: o corpo arrumado, os candelabros acesos, o incenso fumegando, a mesa da dissecação preparada com todos os instrumentos necessários, facas, serrotes, cutelos, bisturis, fórceps e cordas. Grudei uma orelha à porta e me agachei ao lado, escutando, até que por fim era tarde demais para continuar esperando.

À medida que começou a entardecer, os convidados legítimos – barbeiros e cirurgiões, magistrados e comerciantes, mercadores e nobres em seus melhores gibões, meias finas e rendas – finalmente chegaram, abrindo caminho através da multidão, reivindicando suas posições junto à porta. Tive esperança de que a multidão se dispersasse, ao ver os próceres da cidade ocupando seu lugar de direito, mas, em vez disso, a multidão ria, vaiava e amaldiçoava os detentores de ingressos, não querendo permitir que passassem. Calculei então que, de algum modo, todos aqueles empurrões separariam o joio do trigo; mas também nisso eu me equivoquei. De imediato, começaram os murros, à medida que discussões irrompiam diante da entrada.

Abri a porta com violência e fiquei ali em pé olhando firme para a multidão com a pequena autoridade que consegui reunir.

– Os detentores de ingressos para a aula de anatomia do dr. Tulp podem agora se apresentar e formar uma fila aqui – anunciei. – Por favor, somente quem já tiver ingressos. Sinto muito mas já estão esgotados os ingressos para a dissecação desta noite. Se não tiverem ingressos, por favor, queiram se dispersar.

Os cavalheiros retomaram a compostura e tentaram fazer uma fila, mas a multidão só ficou mais agitada com a notícia de que não poderia entrar. Levei empurrões e cotoveladas. As pessoas berravam bem no meu nariz. Ainda posso lhe mostrar as contusões que recebi daquela turba. Aqui, aqui uma no meu braço; e aqui no meu quadril. Vou arregaçar minha calça de malha para lhe mostrar o vergão na minha canela. Foi onde uma senhora me deu um chute, antes de exigir que eu a deixasse entrar. Uma senhora! Juro que achei que haveria um tumulto na praça de Nieuwmarkt.

Não sei como consegui controlar a porta. Eu a usei como um crivo e recebi cada pessoa portadora de ingresso, uma a uma. Um fluxo constante de capas e golas engomadas.

Uma vez que se encontravam dentro do anfiteatro de anatomia, achei que finalmente haveria algum tipo de civilidade; mas ali também houve mais altercações. Dessa vez, a discussão era entre os membros da guilda e outros nobres da cidade acerca de onde deveriam se sentar.

O universo de Tulp tinha sua própria lógica, que se manifestava na disposição dos convidados nos círculos: os melhores lugares no auditório são os da segunda fileira – bastante próximos da plataforma de dissecação para ser possível observar cada incisão e cada movimento do fórceps, e no entanto a uma distância suficiente para a plateia se proteger do fedor dos tecidos em decomposição. Os cidadãos da elite ocupariam a primeira fileira, porque Tulp está concorrendo a um cargo público e quer que eles estejam muito bem familiarizados com seu rosto.

Ora, alguns cirurgiões alegavam que mereciam sentar na primeira fileira, na frente dos cidadãos da elite, já que a guilda lhes pertencia, mas os cidadãos não quiseram se mexer. Já irritados pelas multidões lá fora, eles agora pareciam prontos para arregaçar as mangas e defender seus lugares.

Não havia como agradar a esses homens. Por mais que se tente homenagear seu status, eles ainda encontram motivos para se queixar de ninharias. Bem, pelo menos, por fim todos estavam sentados, e eu tratei de descer a escada sorrateiro, para ver se conseguia vender os poucos ingressos que restavam para espectadores em pé nos fundos.

―※―

EM CERTO SENTIDO, SEMPRE FUI UM *FAMULUS ANATOMICUS*. MEU TRAbalho está tão ligado à minha alma quanto minha mão, neste momento, a essa caneca. Comecei nessa nobre profissão aos cinco anos de idade. Meu pai trabalhava para Carolus Clusius no *hortus botanicus* da Universidade de Leiden. Clusius era especialista em plantas tropicais das Índias e flores subtropicais das Colônias do Cabo – a seu modo, também um colecionador de curiosidades, mas da variedade folhosa.

Meu pai prestava bons serviços naquele jardim, arrancando ervas daninhas dos canteiros e cortando flores passadas. Nos meses de inverno, quando os canteiros de flores descansavam, ele trabalhava para o anatomista-chefe, Petrus Pauw, que gostava de decorar o anfiteatro com todos os tipos de figuras medonhas.

Ele tinha dez esqueletos humanos: um esqueleto de cavaleiro montado no esqueleto do cavalo; um esqueleto representando o papel do anjo da morte, com um alfanje fatal na mão. Um esqueleto masculino com um esqueleto feminino, lado a lado, junto a uma macieira carregada de frutos: Adão e Eva em ossos. Em torno do anfiteatro, havia outros seis, exibindo flâmulas com lembretes mortais em latim: *Mors ultima linea rerum* (A morte é o ponto final). Um trazia a frase de Horácio: *Pulvis et umbra sumus* (Não passamos de pó e sombra). Eu era só um menino, mas me lembro da sala de Pauw tão bem quanto da minha cama-armário da infância. Todos os meus piores pesadelos vinham de lá.

Meu pai e minha mãe morreram no período de uma única semana durante a grande epidemia de varíola de 1616. O único motivo para eu ter sobrevivido foi o pavor. Um dia encontrei meus pais de cama, rostos descorados e emaciados, bolhas vermelhas cobrindo braços e pescoços. Minha mãe me mandou ficar longe.

— Um monstro veio aqui – disse ela. – Depressa, fuja para os bosques. Nós vamos procurar por você depois.

Fiz o que ela mandou. Fugi correndo e me abriguei nos bosques por uma semana, morrendo de medo de que o monstro viesse me pegar. Acabei ficando com tanta fome que precisei voltar para casa. Quando cheguei, os corpos deles já tinham sumido, e uma mulher estrangeira estava cuidando da lareira. Fui procurar Pauw, a única outra pessoa que eu conhecia. O grande anatomista me acolheu como mais um ajudante.

Pauw não me forçava a fazer muito mais do que carregar água e segurar plantas enquanto ele dava suas famosas aulas de botânica. Ele preferia fazer as coisas sozinho – coisas como cortar e envasar espécimes. Apesar de sua pregação sobre como a morte estava sempre entre nós, eu nunca imaginei que o perderia também. Mas ele morreu à mesa de trabalho enquanto pintava uma das suas flâmulas. Ela teria dito *Mors ultima ratio*, "A Morte é o acerto final". Fui eu que o encontrei, com a cabeça na mesa, o nariz e as faces cobertos com a tinta preta que tinha derramado do tinteiro.

Fiquei sozinho ali no anfiteatro anatômico por umas duas semanas, dormindo numa das caixas de esqueletos, até a chegada do sucessor. Era Otto van Heurne, o que chamam de Heurnius, e ele me adotou como se eu fosse simplesmente mais uma curiosidade do local. Era uma criatura muito mais bondosa do que Pauw, e removeu para o andar de cima os esqueletos empoeirados de Pauw, com suas flâmulas edificantes.

Ele então encheu o anfiteatro anatômico com verdadeiras maravilhas: pedras e conchas, moedas e borboletas, bustos e urnas funerárias dos romanos, cabeças de deusas gregas, presas entalhadas de elefantes africanos, remos de madeira pintados por tribos sul-americanas, ídolos antiquíssimos, ossos de baleias, utensílios japoneses para servir chá. Se eu ficasse parado no centro do universo de van Heurne, a impressão era que o mundo inteiro girava ao meu redor, desde os arcanjos no paraíso, através da abóbada celeste, até as pedras e rochas debaixo dos pés de Lúcifer.

Heurne convencia mercadores, marinheiros e até mesmo cirurgiões de navios a trazer para nós bens terrenos; e foi assim que ele me ensinou minha crença atual: o consumismo.

Se eu no passado tinha sentido medo da morte, que tinha me roubado três pais em dois anos, a influência de Heurnius me ensinou a cultivar uma fascinação positiva pelo mensageiro sinistro. Entre as curiosidades e raridades que enchiam nossas salas, van Heurne mantinha espécimes de humanos mortos. De um inglês em Amsterdã, ele comprou crianças mortas; e pedia a seus caçadores de assombros que procurassem para ele o corpo de um gigante. Ele era atraído pelos costumes do antigo Egito, onde se acreditava que a pessoa nunca morria, mas que simplesmente se "transfigurava". Em especial, ele adorava colecionar múmias em sarcófagos.

Como anatomista-chefe de Leiden, ele também gostava de examinar os recém-mortos. Era minha função buscar corpos para ele. Eu era adolescente, e ele me despachava a viajar sozinho pelo país, livremente. Apesar de a carrocinha com o cadáver exalar um cheiro medonho, parece que ela não me impediu de encontrar uma boa quantidade de moças dispostas.

Os anos com Heurnius passaram depressa, mas, depois de quase uma década empurrando aquela carrocinha de cadáver, chegou a hora de eu me lançar sozinho no meu caminho no mundo. Eu estava quase completando dezoito anos quando tive a ideia de vir para Amsterdã e me tornar negociante, usando as técnicas que ele me havia ensinado. Em breve, eu compraria uma casa à margem de um canal e me casaria com uma bela moça de Amsterdã.

Nós nos despedimos como pai e filho – chorando –, e ele me deu um moedeiro e recomendou que eu não perdesse tempo e fosse logo me apresentar ao anatomista na Guilda de Cirurgiões de Amsterdã. Em segredo eu tinha esperanças de não voltar a precisar empurrar a carrocinha dos cadáveres. Por isso, evitei entrar em contato. Ocorre que, àquela altura, já era 1629, e Amsterdã fervilhava com ávidos negociantes de curiosidades. Tentei me sustentar só com a compra e a venda, mas havia concorrência demais nas docas; e eu era um mero natural de Leiden lutando com todos os malandros de Amsterdã para obter um fornecimento regular de objetos assombrosos. Eu já estava nos meus últimos cinco *stuivers* quando Tulp apareceu à minha procura.

Desde então, sou seu carregador, transportador de corpos, curador e selecionador de peças. Ele não é nenhum Heurnius – realmente não tem nada de Heurnius. Ele me mantém ocupado com suas tarefas, enquanto ele mesmo trabalha na escala monumental da filosofia moral; e, no entanto, ainda conta todas as suas moedas com muito cuidado. E, embora possua uma pequena coleção própria de curiosidades, não é do tipo acumulador, como Pauw ou van Heurne. Na baixa estação, quando não há sessões de anatomia, ele me deixa usar o anfiteatro para expor minhas maravilhas e também paga o aluguel das cocheiras junto do cais. Ele me pediu para conseguir para ele um macaco da Australásia.

Agora o senhor entende como essa vida pode ser imprevisível? Se tivesse atravessado o bosque com meus próprios pés e chegado a uma encruzilhada, eu poderia ter escolhido o caminho da direita e não o da esquerda, mas eu estava montado num asno, que seguiu seu próprio trajeto a esmo. Por isso, vim parar onde estou, um colecionador de animais vivos e homens mortos.

NA ESCADARIA QUE DESCE DO ANFITEATRO DE ANATOMIA PARA A PORta da guilda, fiz uma oração ao meu criador pedindo que a multidão já tivesse se dispersado. Mas quem reza por seu próprio bem raramente é atendido, e eu também não tive toda essa sorte. Juro que a porta estava abaulada com o peso daquela turba. Eles empurravam, socavam, chutavam, faziam força contra ela; e seus gritos eram tão pesados quanto suas mãos. Não é uma porta pequena, sabe? E as fechaduras e trincos de ferro foram feitos pelos melhores serralheiros da cidade. Devia ter havido uns mil homens ali fora tentando derrubá-la.

Peguci o que estava à mão – uma vara comprida, uma cadeira, um tapete – e os finquei contra a porta. Então fiz mais uma prece, sem esperanças. Eu sabia que eles descobririam um jeito de passar. Só não sabia quando.

Subi pela escada, trancando portas em todos os patamares e tentando reforçar a última porta, a do salão de anatomia. Logo, logo, Tulp ocuparia a plataforma central do anfiteatro de anatomia e começaria sua palestra. Ele precisaria de mim, na qualidade de seu auxiliar. Era necessário que eu estivesse lá dentro. Mas eu só subia e descia a escada, nervoso, tentando descobrir um jeito de reforçar nossos trincos, garantir o fechamento das portas, impedir a chegada da turba. Era só uma questão de tempo para toda aquela multidão invadir o recinto.

XVII

A MÃO

Excelentíssimos e ilustríssimos senhores de Amsterdã: respeitável burgomestre Bicker, cidadãos de Amsterdã, cavalheiros da corte do regente, magistrados, inspetores *Collegii Medici*, médicos, barbeiros-cirurgiões, boticários, aprendizes e público que vem visitar nossas instalações, em nome da Guilda dos Cirurgiões de Amsterdã, é para mim uma grande honra dar-lhes as boas-vindas a nosso *theatrum anatomicum* de Amsterdã, nesta noite de abertura do festival de inverno de 1632.

A pedido dos dirigentes de nossa nobre guilda, venho humildemente diante de todos proferir minha aula anual sobre o Corpo Humano e a Trama da Natureza. Hoje, senhores, iniciamos a demonstração anatômica que será a peça principal dos festejos de toda a cidade. Esta é uma ocasião de importância sem precedentes para a cidade de Amsterdã e para a República da Holanda. Aqui dirigiremos o verdadeiro olhar da ciência para a forma terrena do homem, para podermos chegar a conhecer nosso lugar no imenso universo de Deus através de amplas provas oculares, palestras e debates.

Após nossa lição de anatomia haverá um banquete para os membros de nossa guilda e nobres convidados no grande salão na segunda torre do Waag. Nossa palestra será retomada amanhã à noite e continuará durante a semana por mais cinco ou seis noites aqui nesta torre. Hoje, porém, mais tarde, a cidade inteira se reunirá para festejos públicos e um espetacular desfile à luz de archotes, tendo início diante do Waag, continuando ao longo da Nes, retornando pela Damrak e terminando com fogos de artifício na praça Dam.

Sou o dr. Nicolaes Pieterszoon Tulpius, natural de Leiden. Ao longo desses debates, podem dirigir-se a mim como dr. Tulp ou Tulpius. Esta ocasião assinala o segundo aniversário de meu mandato como anatomista de Amsterdã, palestrante e preletor de nossa guilda.

A guilda de que falo é uma das mais respeitadas de sua atividade na Europa inteira. Nosso *schul anatomicum* remonta a 1550, quando apresentamos nossa primeira necropsia no convento das Onze Mil Virgens, na igreja de Sint Ursula, a Divina. A pele do cadáver usado naquela ocasião – o de Suster Luyt, ladrão que fora executado – foi removida com cuidado, recebeu tratamento e hoje está em exibição no salão de nossa guilda, caso algum dos senhores deseje vê-la. Hoje, nossa guilda representa oitenta *doctoris medicinae* registrados, duzentos e cinquenta barbeiros-cirurgiões e trezentos e dez boticários, que proporcionam tratamento a cento e dez mil moradores de Amsterdã.

Conto aqui pelo menos uns doze membros de nossa renomada guilda, entre eles, o diretor Jacob Janszoon de Wit; o diretor Hartman Hartmanszoon; Matthijs Calkoen; e nossos estimados novos aprendizes: Adriaen Slabbraen e Jacob Block.

Senhores, 1632 é de fato um *annus mirabilis* para Amsterdã. Diz-se há muito que nossa cidade é forte no comércio, mas em todas as iniciativas intelectuais somos ultrapassados por Leiden, nossa cidade vizinha mais ao sul, que abriga uma excelente universidade. Este ano, meus amigos, Amsterdã retificará esse estado de coisas. Daqui a não mais que três meses, o novo Atheneum Illustre, nossa própria universidade, será inaugurado bem aqui na Cidade Velha, no final da Kloveniersburgwal, dirigido por Caspar Barlaeus, membro da Guilda dos Cirurgiões de Amsterdã. O Atheneum dedicará suas atividades a todas as ciências, ao latim, às artes geológicas e, naturalmente, à filosofia natural. O Atheneum provará ao mundo que não existe no planeta lugar mais ilustre que

Amsterdã, e sei que há entre nós nesta noite pessoas dispostas a contribuir para esse honroso objetivo.

A nossa é uma cidade de renascimento, recuperada a partir de terras alagadas e alicerçada no trabalho incansável de nossos engenheiros e artesãos. Em nenhum lugar nosso progresso está mais bem representado do que aqui, no *theatrum anatomicum*. Mesmo hoje, os célebres anatomistas de Pádua precisam realizar dissecações nos subterrâneos ocultos daquela cidade, já que o Vaticano considera nossa ciência uma heresia. Aquela igreja silenciou nosso amigo e colega filósofo Galileu Galilei, que propõe a tese de que o Sol não se move, mas que a Terra, sim, gira em torno dele.

Em nome da direção de nossa guilda, eu gostaria de dizer: que o bom Galileu venha a Amsterdã, e nós daremos as boas-vindas a ele e a suas opiniões copernicanas! Pois esta é uma cidade livre, onde as maiores cabeças da Europa podem se reunir e celebrar a verdadeira sabedoria. Vejam, senhores, que hoje nossa cidade já é um porto para grandes pensadores. Temos entre nós nesta noite nosso prezado amigo e colega filósofo René Descartes de Paris, que nos honra com sua presença em nosso modesto anfiteatro de anatomia. Juntem-se a mim, por obséquio, para lhe dar boas-vindas, senhores, pois ele é um anatomista amador por seus próprios méritos.

Paris, Pádua, Gênova, Veneza e Antuérpia – todas essas cidades podem competir pela proeminência, meus amigos, mas nenhuma se equipara à independência de Amsterdã, à nossa liberdade social, econômica e intelectual. Temos entre nossos habitantes algumas das maiores cabeças de toda a Europa, profissionais cultos e talentosos, anatomistas, pintores, arquitetos, projetistas, engenheiros.

Observo entre nós nesta noite muitos desses representantes. Alguns dos senhores, lamento ainda não conhecer, mas ao longo desses debates considerem que este anfiteatro de dissecação é minha sala de estar.

Não riam, senhores, pois, embora na companhia da morte, nós ainda celebramos a vida e todas as glórias de Deus.

À minha frente jaz o corpo de um criminoso notório, executado por enforcamento hoje mesmo diante do prédio da prefeitura. Autor de delitos incontáveis, pelos quais foi condenado à morte por quatro prefeitos e pelos respeitáveis magistrados de Amsterdã, muitos dos quais estão aqui entre nós hoje, o criminoso estava arrependido quando foi conduzido ao cadafalso. Como seu último alento, ele pronunciou as seguintes palavras: "Que Deus tenha misericórdia de minha alma eterna."

Ao contemplar essa forma sem vida, como faremos quando eu tiver afastado esse tecido, seria bom que nos lembrássemos da antiga história de Mársias, o sátiro que alegou que podia tocar flauta melhor que qualquer um, mortal ou imortal. Ele desafiou Apolo para uma competição musical, que as musas julgariam. Tanto Apolo como Mársias se revelaram músicos excelentes, mas Apolo superou seu pretensioso rival. Quando lhe foi concedido o direito de punir o sátiro da forma que lhe aprouvesse, Apolo esfolou Mársias vivo.

Quem quer que, como esse corpo sobre a mesa de dissecação, acredite que pode brilhar mais que o Divino deverá pagar o preço por isso. Que homem nenhum se considere acima da lei moral, fora do alcance da lei de Deus, ou será sacrificado para cumprir o propósito divino.

Nem tudo está perdido nessa história, senhores. Esse corpo, que só cometeu malfeitos durante sua existência terrena, será agora redimido e santificado por seu novo propósito, que é o de revelar para nós as glórias da criação.

Senhores, para começar minha demonstração ocular nesta bela noite de inverno, eu lhes apresento uma única tulipa. A Violetten Admirael van Enkhuizen é, como muitos dos senhores sabem, uma das mais perfeitas tulipas do mundo inteiro, sobrepujada em beleza e valor apenas pela Semper Augustus. Observem sua cor, com finas estrias em tons de vermelho, rosa e branco; suas pontas levemente douradas formam um halo para esse trono. Vejam, então, a surpresa no centro da flor: uma íris negra dentro de um olho azul! Prestem também testemunho ocular da forma incomum de suas pétalas: elas se curvam e se inclinam como uma estranha melodia.

Minha única tristeza, caros amigos, é que essa verdadeira demonstração da divindade de Deus pertence não a mim, mas a meu amigo aqui, o bom poeta e comerciante Roemer Visscher. Obrigado, *Mijnheer* Visscher, por emprestá-la a mim. Essa tulipa, como podem ver, enquanto passeio com ela pelo *theatrum anatomicum*, é o verdadeiro exemplo do majestoso trabalho de Deus. Eu bem gostaria de passá-la de mão em mão para que cada um pudesse tocá-la, para que cada um sentisse uma parte do prazer que sinto em sua presença.

O bulbo de uma Admirael, muito parecida com a que trago nas mãos, foi vendido este mês nos leilões de flores pelo preço impressionante de uma das casas novas à margem do canal no majestoso Herengracht. Esta aqui foi cultivada numa estufa para florescer a tempo para nosso festival.

O que torna essa Violetten tão requintada? Não, não é sua coloração, senhores, nem mesmo o formato delicado das pétalas. Ora, se eu assim o desejasse, poderia remover a flor de uma vez.

Pronto! Está feito!

Senhores, o que estou ouvindo? Por que abafam gritos?

Nunca viram uma tulipa ser arrancada da boa terra de Deus e arrumada num jarro sobre a lareira? Conheço alguns dos senhores o suficiente para ter visto sua casa e saber que sua esposa já fez isso!

É com *Mijnheer* Visscher que estão preocupados?

Não, não, ele está rindo!

Levanta-te, meu amigo, e assegura ao público que não estás ofendido! Ele sabia o que eu ia fazer!

Pronto, senhores, estão vendo? Não os engano.

Senhores, senhores, acalmem-se! Voltem a seus lugares.

Por gentileza, respeitáveis cavalheiros, retomem seus lugares!

Bem, precisamos nos divertir um pouco durante o festival de inverno, não é mesmo?

Ainda assim, senhores, minha demonstração divertida revela um objetivo sério. Por que *Mijnheer* Visscher não faz objeção a meu desrespeito por sua flor inestimável? Porque a vida desta tulipa não se encontra na flor, que, esteja plantada ou não, um dia há de fenecer e murchar. O valor da Admirael está em sua raiz, o bulbo, que é devolvido à terra para que possa voltar a florir. As pétalas, a íris e o olho não passam de manifestações externas do bulbo esplêndido. Pois é o bulbo que produzirá mais tulipas, o bulbo que há de gerar nova vida! O bulbo-mãe dura alguns anos e pode produzir dois ou três clones, ou bulbilhos, anualmente.

Do mesmo modo, senhores, a vida humana é dividida em duas partes. A flor do nosso ciclo humano é nosso corpo enquanto jovem, forte e capaz. Mas, como todos nós já observamos, logo também fenecemos e murchamos, e por fim nosso corpo não é mais que pétalas que caem, sem vida.

Nossas raízes, senhores – os bulbos que persistem depois de nosso florescimento –, são nossas almas. Nosso corpo não é mais que o invólucro de nossa alma aqui na terra.

O ponto central de minha palestra é a divisão e também a afinidade entre o corpo do homem e sua alma. É um tópico que deveria ser familiar para aqueles dos senhores que já me ouviram falar aqui, neste púlpito, nesta igreja da filosofia natural. Na verdade, esse foi o tema de um de meus primeiros discursos, *De animi et corporis sympathia*, em Leiden. Naturalmente, não cheguei a entender essa questão sozinho. Herdei meu entendimento dos grandes filósofos da Antiguidade, Platão e Aristóteles, cujas *observationis* nos foram transmitidas através de Hipócrates e Galeno.

Eles recomendam que nos lembremos do oráculo de Delfos: *Nosce te ipsum*, *cognitio sui*. Conhece-te a ti mesmo. E seu correlato: *Cognitio dei*: Conhece a Deus.

Cognitio sui: Conhece-te a ti mesmo.

Cognitio dei: Conhece a Deus.

Devemos compreender o corpo humano, nosso envoltório efêmero, que abandonamos quando de nossa morte, para podermos entender Deus e seu propósito maior, sua ordem mais alta. Como outro dos nossos antigos, o filósofo grego Protágoras, relativizou, o homem é a medida de todas as coisas. Ele é mais importante que qualquer outra criatura que pise nesta terra. Ele é a concepção máxima de Deus. Mas quais são as características de nossa divindade? O que nos separa de todas as outras criaturas de Deus?

Voltemos agora nossa atenção novamente à tulipa, que seguro separada de sua raiz. Contudo, em vez de olhar para a flor, peço-lhes que direcionem o olhar um pouco abaixo, para esse notável espécime em exposição: a mão humana que segura a haste. Vejam como se torce à medida que aproximo a tulipa do candelabro. Notem como os músculos no interior do braço se contraem delicadamente. Vejam, respeitáveis senhores, como os dedos atuam de modo independente uns dos outros e, no entanto, também em harmonia. Como o polegar descobre seu jeito de se encontrar com o indicador; e como os dedos restantes se abrem como uma flor. Estes dedos agarram, apertam e arrancam! Os senhores já viram como eles arrancaram esta bela flor de sua haste. Para segurá-la no ar.

Como a flor da tulipa, esta mão também cresce numa haste. Essa haste, senhores, chamaremos de cúbito, ou antebraço, composto por dois ossos muito diferentes, que chamaremos de *radius* e *ulna*, segundo Vesalius, bem como por ligamentos, nervos, veias e artérias, membranas e pele. Por baixo de nossa pele, há uma musculatura e tendões flexores que nos permitem segurar a haste desta flor, por exemplo, prendê-la entre nossos dedos, girá-la para podermos observar todos os lados, como estou fazendo agora.

Esse movimento, essa simples rotação dessa flor, não pode ser realizado por nenhuma outra espécie conhecida na Terra. Ele é um dom do homem e somente do homem. O cavalo, apesar de toda a sua força e velocidade, não tem como segurar com seu casco uma flor delicada. O elefante, com todo o seu tamanho e potência, não dispõe de mãos para segurar, nem de dedos para agitar. Até mesmo o sátiro indiano, aquele inteligente primata selvagem, não tem a agilidade nem a graça das mãos humanas.

Por que seria determinado que somente nós tivéssemos essa capacidade? E, o que é mais importante, o que fazemos com ela? A mesma mão que nos permite segurar a Admirael, ou que, por exemplo, realiza uma cirurgia, ou afaga com ternura o cabelo de nossa bela esposa, também nos torna capazes de roubar, agredir, esfaquear, matar. Como usamos essa mão? O que devemos a essa extremidade que nos distinguiria de bárbaros e feras?

A mão humana, respeitáveis senhores: o braço humano. Por qual motivo ela é uma dádiva de Deus? Não me atrevo a dar uma resposta agora, pois essa questão merece nossa reflexão mais profunda. Embora a preleção deste ano vá examinar muitas partes do corpo humano, o ponto de maior interesse de minha apresentação, eu lhes assguro, cavalheiros, será meu estudo da mão e do braço humanos. Fornecerei uma demonstração da operação mecânica do braço humano, seus grupos musculares mais importantes, suas artérias, suas veias e seus tendões – um tema pelo qual tenho um carinho especial.

Começaremos, porém, cortando ao redor com a navalha de cirurgião, para remover a pele.

Antes de começar, permitam que eu peça desculpas por dois pontos. Primeiro, especialmente para os que estão em pé, nos fundos, lamento que nossas instalações atuais sejam insuficientes. A Guilda de Cirurgiões passou muitos meses à procura de uma nova sede em Amsterdã, e tenho o prazer de anunciar que os dirigentes tomaram a decisão de construir um novo e espaçoso *theatrum anatomicum* bem aqui em Sint Anthoniespoort. Ele será localizado num salão avantajado no novo campanário em construção, e deverá acomodar o dobro de espectadores em relação a nossas instalações atuais. Espero, pelo menos, que a proximidade entre os membros da plateia mantenha alguns dos senhores aquecidos!

Em segundo lugar, como faz parte da natureza de todas as coisas corpóreas, é inevitável que nosso objeto de estudo, o foco de nossa atenção nesta noite, comece a entrar em seu processo natural de decomposição. Esse processo produzirá, infelizmente, uma putrescência desagradável. Como já devem ter percebido, os numerosos candelabros suspensos acima de nós para iluminar o recinto estão abastecidos com óleos perfumados, e os incensários estão queimando incenso que deveria ajudar a experiência olfativa.

Há quem possa ter uma sensibilidade acentuada para a putrescência. Nesse caso, peço que se posicionem mais perto de uma das pequenas janelas da torre. Como exige o Decreto dos Cirurgiões sobre a Questão da Anatomia, de 1606, peço-lhes que não se afastem de seu lugar, durante as atividades. Contudo, para quem se sentir a ponto de desmaiar, sugiro que desvie o olhar para o manual de anatomia que tiver trazido ou, se não tiver trazido nenhum, que contemple suas mãos ou pés e preste atenção a minhas palavras, em vez de olhar para o objeto de nossos estudos.

Contudo, se isso não bastar e alguém descobrir que está a ponto de perder o controle, levante a mão para avisar a nosso auxiliar de anatomia – um passo à frente, por favor, Jan, para que nossa plateia o conheça –, e ele acompanhará a pessoa à saída do anfiteatro. No andar inferior, há bacias que podem ser utilizadas. Infelizmente, uma vez tendo deixado o *theatrum anatomicum*, a pessoa somente poderá retornar para a aula da noite seguinte.

Cumprindo a tradição das aulas de anatomia, estabelecida por nossos nobres colegas em Pádua e Bolonha, nossa argumentação começará com um *quodlibet*, constituído por minha palestra e leitura do manual de anatomia. A ele seguir-se-á uma *disputatio*, em que membros da plateia terão permissão para apresentar questões e se envolver em um debate sobre o material em pauta. Entretanto, esses comentários deverão respeitar a natureza séria das atividades. Membros da plateia deverão evitar rir, falar ou até mesmo aplaudir, durante a palestra.

Em conformidade com o decreto de nossa guilda, farei passar pelo auditório vários órgãos humanos que serão dissecados do corpo examinado, para que os senhores possam inspecioná-los mais de perto. Eles estarão bem sangrentos; e, embora eu peça a meu *famulus anatomicus* para enxaguá-los antes de serem passados para a plateia, devo avisá-los de que mesmo assim ainda haverá alguma sujeira. Peço-lhes que segurem esses órgãos com cuidado, que os observem rapidamente e os passem adiante à pessoa sentada a seu lado. Caso um membro da plateia seja apanhado tentando furtar o coração, rim, fígado ou qualquer outro órgão, essa pessoa será multada em seis florins e removida do anfiteatro de imediato.

Vejo que riem, senhores, mas sabe-se que tentativas dessa natureza ocorrem.

Todos os anos há pelo menos uma criatura tola que procura sair levando um suvenir. No ano passado, um jovem cidadão da elite pôs um fígado no bolso de sua capa. Se o sangue e a bile negra desse órgão não tivessem se infiltrado através do forro, nós não teríamos descoberto o furto. Que este seja o ano em que possamos reverter essa tendência. O correto é que esses órgãos voltem a ser unidos ao restante do corpo para um sepultamento cristão adequado.

Ora, começarei pela remoção desse lençol que cobre o corpo. Se algum dos senhores tiver consciência de ser excessivamente sensível, por favor, respire agora e respire fundo por alguns momentos. Pois a visão do corpo e de sua palidez cadavérica pode ser perturbadora. Devo prepará-los também para o fato de que esse corpo em particular pode se revelar ainda mais repugnante que o normal, já que foi desfigurado pelas numerosas marcas deixadas por açoites de carrascos, correntes e cicatrizes causadas por ferro em brasa. Essas marcas, amigos, são tão somente a manifestação externa do caminho pecaminoso que ele trilhou.

Um último aviso: a mão direita desse cadáver foi amputada logo acima do pulso. Isso não prejudicará nosso estudo de seus membros, pois usaremos simplesmente o braço esquerdo. Contudo, é algo que pode abalar aqueles dos senhores que nunca chegaram a ver uma forma humana mutilada.

Quem tiver trazido manuais de anatomia deve poder acompanhar a demonstração com facilidade. Farei uso de dois manuais diferentes para orientar minha preleção. O primeiro é *De humani corporis fabrica*, de Andreas Vesalius. Jan, queira trazer-me o texto agora. A ilustração que se aplica pode ser encontrada na página 223.

Retirei o lençol. Vou parar um instante para permitir que vejam o corpo inteiro antes que eu o corte com minha navalha de cirurgião.

Nesta noite, começarei a palestra de anatomia com uma dissecação da cavidade abdominal do corpo, examinando todos os seus principais órgãos. Depois, seguindo o exemplo de Vesalius, concentrarei o foco na estrutura e função da mão do homem.

Os senhores hão de ver com clareza que Deus deixou suas pegadas aqui, dentro do corpo desse ladrão. A partir do momento em que eu começar a dissecar a carne e a revelar essas pegadas, peço-lhes que pensem não apenas na aparência do homem, na forma ou na textura dos órgãos, mas no funcionamento de sua alma. Precisamos prestar testemunho ocular, mas também pesquisar com nossa alma. Observem!

XVIII

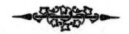

OS OLHOS

Quando entrei no anfiteatro de anatomia pela porta lateral, deparei-me com uma cena muito estranha. O dr. Tulp estava segurando nas mãos o que me pareceu ser a cabeça de um macaco ou um pequeno monstro marinho. Ele não tinha membros, a não ser os poucos tubos cortados que saíam do seu núcleo. Não tinha olhos, nem boca, mas uma grande reentrância onde as orelhas poderiam ter estado.

Ele estava ali em pé, exibindo o espécime para a plateia como que em súplica. A sala lotada de homens, todos trajados de preto e branco, deu-me a impressão de ser um único homem, cuja única boca estava aberta e cujos olhos estavam fixos no objeto à sua frente. Meu olhar voltou para Tulp, que estava parado no centro do anfiteatro como o líder de um conventículo masculino.

É claro que eu sabia por que tinha ido ali e sabia que o evento era uma dissecação. Mas alguma combinação do vento, da neve e dos pensamentos em minha cabeça tinha alterado minha cognição, de modo que tudo que eu via me direcionava para outra coisa.

Diante do preletor estava o corpo sobre a mesa de dissecação, muito embora minha cabeça o registrasse como um boi abatido e esquartejado. Não me ocorreu de pronto que os itens espalhados pelo palco fossem órgãos humanos. Eu os via como curiosidades de minha *kunstkamer*: uma cobra mumificada, corais de recifes, a carapaça de uma tartaruga.

Quando a porta bateu atrás de mim, todos os olhos se voltaram em minha direção; e foi aí que me dei conta de mim mesmo. Baixei os olhos e vi que eu estava realmente chamando atenção, já que minha capa, meus sapatos, meus culotes e até mesmo minhas mãos estavam cobertos de branco. Bati com os pés para me livrar da neve e fiquei parado um instante enquanto os flocos se transformavam rapidamente em poças. Fiz a reverência mais profunda que consegui.

Por um segundo, todos permaneceram em silêncio. Então eu me manifestei com muita clareza.

— Senhores, peço-lhes desculpas, do fundo do coração.

Pareceu que todos os ali reunidos riram nesse instante. E com o súbito reconhecimento do jogo de palavras, consegui reordenar os elementos da cena para que ela fizesse mais sentido.

Eu tinha chegado tão atrasado à lição de anatomia que Tulp já tinha aberto a cavidade torácica e estava naquele momento apoiando nas mãos o coração sangrento de Adriaen. Toda uma série de emoções passou veloz por mim àquela altura, um emaranhado confuso de sentimentos de pena, tristeza, um pouquinho da sensação de ser um homem probo e, por fim, uma sensação de impotência. Eu o tinha deixado naquela mesa nessa mesma tarde, e sabia que o resultado seria esse, certo?

Tulp interrompeu a preleção e, com perfeita civilidade, apesar de meu atraso, apresentou-me à plateia em termos extremamente elogiosos. Senti que meu corpo inteiro enrubescia, mortificado. Depois que passei o que me pareceu um tempo interminável recebendo essa aprovação imerecida, ele me disse onde eu deveria me sentar. Meus olhos ajustaram-se à luz, e minha cabeça absorveu a realidade.

Ele estava segurando o coração de Adriaen nas próprias mãos, explicando impassível as estruturas e funções, como se aquele não fosse diferente do coração de um coelho ou de um cachorro. Como era apropriado, ele falava em tom seco e acadêmico, mas eu estava tendo dificuldade para manter os olhos afastados da mesa onde o corpo jazia despido, com a cavidade torácica rasgada, seus órgãos expostos, o sangue salpicado por toda parte.

As lembranças que eu tinha reavivado havia tão pouco tempo não condiziam com essa cena diante de meus olhos agora. Na última vez em que eu o tinha visto com vida, Adriaen estava faminto e com frio. Estava um pouco atordoado pela bebida, mas mesmo assim era um homem cheio de vitalidade. Eu o tinha visto na câmara mortuária lá embaixo, mais cedo, mas mesmo naquela hora ele parecia um homem inteiro.

Tulp continuou a preleção, falando com uma teatralidade e uma pompa exageradas para o que queria transmitir. Para mim, porém, as palavras entravam por um ouvido e saíam pelo outro, pois eu não estava nem um pouco disposto a ouvir falar do estudo da fisiognomonia. Só percebi que o coração de Adriaen estava sendo passado pela plateia quando meu vizinho me cutucou e o depositou em minhas mãos. Não tive tempo para rejeitar o oferecimento e, muito embora eu não o tivesse aceitado, se tivesse tido a escolha, também não o devolvi. Era um pouco como segurar um bebê que alguém empurrou para seu colo, tão pequeno e frágil, de uma leveza tão estranha.

Para minha surpresa, porém, ele estava frio e duro como uma concha do mar. De certa distância, eu o tinha imaginado aquecido e maleável, repleto do enriquecedor sangue da vida. Mas estava óbvio que a vida tinha escapado desse órgão havia muito tempo, apesar de todo aquele sangue.

Virando-o algumas vezes, eu me descobri rapidamente fascinado pelas implicações de segurar aquele órgão. Não parei de virá-lo repetidas vezes em minhas palmas, sentindo a impressão que sua textura quebradiça causava na carne úmida e macia de minhas mãos. O que eu poderia aprender com ele, ao segurá-lo? Que significado eu poderia adivinhar?

Por fim, alguém me deu um tapinha no ombro e me disse que era melhor eu passar o coração adiante. Outros queriam vê-lo. Levantei os olhos, como que despertado de um sonho, e o entreguei ao homem sentado a meu lado. Era um músculo, pensei então, e sua função era corporal, não oracular. Já não residia alma alguma ali.

Olhei ao redor da sala e vi alguns dos homens que tinham vindo a meu ateliê posar para o quadro: o cirurgião Adriaen Slabbraen, sentado bem junto da borda da plataforma de dissecação, esticando o pescoço por cima da balaustrada para ler o exemplar aberto da *Fabrica* de Vesalius, que pertencia a Tulp; o aprendiz Hartman Hartmanszoon em pé na fileira de trás, segurando seu próprio exemplar do que parecia ser um manual ilustrado de anatomia que tinha trazido consigo. Jacob Colevelt, o novo membro da guilda, sentado mais para a esquerda da plataforma de dissecação, com o queixo enfiado no peito de um modo que sugeria que ele estava prestes a vomitar. Van Loenen aparentava estar contemplando alguma coisa muito profunda.

Vi a consternação nos olhos de um membro da guilda, o leve temor no olhar de outro e o assombro ingênuo na expressão de um terceiro. A reação de um homem vivo à morte, ali exposta em cima da mesa diante dele, pensei, não se revela por meio de apenas um tipo de expressão. Isso levou-me a pensar que talvez eu pudesse incluir essa dinâmica no quadro, cada homem reagindo ao auto de mortalidade que se desenrolava à sua frente, cada um acolhendo a cena a seu próprio modo.

Embora eu já não pudesse salvar Adriaen, eu talvez pudesse conferir uma forma a seu corpo no quadro, dar à sua morte algum tipo de realidade; no mínimo restaurando uma noção de que ele era um ser humano, não apenas um cadáver. Foi quando eu estava refletindo sobre tudo isso que houve aquela comoção terrível do lado de fora do anfiteatro, a porta foi derrubada e a multidão invadiu o recinto. Que caos num ambiente tão austero! Quanta empolgação! Quanta emoção! É claro que o senhor viu a mulher que atravessou a sala correndo e se atirou sobre o corpo do morto.

Foi o senhor, não foi, Monsieur Descartes, que me deu um tapinha no ombro para eu passar o coração adiante?

XIX

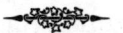

O CORAÇÃO

Aquilo ali não era a sala de um médico. Era, sim, um açougue. Adriaen estava deitado, nu, com as facas, cutelos e grampos deles. Eu vi essas armas fincadas na madeira em torno dele na mesa. Vi o corpo dele retalhado e o coração na mão de alguém.

Foi a força daquela multidão que conseguiu nos fazer passar por aquela porta. Eles empurraram, pressionaram e esmurraram até o trinco se soltar e as trancas se entortarem. Acho que não foi por amor a mim; mas por amor à oportunidade de tentar salvar Adriaen. O Garoto. Ele agora lhes pertencia. Sua vida já tinha se tornado algum tipo de folclore.

Nós entramos, mas não adiantou. Os médicos e magistrados não foram mais bondosos comigo do que os que jogavam pedras, aqueles que apedrejaram minha casa. Eles não demonstraram nenhuma compaixão. Simplesmente nos expulsaram dali e fecharam a porta com uma barricada. Me agarraram pela barriga, sem se importarem com o bebê. Berrei feito louca, mas eles não pararam, não se curvaram. Eles me arrancaram à força de junto dele e nos empurraram para fora da sala. Fizeram recuar os homens, as mulheres, a multidão. Todos nós éramos a mesma coisa para eles. Éramos todos uma única criatura.

Com seu jeito cavalheiresco, eles fizeram com que eu me aquietasse.

– Ele está prestando um serviço à ciência – disseram. – Ele está prestando um serviço à medicina. Ele está servindo a Deus. – Era isso o que diziam, mas tudo o que eu via era Adriaen, e nenhuma esperança de salvação naquela sala.

Seja como for, era tarde demais. Seu corpo estava aberto; o coração, arrancado. Eu tinha chegado tarde demais. Tarde demais para o enforcamento. Tarde demais para falar com o magistrado. Tarde demais àquela sala.

Chorei. Chorei tanto que achei que o bebê ia sair pela minha boca. Eu estava toda dobrada junto da porta, chorando e me lamentando, mas não consegui convencê-los. Era tarde demais. O único que se aproximou foi aquele Jan Fetchet. Ele nos levou um pouco de pão e cerveja do banquete dos cirurgiões e nos disse para nos aquecermos e repousarmos.

– Sente, então. Fique sentada aqui – disse ele. – Não chore, porque aquilo lá dentro não é seu Adriaen. Já faz tempo que ele escapuliu da armadilha terrena. Ele nunca esteve naquele recinto. Nunca sentiu a navalha do cirurgião. Seu corpo pereceu ao meio-dia. Seu espírito escapou às duas.

Ficamos ali sentados, escutando, porque não havia mais nada que pudéssemos fazer. Fetchet ficou sentado conosco e refletiu.

– Pode ser – disse ele, depois de um tempo – que o corpo não seja seu destino final. Tive uma ideia. Vou levá-los à casa daquele pintor, Harmenszoon van Rijn. Ele poderá lhes dar o que eu não posso: a última parte do corpo.

XX

O CORPO

Continuei perambulando de cidade em cidade até acabar voltando para aquela que eu mais temia, Leiden, onde eu tinha nascido. A ideia de voltar para casa e ver meu pai era tão repulsiva para mim que passei uma boa quantidade de noites na taberna da cidade, aonde eu sabia que ele jamais iria. Alguns dos velhos beberrões por lá se lembraram de mim, de quando eu era jovem, embora minhas feições estivessem muito mudadas, e eles mantiveram meu copo abastecido. Na terceira ou quarta noite, encontrei ali um homem que me reconheceu da oficina de meu pai, e ele se aproximou de mim, sério, pondo a mão no meu ombro.

— Perdoe-me por não dizer isso num ambiente mais adequado, mas meus pêsames por sua perda – disse ele.

De início, não soube o que ele queria dizer.

— Ora, não tenho a quem perder e, por isso, não me lamento.

A testa do homem franziu-se com tanta tristeza que eu de imediato me arrependi da brincadeira.

— Seu bom pai, aquele homem amável e devoto, não significava nada para você? Nesse caso, a morte dele é ainda mais triste mesmo.

Engoli o final da cerveja.

— Morte, você disse? — Deixei cair meu copo. — Meu pai morreu? — exclamei. Eu não sabia que a notícia me atingiria tanto. Dei um grito de tormento e agarrei o homem que me transmitira a notícia.

— Ora, meu filho, você não sabia? Mas ele acabou de morrer, nesta semana mesmo. Você não estava aqui?

Dei outro grito e, furioso, agarrei o homem com mais força.

— Mentira! – disse eu. – Mentira! Sua boca é a do próprio demônio! Sua língua deveria ser decepada!

Enquanto gritava, eu não sabia o que estava fazendo; mas, na minha ira e desespero, atingi o homem, o amigo do meu pai, e fiz sangrar seu nariz. O taberneiro conseguiu nos separar, e os outros beberrões investiram contra mim. Mesmo assim eu me esforçava para bater no homem que tinha falado comigo, e os beberrões trataram de me esmurrar e me derrubaram do meu banco. Enquanto eu berrava que o homem era um mentiroso, eles me surravam até eu não estar mais vivo do que a areia no piso da taberna.

O outro homem eles levaram direto para o médico da cidade; e me jogaram para fora da taberna, fazendo com que eu rolasse pelo chão como um barril. Eles me deixaram ali como um capacho; e eu ali permaneci, deixando que pisassem em mim até o dia amanhecer, quando eles fecharam o estabelecimento e foram embora.

Esse acontecimento infeliz levou, no entanto, ao que na minha vida adulta foi uma breve trégua das minhas provações. Pois Flora, a filha do moleiro que descrevi no início da minha história, soube que fui espancado, foi me recolher do pé da escada da taberna e me carregou para sua casa para tratar de mim até eu me recuperar.

Nenhuma rapariga jamais foi tão delicada com um homem. Nenhum presente que tenha chegado a ser dado foi tão precioso quanto a atenção que ela me deu. Enquanto meus ferimentos eram recentes, vivi como um burgomestre aos cuidados de Flora. Ela me fazia cataplasmas e me alimentava. Afagava minha testa com carinho e me beijava todo o rosto, com delicadeza. Nem uma vez ela chegou a pedir que eu desse conta dos anos que tinha passado longe. Ela me contou histórias sobre o moinho e sobre seus pais – agora também eles falecidos. Um dia, ela tirou de baixo da cama um rolo de couro bem apertado que pôs nas minhas mãos. Ali dentro, encontrei o conjunto das ferramentas de trabalhar o couro que pertencia ao meu pai e que ela conseguira salvar da oficina no dia em que fugi de Leiden ainda jovem, antes que o cobrador de impostos pregasse nossas portas. Eu quase fui dominado pelas lágrimas.

Nenhuma outra mulher – absolutamente nenhuma, ao que eu consiga me lembrar – jamais me mostrou o rosto da bondade. Ela foi minha mãe, minha irmã e minha querida esposa, tudo ao mesmo tempo. Só Flora conheceu minha tristeza e minha raiva por conta da morte do meu pai, e ela jurou para o povo da cidade, em meu nome, que eu não tinha pretendido ferir o amigo do meu pai na taberna, mas só o agredi por ter ficado perturbado com minha dor. Confiando em suas palavras – pois ela agora era amada em Leiden –, outros moradores procuraram me ajudar também: uma roupa nova para substituir meus farrapos cinzentos de andarilho; uma bengala entalhada à mão para me ajudar até que meu tornozelo, fraturado no ataque, se curasse; até mesmo uma boina elegante para eu usar na cabeça. Juro que eu teria me tornado outro homem, totalmente diferente, se tivesse ficado com Flora por mais uma semana que fosse.

Mas, quando eu estava plenamente recuperado, ela me mandou embora do seu teto.

– É um pecado dar-te esmola agora que estás bem e forte. – Ela me enxotou com uma vassoura também, rindo tanto que seu busto tremia. – Procura trabalho e volta com um ganso gordo para assar no dia de Sint Bonaventure.

Parei para tomar um copo rápido naquela mesma taberna onde tinha sido espancado. É que eu tinha sido ladrão e mendigo tanto tempo que não sabia como conseguir salário honesto. O olhar do taberneiro caiu pesado em cima de mim quando me queixei dessa triste verdade ao colega safado que também estava no bar. Ele disse que o mesmo se aplicava ao caso dele. Como um homem pode trabalhar se nunca foi treinado? Eu respondi que tinha desperdiçado a formação que meu pai me deu no ofício de fabricante de bainhas e lhe mostrei o conjunto de ferramentas que Flora me dera no estojo de couro. Ele me disse que, se eu quisesse pôr aquelas ferramentas para funcionar, ele pelo menos sabia como nós poderíamos empregá-las.

Em voz baixa, ele disse que conhecia um comerciante sem filhos que mantinha uma casa imponente e um estábulo de cavalos que vendia para as Américas. Ele guardava o restante de seus tesouros num porão que não se fechava direito. Disse ao colega que não acreditava que isso fosse verdade e pedi que ele me levasse ao lugar.

Ele descobriu o lugar, e nós usamos a faca de entalhador do meu pai para forçar a abertura da porta do porão, mas não encontramos nenhum tesouro. Em vez disso, topamos com um homem que estava tomando banho numa tina debaixo da escada. Ele investiu contra nós, em toda a sua nudez gloriosa, e nós fugimos correndo do seu abraço ensopado. Parece que esse suposto comerciante não era comerciante de modo algum, mas, sim, um funcionário da corte de Leiden.

Por esse delito, fui açoitado em público na praça de Leiden enquanto a pobre Flora assistia, chorando, junto com todos os outros moradores da cidade que ela tentara convencer de minha bondade. Depois fui marcado com a extremidade rombuda de um ferro – dá para ver a cicatriz daquele dia aqui no meu ombro – e fui mais uma vez banido da Holanda e da Frísia Ocidental por vinte e cinco anos. Deixei minha cidade natal, empurrado por um forçado, num desfile de archotes, privado de minha roupa nova e da boina elegante. Eu não teria sentido tanta vergonha assim, se não tivesse ouvido os lamentos de Flora, um som que não me saiu dos ouvidos por muitas semanas enquanto eu andava e andava sem parar. Eu estava banido de Leiden e, no entanto, acabei voltando para lá.

Essa rapariga tinha um coração de ouro; tanto que imagino que ela esperaria por minha volta, por mais que eu tivesse pecado. Pobre da moça que tentar converter um ladrão num cavalheiro com gentileza. Eu não conseguia deixar de continuar pelo meu caminho batido e pernicioso.

Meu último delito foi invadir uma propriedade perto de Stevenshof em Leiden. Levantei umas vidraças para tentar surrupiar uma bolsa que estava ali perto do vidro, mas fui apanhado em flagrante porque a janela caiu sobre minhas mãos e eu dei gritos de dor.

Espero nunca mais nesta vida ver outra vez aquela cidade infernal onde nasci, pois a pior violência me foi feita lá. O juiz do tribunal não se compadeceu de mim por esse delito insignificante e, vendo a longa lista de malfeitos em meus antecedentes, ele amarrou a cara. Fiquei sem saber o que dizer quando ele declarou que minha mão direita deveria ser decepada à altura do pulso. E eu ainda não estava acordado quando esse castigo apavorante teve início. Mas, quando aquela lâmina enferrujada deu a primeira mordida na minha carne, eu acordei. Dez homens tiveram de me conter, e um pôs uma tábua de abeto balsâmico entre meus dentes para eu não morder minha própria língua. Mas a dor é um demônio esquisito, e naquele momento senti tanta dor que logo quase me acalmei. Um pensamento estranho passou pela minha cabeça naquele instante de estupor. Essa era, na realidade, a encarnação muito verossímil daquele pesadelo que tinha me roubado o sono todos aqueles anos. Meu braço estava sendo cortado, aberto para o ar gelado. Embora eu berrasse, me debatesse e me arrependesse do fundo do coração para fazer com que parassem com a tortura, parte de mim acreditava que, agora que o fato estava consumado, eu não teria mais aquele pesadelo.

Levantei então a cabeça e vi o que tinham feito comigo: foi aí que morri minha primeira morte. Não vou falar mais sobre isso porque o tormento daquele dia é suficiente para um homem suportar. Como pode ver, Meritíssimo, a pele agora se fechou em torno do corte, e o braço se tornou não mais que uma clava carnuda onde antes eu tinha a mão. Já não tenho um polegar para segurar uma caneta, nem um indicador para limpar o nariz. Sinto falta dos outros dedos exatamente do mesmo modo, pois agora sei quanto bem eles poderiam ter feito por mim se eu os tivesse usado direito.

Essas marcas e cicatrizes de açoites, desde meus tornozelos até o pescoço, esse toco que está ali, inútil, suspenso de um membro capaz, todos eles são prova da minha depravação. Fui um menino bonito. Podia ter crescido para me tornar um adulto bem-apessoado, mas minha forma atual representa a desgraça da minha alma. Nenhum homem vivo, nem mesmo um cego, pode deixar de perceber minha maldade.

XXI

A MENTE

31 de janeiro de 1632
Prezado Mersenne,

Escrevo-lhe mais uma vez esta noite num raro estado de agitação, tendo acabado de retornar da lição de anatomia. Cheguei neste exato instante a minhas acomodações na Oud Prins, e sinto o desejo de relatar tudo o que vi, pois obtive um enorme entendimento das questões do corpo e da alma que tanto ocuparam meu pensamento nos últimos tempos.

Já arranquei minhas luvas, apesar de ainda estar de capa e chapéu. Vou tirar o casaco e o chapéu, e continuar com mais seriedade.

Pronto. Estou, por assim dizer, desvestido.

Escrevo para falar de uma apresentação fascinante realizada no anfiteatro de anatomia esta noite, quando aquele Tulpius, sobre quem já escrevi algumas palavras anteriormente, dissecou a mão humana. Sob outros aspectos, a palestra foi desinteressante – Tulp é mais moralista que filósofo, e dedicou uma grande parte da noite a remexer no corpo do pobre criminoso, em vão, em busca de provas de degradação. O fígado não estava negro; o coração não estava encolhido nem expandido; nem o intestino delgado nem o grosso continham pólipos, por mais que ele se detivesse a examinar cada volta e cada curva. A certa altura achei que ele fosse enrolar o trato digestivo do morto em torno do pescoço à guisa de cachecol.

Seja como for, ele dedicou um cuidado especial à parte da palestra em que se concentrou na mão, pois acredito que essa seja a única área em que ele discorda de Galeno, que principalmente dissecou macacos de Gibraltar e nunca conseguiu dissecar uma mão humana. Tulp preferiu aliar-se a Vesalius, afirmando que a mão é a única característica especificamente humana.

De início, Tulpius cobriu o cadáver inteiro, menos o braço, e pediu ao auxiliar que o mantivesse firme à altura do ombro. Usando o bisturi, ele fez uma incisão no centro do antebraço, e a pele recuou e se enrolou para trás.

Ele nos apresentou os músculos e tendões que envolvem o *radius* e a *ulna* – ossos que eu antes só tinha observado em esqueletos. Ao segurar o cotovelo com firmeza e girar o braço no sentido lateral, Tulp demonstrou como esses vários músculos funcionam juntos para permitir a mobilidade muito complexa do antebraço. Alguns grupos de músculos servem para a extensão e outros para a supinação; e os tendões servem para a pronação e a flexão.

O *radius* e a *ulna* são apenas dois ossos, mas são milagrosos, de fato. Como há dois ossos no antebraço, diferentemente da parte superior do braço ou das pernas, ele não é fixo. Ele pode se torcer e fazer um movimento de espiral. Desse modo, podemos mover nossa mão em várias direções. Seria até possível dizer que esses dois ossos, o *radius* e a *ulna*, possibilitam quase todos os esforços humanos, porque eles permitem a torção que torna possíveis todos os movimentos da mão. Girar uma maçaneta. Fincar uma faca. Operar uma manivela.

O dr. Tulp então fez um corte horizontal de um lado para outro do pulso e puxou a pele da palma até a ponta dos dedos, como se a pele fosse uma luva. Ele aparou a pele junto da ponta dos dedos, logo abaixo das unhas, como um açougueiro poderia aparar linguiças de uma longa fieira. Tudo foi feito com muita precisão, devo reconhecer. Como mencionei, Tulp sem dúvida sabe utilizar uma faca.

Ocorreu-me uma ideia engraçada quando o interior da mão por fim foi revelado: ele lembrava muito a estrutura interna de uma espineta. A mão tem todo um sistema de polias e estruturas deslizantes que torna possível que se curve cada dedo. Você sabe como, quando se pressiona uma tecla numa espineta, a corda correspondente no interior do instrumento soará quando o plectro tanger a corda? Era assim com os dedos, que apresentavam um movimento próprio quando ele puxava cada tendão flexor.

Tulp fez então uma demonstração muito interessante da operação desses tendões flexores. Ele usou o fórceps para segurar os tendões no pulso, criando uma tensão no braço de modo que os dedos do cadáver começassem a se curvar.

Foi macabro e cintilante ao mesmo tempo. Todos os espectadores abafaram um grito. Alguns admitiram mais tarde ter achado que a alma do morto tinha retornado ao corpo.

Tulp estava só brincando de titereiro. Tudo o que fez foi aplicar pressão ao mecanismo, usando sua própria mão. Entretanto, foi realmente extraordinário presenciar aquilo. Como posso descrever o ato com precisão? Ele foi uma prova de que o corpo é uma máquina e de que os músculos e ossos atuam todos segundo princípios mecânicos. Não me esquecerei disso.

Após ter feito isso, Tulp permitiu que alguns de nós também tentássemos segurar nós mesmos os tendões flexores, para podermos sentir a movimentação dentro do braço. Fiquei muito satisfeito em ter essa oportunidade, pois, sem esse teste, poderia não ter acreditado totalmente no que tinha visto. Mas era tudo muito simples, Mersenne. O corpo humano está construído, ao que me parece, com uma nítida intenção mecânica. Todas essas peças funcionam em harmonia, e tudo fica aparente uma vez que consigamos contemplar os elementos um a um.

A mão faz parte dessa máquina, mas a máquina opera seguindo os ditames da alma. Se a mão de um cadáver pode ser reanimada na morte, isso só pode acontecer por meio de alguma outra alma viva, não por meio de si mesma. Pude observar diretamente, na lição de anatomia de Tulp, que a maioria das funções vitais, como a digestão dos alimentos no estômago, entre outras, não envolve de modo algum a alma – ou seja, a parte que pensa, entende, determina, imagina, lembra e dispõe de percepções sensoriais.

Permita-me sugerir que a alma é muito semelhante ao halo de uma chama de vela. Ele é aparente para o observador, mas é ilusório. Ele muda dependendo de como esteja sendo visualizado. Está ali; e, no entanto, não podemos tocar nele nem senti-lo. A vela dá ensejo à existência do halo; a chama da vela apaga-se quando o corpo morre. Creio que essa chama da vela se encontre no cérebro, pois é lá que se encontra a sede da vontade que leva a mão e todos os outros mecanismos corporais a realizar atos. Contudo, o halo da chama é o que acontece dentro do cérebro. Em outras palavras, o pensamento.

O restante da palestra de Tulp não foi tão inspirado. Ele fala muito sobre a importância do testemunho ocular, mas suas lentes teológicas obscurecem sua visão. A palestra incluiu uma variedade tão desarrazoada de alegações, misturando a ciência dos antigos à sua teologia calvinista, que descobri meus pensamentos retorcidos em todas as direções, acabando por chegar a nenhum lugar. Nunca ouvi um único cirurgião moderno citar tantas vezes Hipócrates, Pitágoras e Celso. É como se ainda estivéssemos em 1522. Só faltou o pobre Galeno ser erguido direto da sepultura e ser exposto diante de toda a assembleia de cirurgiões de Amsterdã para uma exibição mais clara de servilismo. Tulp deturpa sua própria lógica para fazer com que a investigação empírica reflita sua teologia pessoal, atitude resultante, sem dúvida, de sua formação sob a orientação de Petrus Pauw, aquele predestinacionista rigoroso que considerava os seres humanos tão irrecuperáveis.

Depois da apresentação do braço, os membros da guilda saíram para seu banquete. Como sua religiosidade estrita o proíbe de participar, Tulpius recebeu-nos em seu escritório particular. Lá, sugeri a Tulp que o cérebro, e especificamente a glândula pineal, talvez fosse a localização da alma. Ele respondeu que Galeno já tinha refutado todas as teorias sobre a regulação do pneuma psíquico. Bem, deixei estar. Como você sabe, mais ninguém neste continente chegou a mencionar o pneuma psíquico depois de Niccolò Massa.

Meu amigo, este é meu relato desta noite. Agora descanso a pena, pois o fogo se extinguiu e meu aposento está frio. Escreverei com maior reflexão amanhã, em resposta a suas observações sobre o halo da chama da vela. Por ora, pelo menos, devo apagar minha vela e dormir.

Seu amigo sincero e dedicado,
René Descartes

XXII

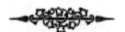

OS OLHOS

Fui convocado para participar do banquete com os magistrados, nobres, barbeiros e cirurgiões; e não pude recusar já que tinha chegado tão atrasado. Não o vi lá, Monsieur Descartes; talvez o senhor seja um dos poucos homens na cidade que não conseguem encarar um banquete após uma dissecação.

O banquete foi servido no salão nobre da guilda dos médicos, numa longa mesa de madeira. Ao que me disseram, ela foi feita de um único carvalho gigantesco que tinha sido trazido por mar, toda a distância desde o Novo Mundo. Essa foi apenas a primeira de muitas extravagâncias preparadas para esse banquete em especial. Bandejas de prata com queijos Gouda e Edam, com cordeiro, cabrito, porco, peixe, carne de boi e lagosta foram dispostas sobre a mesa, e pareceu que a necropsia foi rapidamente esquecida.

Ao sair do recinto da dissecação, eu não estava com muito apetite e sentia tonturas com as lembranças de meu irmão e do garoto de Leiden. Eu estava pensando também naquela mulher que entrou correndo no anfiteatro de anatomia durante a dissecação, e em como ela teve a força da multidão a apoiá-la. Como eles tinham arrombado aquele anfiteatro para que ela pudesse vê-lo uma última vez. Mas daquele jeito... vê-lo daquele jeito...

Ninguém mais parecia sentir o menor interesse por esse fato ou por qualquer coisa relacionada com a lição de anatomia. Assim que foram abertas as pipas de vinho do Reno, a conversa logo se tornou obscena. Foram feitas algumas piadas medonhas sobre entranhas à custa do morto; e os homens fincavam a faca nas carnes com muito mais destreza do que a mostrada por Tulp com sua navalha. Foi mais ou menos na hora em que os convivas começaram a cantar e a bater as canecas na mesa, com estrondo, que alguém tocou de leve em meu ombro para eu ir ver o dr. Tulp em seu escritório particular no andar superior. Foi um enorme alívio para mim àquela altura.

Tulp recebeu-me com simpatia quando entrei em seu escritório.

— Estão fazendo brindes em sua homenagem no banquete — disse eu, sentando-me diante dele. Ele estava sentado atrás de uma grande escrivaninha de madeira, numa cadeira que se assemelhava a um trono. — Não quer participar das festividades?

— Não gosto de bebidas fortes e abomino o fumo — disse ele, com um sorriso delicado. — Sou contrário ao esbanjamento, mas realmente não consigo impedir que os membros da guilda festejem. Pago o banquete com o dinheiro da guilda. E simplesmente prefiro não participar.

— É uma honra ser recebido em seu escritório particular. Permita-me pedir sinceras desculpas por ter me atrasado tanto hoje. Se tivesse podido evitar o atraso, eu o teria feito.

Ele me ofereceu outra vez sua infusão de ervas, e eu a aceitei.

— Cheguei a me perguntar o que tinha lhe acontecido — admitiu ele, sem tom de repreensão. — Mas fiquei satisfeito ao vê-lo chegar naquela hora. O senhor não perdeu a parte mais importante. A parte de que vai precisar para o retrato.

— Sua dissecação da mão foi magistral — disse eu. — Todos os membros da guilda dizem o mesmo. Imagino que o professor Pauw sentiria muito orgulho de seu melhor aluno.

Tulp baixou a cabeça, creio eu, para enrubescer.

— Esse é de fato um elogio generoso. — Ele voltou a olhar para mim. — Na minha opinião, ele deveria ficar decepcionado comigo. Não consegui localizar a origem da depravação do criminoso em sua alma.

— Onde o senhor suspeita que ela se localize?

— Eu teria imaginado encontrá-la no coração ou, pelo menos, no fígado.

— E não na mão dele?

O médico fez que não.

— A filosofia moral e a justiça criminal divergem de modo extremo quando se trata dos órgãos transgressores. Juízes e magistrados punem a mão porque esse é o método mais eficaz para impedir a repetição do ato criminoso. Mas não há nenhuma comprovação médica de que a mão contenha a origem da depravação da alma do ladrão, do mesmo modo que não se pode atribuir à língua a culpa pelos embustes do mentiroso. Nossa filosofia moral ensina que toda a depravação da alma se encontra em um dos órgãos vitais do tórax.

— E não poderia existir alguma outra explicação médica?

— Todos os homens da ciência devem apresentar novas teses. Se não fosse assim, nunca teríamos debates animados em nossa profissão, nem a publicação de novas obras. Há quem acredite que o novo conhecimento é sempre o melhor conhecimento. Eu prefiro seguir os antigos. É claro que a alma mortal deve ser encontrada no tórax. Ora, sabe-se que há um debate entre Platão e Aristóteles quanto à possibilidade de mais uma divisão e de a alma imortal se encontrar no pescoço e na cabeça. Entretanto, no caso de um ladrão, creio que devemos concentrar nossa atenção na alma mortal para descobrir a origem da depravação. Ela deveria estar no tórax. Devo ter deixado passar alguma coisa durante essa dissecação. Só ainda não tenho certeza do quê.

Ele ficou absorto por um instante, fazendo uma anotação para si mesmo. Resolvi passear lentamente em torno da sala, captando tudo o que ele tinha ali em exposição. Era um escritório formal, e cada coisa tinha seu lugar. As estantes estavam ocupadas por tomos encadernados em couro da cor de ferrugem e mostarda. Nos armários, havia um punhado de espécimes anatômicos preservados em potes de vidro: pequenas amostras de tecidos de humanos e de animais, num líquido claro, com seu conteúdo preciso identificado no rótulo. Os espécimes eram em tons carnosos de vermelho e rosa. Havia uma pequena fatia do que parecia ser um pulmão humano, rendado com furos, como a rede de um pescador. Outro pote continha um lobo de um cérebro, com seus contornos cinzentos e amarronzados de velhice. O armário também continha potes menores daquilo que pareciam ser remédios e unguentos, itens da farmacopeia que ele estava desenvolvendo, imaginei.

Em outra parede havia um desenho anatômico de um macaco. As linhas do desenho eram fracas e finas; as formas que compunham o corpo, redondas e inexatas demais para proporcionar credibilidade à imagem. O macaco parecia mais humano do que deveria, mas não era nem um pouco natural. De um lado desse armário, havia uma parede com as marcas da forma de seus instrumentos médicos – fórceps, bisturis, retratores –, alguns dos quais estavam na prateleira abaixo.

Ele terminou de escrever e voltou a concentrar sua atenção em mim.

– É uma questão importante – disse ele. – A de onde reside a alma. O senhor talvez tenha sua opinião própria.

– Disseram-me muitas vezes que meus retratos não descrevem com precisão meus clientes. E muitos que posam para mim não veem em si mesmos o que eu pus na tela. Quando olho para um homem, não estudo tanto a cor de seus olhos ou as dobras exatas das rugas em torno de sua boca. Seu nariz sai largo demais ou suas sobrancelhas, muito grandes. Dizem que meu talento para reproduzir a semelhança é às vezes falho. – Parei para organizar meus pensamentos. – Como pintor de retratos, minha função consiste em tentar capturar não apenas a aparência de um homem, mas também sua alma. Homens eruditos, como o senhor, procuram pela alma que está no íntimo. O pintor é treinado para ver o que está por fora e reproduzir essa aparência com a maior fidelidade possível. Mas quantos de nós somos capazes de usar o que vemos na aparência como um caminho para vislumbrar o que fica no íntimo?

Tulp deu um sorriso irônico.

– E entretanto seus autorretratos o reproduzem fielmente.

— Aí está – disse eu. – Mas como eu sou? Não sei. Cada autorretrato é um homem diferente. Vejo meus modelos e suas feições com clareza, mas minha função não é reproduzir essas feições exatas, nem nenhum acúmulo de partes. Cabe a mim pintar o homem em si. Isso exige que eu vá além das características de sua construção e, de algum modo, com um olhar mais penetrante, contemple sua alma.

— Ah-ah – disse Tulp. – Quer dizer que o senhor acha que uma alma pode ser vista a partir do exterior?

— É isso o que me intriga, porque acredito que sim – respondi. – O que, então, pode manifestar o que é a alma de um homem? Como o senhor ressalta, os tribunais gostariam que considerássemos o corpo de um homem um mapa de suas transgressões. As marcas a ferro em brasa feitas em um ladrão mostram-nos onde ele pecou. As cicatrizes de açoitamentos mostram-nos como foi notória sua atuação. Nós então abrimos seu corpo e examinamos seus órgãos internos para descobrir que tipo de depravação se encontra ali dentro. Mas eu, como pintor de retratos, devo seguir o conselho de Leonardo, que nos ensina a procurar a alma através dos elementos externos. Devo ver o homem como um homem antes de mais nada, e tentar adivinhar a alma no seu íntimo.

Tulp passou um instante refletindo sobre isso.

— O senhor é muito culto – disse ele.

— Para um pintor... – completei seu pensamento com um pouco de malícia.

— Eu não esperava por isso, mas o fato é que me agrada.

— Obrigado.

— Nós, anatomistas, acreditamos que um homem seja redimido por meio de nossa dissecação, porque assim seu corpo se torna útil para o conhecimento humano. O senhor vê alguma verdade nisso? – perguntou-me ele.

— Isso sugere que uma alma pode ser redimida. Espero que esse seja o caso.

— Uma resposta política. O senhor me impressiona, mestre van Rijn. Alegra-me que tenha vindo falar comigo.

Engoli o final do chá que ele me servira. O sabor ainda era amargo, mas eu pude ver que ele talvez ainda tivesse um efeito milagroso em mim.

— Decerto, o senhor não me convidou a vir aqui apenas para uma conversa sobre a alma?

— Não – disse ele. – Eu queria tratar de uma questão prática, a respeito do retrato.

— Pois não.

— Nós tínhamos falado sobre usar o braço no retrato – começou ele –, como na xilogravura de Vesalius.

— Sim.

— Pode ser uma preocupação insignificante, mas para mim é importante. No retrato de Vesalius, o braço descrito é o braço direito do corpo. Esse corpo, como o senhor viu, não possuía a mão direita. Ela foi decepada por algum outro carrasco. Para minha dissecação, precisei usar o braço esquerdo.

— Sim, eu percebi.

— É importante para mim, apesar de eu entender que isso complica as coisas para o retrato. Mas eu gostaria que o senhor pintasse o braço direito em vez do esquerdo. Eu gostaria que ficasse parecido com o braço de Vesalius. É possível?

Minha cabeça já estava tão cheia de outras ideias sobre o quadro que não consegui pensar em nenhuma resposta razoável, a não ser concordar. Não lhe disse nessa hora que eu estava pensando em retratar o homem inteiro. Eu sabia que ele se perturbaria se eu lhe dissesse.

— Darei o melhor de mim para representar fielmente o braço direito – disse-lhe eu –, muito embora falte ao modelo a mão direita.

— Ótimo – disse ele, pegando minha xícara e a dele mesmo para pô-las numa bandeja de prata. – O senhor tem mais alguma pergunta?

Levantei-me, reconhecendo o sinal de que nossa sessão tinha chegado ao fim.

— Tenho apenas uma. O senhor pode me dizer quem era aquela mulher que entrou no anfiteatro durante a dissecação? Ela era casada com ele?

Ele também se levantou.

— Um caso muito triste. Eles não eram casados, mas ela leva no ventre um filho dele. Agora, foi embora. Creio que voltou para casa.

NOTAS DA CONSERVADORA, TRANSCRITAS A PARTIR DO DITAFONE
Diagnóstico do quadro: *A lição de anatomia do
dr. Nicolaes Tulp*, de Rembrandt, 1632

Creio ter agora indícios comprobatórios que dão sustentação a uma descoberta muito importante no quadro: examinei duas amostras muito pequenas de tinta da mão direita do cadáver, tanto na camada de fundo como na seção sobrepintada. Através do microscópio, vejo com clareza que a seção sobrepintada parece ter uma densidade significativamente mais alta de branco de chumbo do que o pigmento por baixo dela.

Talvez ainda mais importante seja o fato de que a camada superior de tinta parece ter sido aplicada com uma densidade muito maior. Rembrandt parece estar tentando consertar um problema, erradicando uma escolha anterior ao pintar a mão perfeita e elegante por cima de um coto. Enquanto isso, pedi a meu auxiliar de ateliê que verificasse no *justitieboek* que dá subsídios à nossa investigação atual. Eis o que foi escrito quatro dias antes de Aris Kindt ser enforcado na praça Dam. Era o dia 27 de janeiro de 1632. Parece que ele confessou depois de ser "içado com pesos de duzentas libras". Seguem-se as palavras exatas:

Adriaen Adriaenszoon de Leiden, vulgo Aris Kindt ou Arend Kint, entregue por regedores nas mãos de meu Senhor Meirinho para que, sendo posto no cavalete de tortura, dissesse a verdade sobre aquilo de que foi acusado. Duzentas libras de peso foram atadas a suas pernas, já que ele não se dispunha a confessar ter ajudado o ladrão de capas...

Outro registro:
Ele cometeu muitos roubos, furtos de bolsas, invasões de domicílios e outros atos condenáveis, pelos quais nesta cidade, bem como em outras, foi muitas vezes detido, solto e libertado da prisão, na expectativa de que se corrigisse. Tendo por várias vezes sido punido com severidade, insistindo em negar e dizendo uma men-

tira após outra, ele é agora colocado pelos senhores regedores nas mãos do Senhor Meirinho. Diz ter sido açoitado com os outros em Den Helder e Alkmaar, após ter sido marcado com o ferro em brasa em Leiden, quatro a cinco dias antes. Por esse motivo, o Senhor Meirinho de Leiden, informado dos malfeitos desse ladrão de capas, determinou que ele tivesse a mão direita decepada à altura do pulso...

Esse é o quinto quadro de Rembrandt que tenho o privilégio de examinar e restaurar. Trabalhei em dois no Metropolitan, em um no Hermitage e em outro no Rijksmuseum. Todos foram pintados em etapas diferentes da carreira de Rembrandt, e eu pude ver, através de um exame muito meticuloso, como o mestre aplicava seus pigmentos para criar seu ilusionismo.

Em especial na obra mais tardia de Rembrandt, há sempre uma fortíssima sensação de foco nos fragmentos. Ou seja, não se precisa pensar muito sobre onde dirigir o olhar, porque Rembrandt é muito explícito nesse sentido. Ele entendia que o olhar é atraído pela textura, e assim ele acumula tinta nos trechos essenciais. E, quando quer corrigir alguma coisa, ele volta e usa o retoque. Vou dedicar atenção especial a seus pentimentos – aquelas camadas de tinta aplicadas – para tentar extrair o sentido de sua intenção.

Na verdade, não é simplesmente a espessura da tinta que direciona o olhar do observador. É uma perfeita combinação de textura e luz. São as cores mais claras que atraem nossa atenção para um único ponto. A dramaticidade do quadro – aquele famoso efeito de foco de luz.

Pude investigar esse ponto de modo mais profundo com suas obras tardias, em especial a *Profetisa Ana*, quando estava trabalhando para o Rijksmuseum. Aquela que alguns estudiosos acreditam ser a mãe de Rembrandt. Nesse quadro, ela está segurando um livro muito grande, com muita probabilidade de ser a Bíblia, e está usando as mãos para tocar o lugar no livro onde está tentando ler um trecho. É evidente que se trata de uma passagem importante. Parece que a visão dela não é boa. As mãos da velha senhora sobre o livro estão banhadas de luz e pintadas em detalhes. Pode-se ver cada ruga em suas mãos, cada ínfima dobra da pele. Nada é deixado para a imaginação: quase se pode contar quantas vezes ela lavou roupa no rio, quantas peças remendou dando-lhes vida nova à luz de uma única vela. Podemos sentir como seria segurar a mão dela nas nossas, como a pele deslizaria suave sob nosso toque.

Tudo o mais nesse retrato vai sumindo enquanto o observador olha para as mãos. Simplesmente há menos pigmentos e menos luz em outras partes do quadro. Vê-se o rosto dela, mas os olhos são meros pingos, o nariz é um simples traço oblíquo, a inclinação da cabeça é sua única expressão. À medida que o observador se afasta do quadro, para longe daquelas mãos, a tinta é mais solta, mais geral, até mesmo meio atabalhoada perto das bordas, como se Rembrandt naquele momento não desse a menor importância à linha, à forma.

Há inteligência em seu jeito de levar o foco para o que realmente importa: as mãos da velha senhora tentando literalmente absorver pela ponta dos dedos a significância daquele texto.

Voltemos, porém, à questão das mãos de Aris Kindt. O que é interessante é que esse indício sugere que Rembrandt viu o morto pessoalmente, e de início pode ter pintado a mão como a viu, como um coto. Ou seja, ele planejava incluir o sofrimento do ladrão, mostrar sua punição além da dissecação. Contudo, a certa altura, Rembrandt mudou de ideia e inventou uma mão para Adriaen. Devolveu ao ladrão a mão que lhe tinha sido tomada. E não apenas isso. Ele parece ter restaurado a carne em outros lugares também. Kindt teria sido um cadáver coberto de cicatrizes de todas as suas punições. Marcas a ferro em brasa. Cicatrizes de açoitamentos.

Então, restaurar o homem teria sido algum audacioso ato de compaixão por parte de Rembrandt? Ou ele fez isso para proteger Tulp de alguma infâmia? Ou qual poderia ser a razão para ele voltar e "consertar" Aris? Por que teria feito isso?

Quero deixar registradas as últimas palavras do *justitieboek* sobre a condenação final de Aris Kindt em Amsterdã:

Esses malfeitos e suas graves consequências não hão de ser tolerados numa cidade de justiça e honestidade, mas devem ser punidos pela lei e, com isso, servir de exemplo para outros. É por isso que os senhores da justiça, tendo ouvido a sentença exigida, a resolução do bailio, além da confissão desse prisioneiro, proferi-

ram a sentença como a mantêm agora: a de ser ele levado ao cadafalso diante do prédio da prefeitura da cidade, para ser executado pelo carrasco por enforcamento até a morte [continua]. O cadáver deverá ser devidamente sepultado na terra, e todos os seus bens, se houver, serão confiscados e postos à disposição dos senhores. Actum 27 de janeiro de 1632... a ser executado no último dia de janeiro.

Uma nota final sobre a assinatura. O próprio Rembrandt deve ter considerado que essa obra representou um avanço significativo em comparação com sua obra anterior. Antes desse quadro, ele sempre assinou suas telas com as iniciais "RHL", de Rembrandt Harmenszoon van Leiden. Rembrandt, filho de Harmen, de Leiden. Esse é o primeiro quadro que ele assina simplesmente "Rembrandt".

XXIII

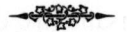

OS OLHOS

QUANDO CHEGUEI DE VOLTA AO ATELIÊ, O DIA DE TRABALHO JÁ TINHA se encerrado. Todos os alunos e aprendizes tinham ido para casa. Iluminada somente por minha única lamparina, a sala estava da cor de cobalto, com as sombras em camadas opulentas. O silêncio era sedoso. Levei minha lamparina para o centro do ateliê e fiquei ali parado um instante, observando.

A sala tinha visto as chegadas e partidas de multidões. Por todos os lados, eu podia ver os resultados de uma academia produtiva que, sem minha presença, tinha conseguido continuar a funcionar tranquilamente. Tomas tinha prosseguido com sua cópia de meu *Jesus em Emaús*. No ateliê de gravura, Isaac tinha completado a série de gravuras que eu lhe pedira. Havia umas cinquenta delas penduradas em fios que se entrecruzavam no teto e outro lote já seco e empilhado na mesa. Ele tinha deixado a chapa de cobre na prensa, limpa e pronta para mais uma impressão.

Tirei uma gravura do varal de secagem e a segurei nas mãos. Era a imagem que eu tinha pedido: minha mãe em casa no Weddesteeg, de luto, na semana da morte de Gerrit. Eu não a tinha esboçado. Gravei a chapa a partir de minha memória.

O papel da gravura de Isaac ainda estava úmido; a tinta, viscosa. Havia muito preto na impressão, mas as hachuras pareciam ter funcionado. Elas tornavam distintas as texturas: a borda de pele em seu xale, o lustre das luvas pretas e as almofadas toscas que lhe dão apoio na cadeira.

Minha mãe não vai gostar desse retrato. Eu a captei imersa em sua dor, os olhos desfocados, o pensamento distante, todo o seu corpo sem forças sob o peso daquela tristeza. Ela amara Gerrit mais que os outros filhos, creio eu. Talvez não antes do acidente, mas sem dúvida depois que a mão dele foi esmagada.

Depois que voltei para meu aprendizado em Haia e mais tarde abri meu ateliê com Jan Lievens, novamente em Leiden, ela já não se preocupava comigo. Eu seria autossuficiente, enquanto seu filho mais velho precisaria do cuidado atento de uma mãe.

No funeral, porém, minha mãe me abraçava com tanta força que dava a impressão de estar tentando me grudar a ela com seu aperto. Ela nunca me encarava nos olhos quando eu tentava tocar sua pele alva, suas faces translúcidas, tão desgastadas com a passagem do tempo. Seus olhos desviavam dos meus.

Pode ser que ela não quisesse compartilhar essa dor comigo. Pode ser que estivesse tentando me proteger da força de seu amor, mas naquela época não pensei nisso. Durante o funeral, eu só conseguia pensar que ela estava com raiva de mim por eu continuar são e salvo depois que seu filho predileto tinha falecido. Não se deve acreditar que um pai ou mãe seja capaz de amar todos os filhos igualmente. Alguns filhos são mais fáceis de amar que outros.

Estiquei-me e prendi a gravura de volta no varal de secagem. Respirei fundo e deixei que o cheiro do ácido da água-forte enchesse minhas narinas, fazendo-as arder só um pouquinho.

Levando a lamparina comigo, voltei ao ateliê de pintura. A neve tinha clareado o céu, e eu podia ouvir alguns dos foliões do festival já nas ruas.

Fui até a cópia do quadro de *Emaús* feita por Tomas, que estava pousada no chão, e a levantei ao nível dos olhos. O aprendiz tinha quase terminado a pintura agora, e essa seria sua primeira obra completa.

Tomas tinha conseguido dar a Cléofas uma forte expressão de medo, mesmo que a boca aberta, como ele a tinha pintado, estivesse com um leve tom cômico.

O problema era o tratamento que Tomas dera à luz. Em meu estudo, eu tinha posto Cristo num ponto bem sombreado, com a revelação lançando luz sobre Cléofas. Tomas tinha dado uma quantidade igual de luz ao discípulo e a Cristo. Tinha conseguido trazer clareza às feições de Jesus, mas a questão não era essa. Era a escolha da luz que era o mais importante. Em vez de atrair o olhar do observador para Cristo, eu quis chamar a atenção para aqueles que testemunharam sua ressurreição. Nessa história em particular, eram as testemunhas que importavam. Essa era a história delas, não de Cristo. Seu retorno não dizia respeito à sua forma, seu rosto ou sua aparência como homem. Dizia respeito, sim, a como Cléofas reconheceu Deus nesse desconhecido. A ênfase tinha de estar em Cléofas, o discípulo, e em sua experiência de descoberta. Seu súbito reconhecimento de que o estranho era de fato Cristo – esse era o milagre.

Deixei o quadro de novo encostado na parede. Podia ser que Tomas já soubesse que não estava funcionando. Talvez tivesse sido por isso que ele o tinha tirado do cavalete.

Finalmente estava na hora de eu me sentar e pintar. Eu sabia que tinha passado o dia inteiro procurando formas de deixar para depois; e agora chegara o momento de eu me acomodar e começar de verdade. Eu precisava exigir de mim uma verdadeira concentração – uma real disciplina. Mais nada para me perturbar. Só a pintura diante de mim.

Peguei uma cadeira e me posicionei diante daquela tela de enorme extensão. Vi as linhas e formas que tinha pincelado na tela naquela manhã. Eram fracas e sem objetivo. Até a consistência da tinta parecia não querer se comprometer. As pinceladas não tinham autoridade, nem direção. Era só um grupo de formas. A obra de um amador.

As coisas tinham mudado em mim desde que fiz minha primeira tentativa naquela manhã. Agora eu pelo menos tinha uma ideia para a composição geral e um conceito forte para a imagem. Eu tinha certeza do que ia tentar fazer, e não sabia ao certo se ia conseguir. Incluir o morto no retrato seria um risco, mas era um risco que valia a pena correr porque ele acrescentaria muito mais dramaticidade e tensão ao quadro. Ele criaria uma narrativa, onde não existia narrativa alguma.

Fui buscar um pincel mais largo e apanhei de novo minha paleta. Molhei o pincel na terra de cassel e recomecei. Passei a composição dos membros da guilda mais para o alto para poder colocar o corpo na base da tela. Comecei a pintar um esboço do ladrão, centralizado, na parte baixa de minha pirâmide. Delineei sua forma geral, um grande ovoide contendo a cabeça, o torso, as pernas, os pés. Movi a figura de van Loenen para o alto da pirâmide e pus o dr. Tulp mais para o lado, à direita. Mas dei-lhe muito espaço, para ele ter o reconhecimento de sua posição e espaço para movimentar as mãos.

Olhei para a figura do ladrão. Pensei em virá-lo para a frente como o Cristo de Mantegna, mas, contemplando sua forma dentro de minha pirâmide, aquilo não me pareceu certo. Decidi adotar um meio-termo. Eu o viraria na diagonal dentro da moldura, para que seus pés ficassem só um pouco no primeiro plano e sua cabeça mais alta no plano em perspectiva. Enquanto ia esboçando, porém, vi que isso ia me obrigar a fazê-lo um pouco escorçado, tornando estranhas as proporções entre seu torso e suas pernas.

Esbocei uma forma indefinida do dr. Tulp, em pé junto do corpo, fazendo seus cortes. Essa era minha ideia – mostrar Tulp logo acima da cavidade aberta do corpo do homem, à procura da alma. Todos os outros cirurgiões e aprendizes estariam em pé, com ele, olhando com assombro para a cavidade do corpo, observando a dissecação realizada por Tulp. O centro do corpo de Adriaen estaria todo aberto, uma espécie de paisagem saqueada, com os médicos a minerar seus órgãos.

Parecia o tipo certo de ideia para transmitir uma mensagem. A destruição do templo em perseguição ao ladrão ali dentro. Seria uma alegoria moderna para a ciência. As marcas no corpo do ladrão contariam a história de seus crimes; o coto ilustraria sua punição. O repouso do corpo falaria de seu sofrimento extraordinário.

Gostei da ideia como conceito, e minha mão passava veloz pela tela com o pincel. Trabalhei no detalhamento do corpo. Esbocei os dois braços. O dissecado e o amputado. As características específicas dos músculos, tendões e veias do braço dissecado teriam de esperar até mais tarde, quando eu pudesse obter aquele braço com Fetchet. Mas eu podia trabalhar no outro braço, com base nos esboços da manhã. Fui pegar meu bloco no bolso de minha capa.

Trouxe-o até o cavalete e tentei trabalhar a partir dos esboços. Entretanto, agora, eu precisava refletir sobre o coto. O braço incompleto, com a falta da mão à altura do pulso. Até que ponto eu deveria tentar ser realista nessa descrição? E o que eu estaria transmitindo com essa forma?

Concluí, porém, que todos esses pensamentos estavam se tornando difíceis para mim. Era tudo técnico demais, árido demais. E, a cada pincelada, eu me descobria mais perturbado. Doía-me pensar naquela mão. A mão do ladrão. A mão de Adriaen. Porque eu também pensava na mão de Gerrit. No beijo de minha mãe. Eu me lembrava da mão de Adriaen segurando a taça de vinho que Lievens lhe dera. Como ele tinha levado a taça aos lábios com aquela mão e tinha se despedido com um aceno naquela noite depois de comer.

Cada pincelada fazia com que eu me perguntasse: o que eu estava fazendo não era uma crueldade a mais? Tornar tão pública a enorme perda, o enorme sofrimento, de um homem? A imagem contaria a história que eu queria que contasse? Ou ela não era explícita demais, direta demais?

Minha própria mão tornou-se mais lenta. Afastei-me do cavalete. Cruzei os braços e procurei absorver o que tinha feito. Esse, pensei, era um retrato da crueldade humana. Ele contava a história de como os homens destroçam uns aos outros em busca da verdade. Como mutilam seus semelhantes em nome da justiça e como deixam de enxergar sua própria brutalidade.

 Larguei meu pincel. Eu agora tinha uma escolha, e era uma escolha importante. Eu usaria meu dom para fazer eco a essa brutalidade? Não estaria eu sendo tão cruel quanto o carrasco ao pôr os sofrimentos desse homem em exibição como um espetáculo? Quando minha mãe beijara minhas mãos, sua bênção tinha sido para isso?

 Fiquei ali sentado muito tempo diante da tela no escuro. Levantei-me, andei para me afastar do cavalete e refleti. Voltei ao cavalete, dei a volta nele e então procurei meu assento diante dele mais uma vez.

 Levantei-me de novo e fui até as janelas que têm vista para a cidade e na direção do IJ. Lá embaixo nas ruas, já havia alguns transeuntes acendendo seus archotes para o desfile da meia-noite. Um grupo de foliões estava abaixo da minha janela despejando cerveja de um jarro em suas canecas, enquanto cantavam canções próprias para acompanhar a bebida. As mulheres levantavam a saia, dando chutes para o alto e rindo. Em toda a extensão, subindo pela Sint Antoniesbreestraat, eu podia ver multidões se organizando para o desfile. Já havia alguns homens disparando estrelinhas chinesas do alto de telhados próximos.

 Que noite estranha. Lá fora, estava na hora do festival. Fiquei ali em pé, observando os vultos andando, dançando, saltitando na direção do Waag, mas não me senti tão cínico com tudo isso como seria possível imaginar. Pensei nos ciclos da vida e da morte e em como celebrar uma execução e dissecação era uma forma de reconhecer a vida. Afinal de contas, quem se sente mais vivo do que um homem que recentemente presenciou uma morte?

 Quando ouvi a batida na porta, não fiquei surpreso. Alguma coisa em mim sabia que eu deveria esperar o que aconteceu em seguida.

 – Entre – disse eu.

 – Então, o senhor está aqui. – Era só Femke. – Achei que o ouvi voltar mais cedo, mas não sabia ao certo se tinha ido dormir.

— Não, estou trabalhando. É a única hora que consigo um pouco de silêncio.

Ela deu mais um passo para dentro da sala, e eu pude ver que havia outra pessoa atrás dela no vão da porta.

— Queira me perdoar, senhor — ela prosseguiu, inclinando-se para sussurrar. — Eu disse a ela que era uma hora esquisita para visitas, mas ela se recusou a ir embora. Achei que o senhor ia querer vê-la. Os outros ficaram lá embaixo.

— Ela?

— Ela veio de Leiden, pelo que diz... — disse Femke, sem conseguir continuar. Ela levou o avental ao rosto e enxugou os olhos. Vi que estivera chorando.

— Diga o que a perturba.

— Ela é, bem... Senhor, ela está... — Femke engoliu em seco, mas não conseguiu falar. Ela se aproximou mais e eu lhe ofereci minha mão.

— Que foi?

Ela não conseguiu se conter.

— Não posso dizer. O senhor precisa falar com ela. Ela lhe contará. — O rosto borrado de Femke pareceu adquirir um foco estranho. — Aquele patife do Jan Fetchet foi quem os trouxe aqui.

Ela assoou o nariz com ruído. Voltei a cobrir o cavalete com o pano.

— Obrigado, Femke. Diga-lhe que entre. Você só precisa nos trazer outra lamparina e alguma coisa quentinha para beber. Dá para você fazer isso?

— Claro que sim, senhor. Vou tratar disso de uma vez.

A PORTA FOI SE ABRINDO DEVAGAR, E EU VI QUE ERA A MESMA MUlher da dissecação. Aquela que tinha entrado correndo e tentado cobrir o corpo com o seu próprio. Ela trazia na cabeça um xale grosso de lã, o rosto escondido, os olhos baixos. Usava roupas de camponesa, por cima da barriga grande, de grávida. Seus movimentos eram lentos e esforçados. Fiquei com pena por ela ter precisado subir a escada.

Convidei-a a se sentar e me ofereci para pegar sua capa.

— Não me atrevo a sujar sua bonita mobília, senhor. Preciso apenas de um momento do seu tempo.

— Minha mobília não é tão bonita assim. E, seja como for, se você quer falar comigo, deve se sentir à vontade – disse eu. – Sente-se, por favor.

Ela me entregou a capa e, assim que se acomodou, também removeu o xale. Seu cabelo estava preso para cima por baixo de uma touca, mas eu podia ver que ele era denso e louro. Seu rosto tinha um formato redondo, agradável; sua pele era lisa.

Ficamos ali sentados juntos no ateliê enquanto a lamparina bruxuleava. Não me senti constrangido, embora eu tivesse muitas perguntas a lhe fazer. Ela ainda não parecia pronta para falar comigo, mas eu sabia que havia muita coisa que ela queria contar e que eu deveria esperar que ela começasse. Femke voltou com uma segunda lamparina e uma xícara de leite morno para cada um de nós. Acendeu a estufa e perguntou se precisávamos de mais algum serviço. Eu lhe disse que ela podia se recolher para a noite.

— Conte-me sua história – disse eu à mulher quando voltamos a ficar a sós. – E por que você foi hoje à lição de anatomia.

— Eu sou a que chamam de rapariga do Aris Kindt – disse ela.

— E como você chama a si mesma?

— Flora. Flora de Leiden.

— Flora. – A deusa da primavera. – Você veio para o enforcamento?

— Vim tentar salvar Adriaen. Tentar defendê-lo.

— Entendo.

— Disseram que cheguei tarde demais. Disseram que eu não tinha os papéis certos. Nós nunca nos casamos.

Assenti.

— Vão chamá-lo de filho bastardo — disse ela, levando as mãos ao ventre. — O filho do condenado. Eu teria vindo antes se tivesse sabido. Mas já fazia muito tempo que Adriaen tinha partido. Ele deixou Leiden no verão, e agora os canais estão se fechando com o gelo.

— Ninguém lhe contou? Ele não avisou quando foi condenado?

— Não. Ele teria ficado muito envergonhado. Na última vez em que eu o vi, ele estava sendo açoitado na prisão de Leiden.

— Como você soube?

Ela olhou para mim como se estivesse se lembrando pela primeira vez.

— Foram as pedras. Os garotos jogaram pedras na minha casa. Tantas pedras. — Ela falava baixo e devagar, como se estivesse tentando se lembrar de tudo, de cada detalhe.

— Sua casa foi apedrejada?

— Eles arrancavam as pedras do calçamento do caminho e as atiravam na minha casa, quebrando vidraças, derrubando as coisas. Foi hoje de manhã, mas agora parece que foi numa vida passada. *Bruxa!*, eles me chamaram. *Megera!* Tantos xingamentos. *Bruaca!*, berravam. *Vagabunda*.

Enquanto ela falava, pintei seu rosto mentalmente e vi uma beleza cada vez maior em suas feições simples. Perguntei-lhe se ela se disporia a retirar a touca. Ela me contemplou um instante, tentando entender o que eu pretendia, perguntando-se qual seria minha intenção. E então, como se tivesse compreendido tudo e sem dizer uma palavra, levantou as mãos e tirou os grampos da touca.

Com cuidado ela dispôs o cabelo sobre os ombros, como se estivesse se preparando para posar. Como se, de algum modo intuitivo, ela entendesse. Eu estava olhando para ela para planejar um quadro. Mas como poderia saber?

Sua cabeleira era bonita: basta e cheia de cachos. Se eu fosse pintá-la, usaria um amarelo de chumbo e estanho, sem mistura. Mas eu lhe pediria que prendesse metade para o alto e deixasse a outra parte cair em cachinhos. Eu encheria seu cabelo com flores silvestres de primavera, como a Flora dos mitos. Os olhos, eu pintaria com sombra natural e um toque de laca de garança. O tom de sua pele, uma mistura de terra de siena, ocre vermelho e branco de chumbo. Eu a pintaria grávida, também, com a mão pousada no ventre volumoso. E a vestiria em sedas primaveris. Tentaria fazer-lhe justiça. Ela era uma bela mulher deste mundo, apesar das provações pelas quais tinha passado. Seu corpo era robusto e voluptuoso; sua magnificência, inegável.

Ela continuou a falar e falou por um tempo. Eu escutava enquanto tentava imaginá-la num quadro a óleo. Contou-me toda a sua história, desde as pedras atiradas através das janelas até a hora que tentou invadir a torre do anfiteatro de anatomia para reaver o corpo de Adriaen.

Deixei-a falar e guardei de cor suas feições, sua bondade, sua fé. Quando chegava a certos pontos na história, ela parava e chorava, um choro baixo, tranquilo, como se estivesse se aliviando lentamente de algum peso. Depois, prosseguia.

Eu sabia do começo da vida de Adriaen e o vi no final. Sabia quem ele tinha sido, mas somente com linhas vagas, um esboço. A história que ela contou preencheu os detalhes, explicou quem ele tinha sido para ela. Ela o pintou em pigmentos vivos, com o tipo de textura que lhe conferiu substância. Viera de tão longe para resgatá-lo, e ninguém tinha lhe permitido dizer o que pretendia. Tinha ido ao enforcamento, ao magistrado, aos cirurgiões e então a Fetchet. E ele a mandara vir me procurar. Seria para pedir pelo último membro? O membro que eu tinha solicitado para estudo? Ou seria para alguma outra coisa?

Por fim, ela pediu o que queria; e o que ela queria era simples.

– Quero um jeito de deixá-lo inteiro de novo.

XXIV

O CORPO

SIM, SENHOR MEIRINHO. FOI COMO O BAILIO DISSE. A RONDA NOTURna me encontrou debaixo do cais, deitado de costas, num bote cheio de vazamentos. Eu estava escondido ali à espera do amanhecer, na esperança de me cobrir com seu breu.

Não, senhor, por favor! Não, nada de mais pesos. A verdade, senhor, é que só queríamos a capa do cidadão. Nunca pensei em ferir o homem. Dizem que ele está vivo. Dizem que não sofreu ferimentos. Sem dúvida, isso significa que podemos ser soltos, Meritíssimo? Era só a capa dele que nós queríamos. Sou um ladrão de capas, senhor. Eu as roubo e as vendo na feira ao ar livre por trás do Amstel.

O casaco tinha uma bela gola de pele. Foi o que percebi primeiro. Era preto, de lã pesada, de um alfaiate habilidoso. Fiz uma espécie de estudo dos casacos, Meritíssimo, e posso dizer a alguma distância quais foram confeccionados pelos Ferdinand Janssens desta cidade e quais foram arrumados de qualquer maneira para marinheiros prestes a zarpar no cais. Posso identificar para o senhor praticamente todas as características de um homem através de sua capa, de seu modo de escolher o alfaiate e de quanto ele se dispõe a gastar para adquirir essa proteção para o inverno.

Esse casaco, eu não ia vender no Amstel. Esse casaco, eu queria para mim. Só para sustentá-lo nos ombros e ele me abrigar do frio gelado. Só passar uma noite no conforto de seus braços envolventes. Eu não pretendia ferir o homem, senhor. Eu respeitei o bom cidadão manco.

Foi Hendrick que atingiu a cabeça dele com a pedra. Hendrick Janszoon de Leeuwarden. É, esse mesmo que está aqui na casa de raspagem. O senhor viu o tamanho dele? Com seus dentes ferozes e irregulares, ele pode, com um simples bocejo, fazer uma mulher largar a bolsa. Eu o conheço há dez anos, e nós entramos e saímos da cadeia juntos tantas vezes quantos foram os anos que se passaram. O outro cúmplice foi Jacob Martszoon, o Valão. Conheço Jacob da periferia; nós nos conhecemos há dez anos. Nunca, nem uma vez eu o vi cometer violência. Ele traz no bolso uma faca a mais, para esfolar coelhos, senhor, e eu o vi ser tão delicado com os pobres bichinhos que está prestes a comer quanto uma ama de leite com seu bebê.

Hendrick, Jacob e eu estávamos na taberna, eles dois cantando lá nos fundos, fazendo companhia ao taberneiro. A noite estava gelada, Meritíssimo. Havia blocos de gelo boiando nos canais.

Hendrick estava usando uma grande capa marrom que eu tinha roubado algumas semanas antes. Tinha sido moleza. A porta estava aberta, e a capa estava pendurada bem ali junto da soleira. Alguém tinha acabado de entrar, ou alguém estava se preparando para sair. Era uma maçã ali à altura da mão, Meritíssimo. Estendi a mão e a apanhei.

E então, na volta para a taberna, Hendrick reivindicou a capa. Disse que era dele porque ele tinha pagado cervejas para mim naquela noite. Hendrick tem o dobro da minha altura, e seu cinto é três tamanhos maior que o meu. Eu não me atrevo a discutir com ele, a não ser que queira grudar meu nariz nas pedras do calçamento.

Eu estava sentado na janela da taberna. Os barcos noturnos iam se movimentando lentamente em meio ao gelo. Eles despachavam esquifes com todas as suas lamparinas. Todas aquelas luzes na escuridão.

Todas as vezes que eu tremia, mais triste eu ficava. O Valão tentou me oferecer mais uma caneca.

— Não se irrite – disse Jacob. – Vamos conseguir para você um casaco tão bom quanto o de Hendrick.

— Não íamos ter tanta sorte outra vez – disse eu.

— Nós vamos criar nossa própria sorte – respondeu ele. – Fique olhando por essa janela e faça de conta que é a mulher do burgomestre. Olhe para os homens nesses caminhos dos canais como vendedores, desfilando capas que serão suas a qualquer preço. Escolha a que quiser, e nós garantimos que ela será sua.

O Valão é assim quando bebe um pouco além da conta. Seu rosto pálido fica vermelho e suas presas aparecem. Ele estava a fim de alguma distração maldosa. Ele se voltou para o taberneiro, para cantar os últimos versos de uma música.

— As raparigas puxaram a saia até o quadril... e o capitão afundou com o navio, é, rapazes, o capitão afundou com o navio.

Ele me deixou junto da janela.

Não havia muitos homens passando por ali, porque era difícil manter uma lamparina acesa. Os que passavam seguiam abrigados por chapéus de abas largas. Vi então que se abriam as portas do prédio da guilda e começavam a sair todos os homens que tinham estado lá dentro. Não eram curtidores de couro, ferreiros nem carpinteiros de embarcações. Estavam vestidos quase como a família real: gibões, ligas, golas engomadas brancas como a neve. À luz de suas lamparinas, eu via rostos redondos. Os casacos eram de lã, com forro de pele.

Imagine-se num daqueles casacos, pensei. Talvez esse aqui de lã de um roxo escuro? Ou aquele com a borda de feltro vermelho? Pensei que talvez eu estivesse sendo muito ganancioso. Como Flora ia se sentir se me visse chegar pelo caminho num traje tão imponente?

Foi então que a porta da guilda se fechou e, com ela, a luz se apagou. Os homens se dispersaram na noite escura. Eu senti de novo a fisgada da umidade enregelante. Os invernos de Amsterdã são impiedosos, meu senhor, e mesmo assim muitas pessoas nunca se preocupam com o aquecimento. Elas passeiam para lá e para cá em capas imponentes, chapéus quentinhos e luvas de couro da Itália, sem nunca sentir aquele vento cortante que tenta me morder a cada minuto.

Então a porta do prédio da guilda se abriu novamente. Dessa vez, ela não ficou escancarada, mas eu vi um vulto à luz do vestíbulo. Não pude ver o rosto do homem, só suas costas e seus braços, que estavam erguidos enquanto ele tentava acender sua lamparina na escada da entrada. À luz daquela lamparina: a gola de pele. Era o melhor de todos os casacos que eu tinha visto nos homens que saíam da guilda, com seu acabamento de pele da cor de mel da Turquia.

Esse cidadão foi o último a sair do prédio da guilda. Ele agora estava sozinho. Todos os outros já tinham tomado seu rumo pela rua. Não enxergo muito bem, Meritíssimo, mas fiquei observando enquanto ele vinha pela rua na minha direção, devagar, bem devagar.

– Quer dizer que você escolheu um, então? – disse Jacob. De repente ele estava em pé atrás de mim, lendo meus pensamentos. E pousou a mão com força nas minhas costas.

Vi então que o jeito de andar do homem não era regular. Podia ser que um pé fosse menor que o outro, ou uma perna fosse mais comprida. Alguma coisa não estava certa em seu jeito de andar.

– Não, ele não – eu disse a Jacob, mas ele já tinha chamado Hendrick para a porta da taberna.

– Você vai parecer um príncipe com aquela capa – declarou Hendrick.

– É, você vai andar arrogante por aí como um verdadeiro brabanção – disse o Valão. – Ora, vai sair valsando pelo cais, experimentando os arenques.

– O Garoto com a lã de um burgomestre – disse Hendrick. – Ele pode até morrer afogado nela, mas ela deveria ser dele.

– Aquele não – disse eu. – Ele é manco. Não estão vendo?

Hendrick fez uma provocação.

– Como é? Você não suporta roubar alguém que seja seu semelhante?

Depois disso eu não disse nada. Saímos para a noite. A chuva tinha parado, mas as ruas estavam escorregadias com o gelo e o ar estava pesado com uma garoa fina, enregelante. Nós três acompanhamos o cidadão pelo caminho na direção de Nieuwezijds Kolk. Nossa presa reduziu o passo e depois parou. Quanto mais nos afastávamos da taberna, pior ficava o jeito de andar do pobre cidadão. Para mim, ele parecia se movimentar como um asno gravemente ferido. Não com um pé depois do outro, mas com um passo e uma espécie de queda para a frente, como se a qualquer passo pudesse cair no chão.

Jacob e Hendrick não se preocuparam em se esconder enquanto o seguíamos de perto. Eles fingiam que nós éramos marinheiros de um navio mercante, de licença para o fim de semana. Havia muitos grupos semelhantes farreando pelas ruas naquela parte da cidade. O cidadão não olhou para trás nem uma vez.

Assim que nos aproximamos de Heerenlocke, o bom cidadão parou diante de uma porta alta. Tirou as chaves do cinto. Enquanto lutava com a fechadura, a chuva começou de novo e sua lamparina se apagou. Foi nessa chuva e nessa escuridão, tenho certeza, que o medo acabou por atingi-lo.

Ele se curvou para cuidar da chama; e, enquanto seus dedos se agitavam, Hendrick atacou. Ele levou seu formão ao pescoço do cidadão e sussurrou na sua orelha. O cidadão deixou cair a lamparina. Hendrick disse-lhe para pôr de novo a chave na fechadura devagar e em silêncio, mas suas mãos tremiam tanto que as chaves também caíram sobre as pedras do calçamento. Hendrick empurrou-o para o vão da porta e o segurou pelo queixo com as mãos desarmadas. Jacob usou o formão para forçar o trinco de metal. Então nós três entramos no vestíbulo escurecido, e foi lá que tentamos tirar sua capa.

— Não se mexa, senhor — disse eu, tentando ser gentil. — Não vai levar um minuto.

Ele se debateu nas garras de Hendrick, e seus olhos caíram sobre mim com uma súplica medonha.

— Não se mexa, meu bom senhor — disse eu de novo. Sempre procuro agir da maneira mais agradável possível em meus roubos, Meritíssimo. Perder um casaco não é uma coisa tão terrível assim. É o medo que causa o pior. — Só quero seu casaco — disse-lhe eu. — Não vai demorar um minuto.

Ele ficou ainda mais nervoso. Não queria se manter parado. Lutava, puxava e então começou a gritar. E assim que seu grito saiu da boca, eu estendi a mão para abafá-lo com o que eu tinha: um trapo dentro da minha túnica. O homem tinha o choro estridente de um recém-nascido, Meritíssimo, alto o suficiente para acordar toda a Cidade Nova. Senti pena do cidadão, mas eu precisava que ele se calasse. Empurrei o trapo entre seus lábios e lhe implorei que ficasse quieto.

Fiz o possível para proteger o bom cidadão manco, Meritíssimo, mas Hendrick o golpeou na cabeça. Olhei para ver o que ele tinha usado: uma pedra grande que devia ter apanhado no beco.

— Por que você fez isso? — berrei para Hendrick.

Ele me respondeu, chiando:

— Cala a boca e segura o braço dele.

Foi então que todos nós ouvimos passos pesados que vinham pelo beco e uma voz enérgica:

— Quem vem lá? Diga seu nome e o que está fazendo aqui.

A porta da casa estava aberta. Jacob e Hendrick arrastaram o cidadão para dentro, e todos nós entramos. O vigia noturno gritou mais uma vez.

— Quem vem lá? Responda ou vou tocar um alarme.

Nós ainda estávamos tentando pegar a capa. Levantei o braço do cidadão, mas ele era pesado demais; e Jacob e Hendrick resolveram fugir. Pensei em entrar na casa, mas ainda havia outro portão. Olhei uma última vez para baixo, para ver o cidadão, que estava gemendo. Seus olhos estavam voltados para mim num pavor tremendo. Nessa hora, senti tanta pena dele que desejei nunca ter saído da taberna, nunca ter trocado uma palavra com Hendrick a vida inteira. Implorei-lhe que se calasse.

Saí da casa e corri na direção em que Hendrick e Jacob tinham ido. Havia um corpo no beco, também: eles tinham derrubado o vigia noturno, que estava gemendo e tentando descobrir um jeito de se levantar. Já tínhamos chegado à Cidade Velha antes que ele nos alcançasse.

Tive sorte de encontrar uma escada de mão no Geldersekade e um barquinho à disposição. Soltei as amarras e, usando a escada como o varejão de um gondoleiro, empurrei o barco de onde estava atracado e desci pelo canal na direção do Waag. Há um túnel por baixo do cais do prédio da balança. Encostei minha escada na margem e me deitei no bote. Depois me empurrei com as mãos para dentro daquela passagem estreita.

Finalmente dei um longo suspiro, escondido naquela toca negra como breu, porque mal estava começando a amanhecer e teria sido muito fácil me denunciarem. Fiquei ali deitado até uma hora mais tarde, quando fui acordado por alguma coisa sacudindo as águas do canal em torno do meu esquife.

O senhor sabe o resto da história, Meritíssimo. Como o vigia noturno desceu pelo meu varejão de gondoleiro para me encontrar. Como eu o atirei no canal. Só consegui chegar ao mosteiro de Sint Agnieten, onde seus guardas me aguardavam, com os mosquetes prontos. Foi o pânico que me incentivou a nadar. Eu achava que ainda tinha as duas mãos. Eu sentia o movimento delas na água. Mas uma das mãos é tudo o que me resta, e eu não sei nadar só com uma. Para dizer a verdade, eu simplesmente não sei nadar. Por isso, fiquei grato quando os guardas me resgataram com a rede. Eu tossia e espirrava quando conseguiram me levar para a margem.

Eu reconheço o seguinte, Meritíssimo. Foi errado nós tentarmos arrancar o casaco do cidadão manco da Cidade Nova. A tentativa foi agravada quando eu procurei abafar os gritos do homem. Mas foi Hendrick quem bateu nele com aquela pedra. Juro que eu não queria daquele cidadão nada além daquela sua fonte de aquecimento.

Sim, Meritíssimo, o senhor tem razão. Eu me desviei do caminho certo. Com minha formação, eu poderia ter me tornado um fabricante de bainhas. No entanto, sou um ladrão de casacos. Roubo e faço badernas com ladrões violentos. Mas juro que não sou violento. Não estou no ponto para ser enforcado, senhor. O que o público poderia querer do meu corpo? Não sou nada. Ninguém. Não sou mais nocivo que um corvo que pousa no campo de um lavrador e sai pegando os grãos do cereal. Não se matam corvos nos campos em Leiden. Eles são espantados com varas.

Dá para o senhor agora aliviar os pesos? Já lhe disse quem foram os cúmplices; já confessei meus malfeitos. Sinto muito pelo cidadão e fico feliz em saber que ele agora está bem. Sou um homem burro e inútil, Senhor Meirinho, mas não há maldade em meu coração.

Pelo menos, uma gota d'água, então, Meritíssimo? Com um pouco de umidade na língua, posso continuar. Disponho-me a responder a todas as suas perguntas. Hei de convencê-lo da pureza da minha alma. Basta a bênção de uma gota de chuva...

XXV

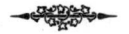

OS OLHOS

FLORA DEIXOU MEU ATELIÊ COM UM BILHETE NA MÃO, PARA FETCHET. Ele podia entregar a ela o item que eu tinha adquirido dele naquela tarde – o braço de Kindt – e também podia ficar com minhas moedas. No entanto, quando estava pondo o bilhete em suas mãos, eu disse uma coisa:

– Tenho outra forma de torná-lo inteiro de novo. Você precisa me dar um tempo, e eu a chamarei novamente quando tiver terminado. Fique em Amsterdã, e pode ser que as coisas acabem dando certo.

Pinte, pensei comigo mesmo, assim que Flora saiu do ateliê. Você deve, por fim, pintar. São não mais do que minerais moídos e óleos. O que a pintura pode fazer para reverter a crueldade, revelar a verdade ou transformar a vida em algo mais sagrado? Eu ainda não tinha certeza. Mas queria ver se poderia tentar fazer desse quadro alguma coisa mais poderosa. Alguma coisa que eu ainda não tinha feito.

Ele era um homem: era carne e osso, mente e alma. Ela o amara, Fetchet o comprara, o dr. Tulp o reivindicara para a ciência, e eu o queria em nome da arte. Todos nós buscávamos sua carne. Todos nós queríamos fazer alguma coisa a partir do corpo desse homem. Mas ele não pertencia a nenhum de nós. Ele era tão somente Aris, o ladrão.

Voltei-me para meu cavalete e mais uma vez me dediquei à tela. Vi minhas próprias pinceladas, as curvas soltas à altura da mão, para o coto, o buraco que eu tinha esboçado no seu torso. Antes da visita de Flora, eu tinha imaginado pintar Adriaen como ele estava quando eu o vira: a pele surrada e cheia de cicatrizes, a mão decepada, a marca da corda ainda visível em seu pescoço. Tinha planejado mostrá-lo no meio da dissecação, com a cavidade do corpo toda aberta, e talvez com os órgãos removidos. Seria uma imagem de um corpo anônimo, identificado como anônimo por todas as marcas a ferro em brasa, desnudo, deitado de costas, subjugado pelo olhar inteligente dos cirurgiões.

Mas será que isso satisfaria Flora? Será que satisfaria a mim?

Agora que eu tinha ouvido a história de Flora, encarei a figura no centro da tela com um olhar diferente. É, um corpo destroçado seria literal demais. Ele só provocaria desconforto e choque em qualquer um que observasse o quadro. As pessoas não veriam um homem. Ele permaneceria sendo apenas um corpo, um pobre condenado esquartejado. Flora tinha razão: as pessoas não se importavam de ver o sofrimento alheio.

Pensei mais uma vez em Emaús e em como Cristo caminhou entre seus discípulos por um tempo antes de se revelar para eles. Eles andaram no escuro, num caminho através da floresta e por fim chegaram a uma hospedaria. Entraram ali para cear, e ele ainda não se revelara para os outros. Foi só depois que eles tinham se acomodado à mesa e recebido seu alimento que a imagem dele se manifestou. Uma única vela iluminou seu rosto, e sua identidade foi revelada.

Aproximei minha lamparina da tela mais uma vez. E se eu iluminasse Adriaen, se o trouxesse para a luz? E se ele não estivesse retalhado e aviltado, mas, sim, elevado e luminoso? E se eu não mostrasse o poder dos homens sobre ele, mas o próprio poder dele sobre os homens?

Todos os outros membros da guilda seriam como Cléofas, cada um de um modo diferente, observando o efeito do corpo, aprendendo alguma coisa com ele, demonstrando essa descoberta através da expressão de cada rosto. Mas cada um o estaria descobrindo a seu próprio modo. Um estaria assombrado, outro apavorado, outro confuso, outro aparentando repulsa. Cada rosto refletiria parte da experiência de encarar a morte.

Naquele momento, é claro que eu sabia que, se seguisse por esse caminho, poderia irritar Tulp ou os outros membros da Guilda dos Cirurgiões ao criar uma alegoria em sua tela comemorativa. Eu sabia que, se o preletor não aprovasse a ideia, se não gostasse do retrato, ele poderia reter o pagamento ou se recusar a expor a tela no salão da guilda. Cheguei a pensar nisso naquela hora. Contudo, eu sabia que precisava fazer um quadro que tivesse algum significado. Coisas demais tinham surgido que me diziam que isso aqui tinha um peso. Havia importância nessa imagem. Era uma espécie de teste.

Peguei meu pincel no pinceleiro e comecei a trabalhar no corpo do ladrão. Acrescentei detalhes, cores, à carne; acrescentei textura e substância à pele. Trabalhei de um lado para outro do torso e desci pelo braço até chegar ao coto.

Meu instinto me dizia para substituí-lo – para restaurar a mão. Não posso dizer que era uma escolha consciente. Minha própria mão simplesmente continuou a molhar o pincel nas tintas e a incluir detalhes. O corte sumiu; e no seu lugar estava uma bela mão bem tratada, de cavalheiro. Ocorreu-me então que eu detinha algum poder na criação dessa imagem, o de devolver o que lhe tinha sido tirado. Pensei na busca de Tulp pela alma no corpo e em como todos nós tratamos de procurar a alma em partes diferentes. Mas e se não for possível encontrar a alma nos órgãos ou nos membros? E se a alma de um homem for encontrada em sua própria vida? E se a alma não for material, mas ativa? E se ela de algum modo estiver relacionada a como nós fazemos uso de nossos dons?

Se eu podia restaurar o membro roubado, podia também tirar as cicatrizes do corpo, remover os sinais exteriores de seus delitos. Ele já não seria Aris Kindt, criminoso e malfeitor. Seria como qualquer homem que merecesse a dignidade na morte.

Eu podia fechar seu tórax, para que ninguém tentasse examinar seus órgãos tentando detectar indícios da degradação de sua alma. Podia restaurar sua forma humana, para que ele fosse de novo um homem, não um cadáver. Eu permitiria que Tulp dissecasse seu braço normal, para ver o mecanismo desse membro elegante, que possibilita ao homem apontar e tentar alcançar.

Enquanto eu continuava a molhar o pincel na terra de cassel e no negro de marfim, reconheci o que era possível fazer por meio desse retrato. Eu podia tornar inteiro um homem destroçado. Adicionei um pouco de branco de chumbo à minha paleta e continuei a pintar, acrescentando detalhes à dobra da pele, até a mão estar inteira, passando então a dar cor à carne para que ela parecesse intacta.

Mas haveria uma noção de nítido sacrifício nessa imagem. O homem renunciou a parte de sua serenidade para servir à ciência. Não. Foi para servir ao entendimento, para provocar compaixão.

Enquanto restaurava Adriaen a sua forma anterior, dei-me conta de que eu não estava de modo algum pintando uma figura crística. Eu estava pintando um Lázaro de Betânia, ressuscitado da morte depois de quatro dias na sepultura. Cristo não tinha chegado a tempo. Flora não tinha chegado a tempo. Adriaen já estava morto, e não havia como salvá-lo. Mas nós poderíamos, de certo modo, levantá-lo do leito de morte e lhe dar outra coisa: a imortalidade.

Você me ouve falar e essa é mais uma heresia, não é? Eu não só afirmei ser capaz de pintar uma figura de Cristo; eu afirmei *ser* uma figura crística. Com meus minerais moídos, meu óleo de linhaça, meu fundo, minha tela e meu pincel, acredito que tenho o poder de ressuscitar. É por isso que eu não deveria me apresentar diante daquela banca, e por isso que será difícil eu defender minha posição. Porque a verdade é que sou arrogante, e é possível que seja isso o que direi.

Só que existe aqui uma sutileza, que sei que você pode entender. Não acredito que eu tenha o poder de restaurar, a autoridade de ressuscitar. Não faço milagres, não eu mesmo. Não. É a arte que tem o poder de fazer isso. É a arte que pode restaurar um corpo destroçado, devolver a vida a um homem morto. É a ficção criada pelo pincel, pelos pigmentos, pela estrutura matemática, pela capacidade de lançar luz...

Minha função consiste em servir à arte, ser a mão que maneja o pincel, o olho que é capaz de ver o que precisa ser apresentado na tela. Não passo de um instrumento através do qual a arte pode atingir seus objetivos. Bastam alguns minerais moídos com óleo e terebintina, algumas pinceladas, e um pintor tem essa capacidade extraordinária de parar o tempo, de inverter a passagem do tempo, de imortalizar e ressuscitar.

É por isso principalmente que as pessoas posam para retratos, não é? Para que possam ser captadas no auge de sua fama, juventude ou prosperidade. Um retrato pode congelar o tempo, impedir o envelhecimento, remover rugas e imperfeições, e até mesmo descartar a morte, se o modelo conseguir sobreviver no quadro. Tulp sabe disso. É por esse motivo que ele encomendou esse retrato para comemorar sua aula. Mas não é nossa escolha usar essa arte para a vaidade, para consertos superficiais na pele de um homem. O poder de nossa arte é desperdiçado se a usarmos para subtrair alguma coisa da realidade ou para apagar uma parte da vida.

Não era Adriaen que eu queria preservar, restaurar, ressuscitar. Ele não foi nenhum santo, nenhum homem de uma honra incrível. Foi, para dizer a verdade, um ladrão comum, que vivia segundo as leis da rua e roubava aquilo de que precisava para seguir em frente. Mas eu também via que, se Aris Kindt, o ladrão, conseguisse uma suspensão da pena, se fosse restaurado com beleza, amor e luz, todos nós nos beneficiaríamos. Todos nós seríamos ressuscitados, perdoados, iluminados em sua carne.

Essa ideia me animou, me empolgou; e eu continuei a pintar emocionado e entretido com o incrível propósito que ela continha. Essa obra. Não se tratava só de pintura; tratava-se de fazer arte.

EU PODIA OUVIR OS SONS DO FESTIVAL NAS RUAS TORNANDO-SE MAIS tumultuosos enquanto me deixava relaxar na liberdade de pintar o que eu queria pintar. Eu ouvia, lá fora na rua, um tocador de alaúde. O canto arrastado de um cantor bêbado tentando em desespero se lembrar da letra.

Trabalhei nas figuras da guilda, conferindo a cada rosto expressões variadas e simples, porém singulares. Um reverente, um assustado, um filosófico, um esperançoso. Continuei a trabalhar com mais afinco na mão esquerda de Adriaen – a que eu precisava representar com sua anatomia exposta –, acrescentando alguns detalhes ao braço, com base naquilo de que ainda podia me lembrar da aula de Tulp.

A mão de Tulp precisa aplicar o fórceps para demonstrar o movimento dos músculos e tendões de Adriaen. Por isso, comecei a esboçar sua mão, deixando o resto de sua figura apenas em esboço. Era uma sensação extraordinária pintar a mão de um homem usando um instrumento para acionar a mão de outro homem.

Pensei na Capela Sistina de Michelangelo e na mão de Deus estendida para Adão. Existe ironia em deixar que um fórceps se intrometa entre a mão do cirurgião e a mão que ele animará através de seu toque. Mas bem na hora em que me ocorreu esse pensamento, baixei os olhos e vi minha própria mão, segurando o pincel; e o próprio pincel, como o fórceps, era também um instrumento de reanimação.

Eu bem que gostaria de poder lhe dizer que uma espécie de fogo atravessou queimando minha mão nesse instante, que senti a bênção de minha mãe em minha pele, mas não posso. Tudo o que posso dizer é que eu sabia que aquela era a decisão certa. Que exatamente aquele ponto seria o centro do quadro. A mão invisível do pintor apresenta a mão viva do cirurgião, a reanimar a mão do ladrão morto, condenado. E, desse modo, a ressuscitar toda a humanidade.

Ouvi a cantoria ficar mais alta lá fora à medida que o desfile ganhava forma ao longo de minha rua. Eu sabia que finalmente tinha encontrado meu caminho nesse quadro, e que ele não seria um mero retrato, mas uma de minhas maiores obras. Eu iluminaria o corpo de Adriaen. Lançaria luz sobre o amaldiçoado.

XXVI

A BOCA

OLHE ONDE PISA AO SUBIR A ESCADA E SEGURE FIRME A CORDA. Venha, então, deixe-me libertar sua cabeça das preocupações de todo dia, e entre, sim, nesta minha câmara de maravilhas.

Agora que o Waag virou uma atração, recebo centenas de visitantes por dia. Como o senhor, eles querem ver o retrato pintado por van Rijn – ainda não consigo me forçar a chamá-lo simplesmente de "Rembrandt", como todos o chamam –, bem como o anfiteatro de anatomia reproduzido no quadro. É dentro do anfiteatro que mantenho minha câmara de assombros quando não está se realizando alguma sessão de anatomia. Tenho ali raridades tais como nenhum homem jamais viu.

Ah, é verdade, sou a única pessoa, além de Tulp, que tem as chaves do aposento onde o quadro está agora. Eu não poderia deixar ninguém entrar lá, tendo em vista o enorme risco que corro, de perder meu posto como *famulus anatomicus*, se isso fosse descoberto.

Ora, vamos, não se apresse. A escada pode ser escorregadia quando está molhada. Ah, sim. Já vi o quadro muitas vezes. Talvez até mesmo mais do que o Tulp. E é claro que conheço o pintor. Ele é um dos meus melhores clientes. Um dos meus verdadeiros conhecedores. É verdade que ele é do tipo meio brusco. Nem um pouco parecido com o querido professor Tulp. É por isso que causou tanta controvérsia para a guilda. Ele prefere chamar seu trabalho de "arte" e parece se esquecer de que é uma encomenda.

Ah, sim, o quadro é elogiado! Já ouvi dizer que é melhor que os quadros de Rafael. Que nosso próprio mestre de Amsterdã sobrepujou os grandes mestres italianos. Não sou nenhum *liefhebber*, e não posso dar minha própria opinião. É uma pena que não o tirem desse depósito, atrás daquela porta logo ali, e não permitam que o público o veja. Pois então cada homem e cada mulher poderiam decidir por si mesmos.

Pronto, está destrancada a porta de minha câmara de assombros. Entre, entre em meu gabinete. Dentro dele estão alguns dos objetos e relíquias mais singulares jamais vistos no mundo, e no entanto são pouquíssimos os que têm conhecimento desses artigos de minha propriedade. Só os realmente curiosos — e os que realmente merecem — têm a oportunidade de fazer um tour dos meus achados. Geralmente, cobro uma boa taxa pelo acesso a esses aposentos. O senhor, porém, conquistou minha confiança a tal ponto que já não procuro obter suas moedas. Venha, se quiser, entre comigo.

À esquerda, o senhor verá minha *naturalia*, todos os assombros do reino da natureza: ervas secas para curar quaisquer males deste mundo e uma rara coleção de conchas das praias mais remotas. Um búzio salpicado de sardas marrons de modo tão uniforme ao longo das suas curvas que se imagina que um pintor as tenha feito com um pincel.

À direita, vou lhes mostrar minha *animalia*: aves e mamíferos das águas, da terra e dos céus, daqui até as Australásias e até a distância do Novo Mundo. Mais adiante na sala, o senhor encontrará o orgulho da minha coleção: espécimes de carne humana conservada, incluindo múmias do antigo Egito que consegui adquirir dos tesouros de Heurnius.

Acima, poderá ver meu tatu e um crocodilo, uma cabeça de javali e um camarão desidratado. Veja lanças de tribos da África nesta parede, e chifres e galhadas de mais de vinte espécies diferentes. Ali temos assentos feitos de ossos e couro de boi; aqui, xícaras feitas de marfim. Veja também minhas presas inteiras de elefante; e aqui um casaco feito com peles de leopardo.

Mais cedo, eu lhe falei de uma criatura maravilhosa, a ave-do-paraíso, a verdadeira raridade das raridades, que inspira assombro por sua beleza e pelo fato de, entre as criaturas aladas, ser a única que nunca pousa na terra. Só se pode supor que essa necessidade constante de voo seja um peso para essa ave etérea. E, apesar disso, até mesmo o voo, esse eterno bater de asas, é essencial para sua alma. Pois, quando apanhada, ela logo morre, tamanho é seu amor pelo ar livre. Os maiores caçadores de maravilhas de toda a Europa tentaram capturar uma viva, e fracassaram. Ela não se deixa apanhar em armadilhas, nem aceita ser presa à terra. Para a ave-do-paraíso, sua forma é seu destino.

Venha então banquetear seus olhos com esse verdadeiro assombro, essa criatura maravilhosa que se esquiva ao cativeiro terreno. É claro que essa aqui está morta, mas a partir de sua plumagem inacreditável é possível imaginar sua aparência quando estava viva.

Ah, sim. Temos ali aquela porta, sim. Logo atrás dela está o retrato pintado por Rembrandt. E é verdade que eu tenho a chave. Como mencionei, seria um sério risco ao meu posto como *famulus anatomicus* permitir que alguém passasse por essa porta... Teria de ser alguma coisa muito interessante para contrabalançar o risco.

Ah, bem, pode ser. Eu poderia pensar em aceitar uma doação... para minhas coleções. Sim, no interesse da ciência... Eu poderia talvez permitir que o senhor entrasse por um instante, desde que prometa não contar...

Bem, por aqui, então. Bem, por aqui.

O senhor sabe que participei da concepção dessa obra-prima? É uma longa história, mas posso contá-la por mais um *stuiver*, se o senhor realmente quiser ouvir.

Bem, é que eu conheço esse van Rijn pessoalmente. Pergunte a qualquer cidadão de Amsterdã e ele lhe dirá: se existe algum objeto exótico ou raro que o senhor procura, eu posso pô-lo nas suas mãos. Sou escambador, negociante, corretor da enorme prodigalidade divina. Se deseja uma lontra sem garras do Cabo da Boa Esperança ou um chifre de touro para ser soprado como uma trombeta, basta perguntar aqui. Talvez queira uma carapaça de cágado, usada como elmo pelos alemães em nossas irritantes guerras com a Espanha? É só dizer meu nome: Jan Fetchet...

XXVII

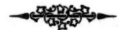

UM FESTIVAL DE INVERNO

Em torno deles, a cidade inteira festeja. Enquanto Flora e o garoto vão na direção do bote que o barqueiro amarrou à margem do canal, eles precisam abrir caminho através da massa turbulenta. Flora segura a mão do garoto e, com cotoveladas, avança até a beira do canal. Ela se abaixa até o chão e se senta na margem, puxa o garoto para o colo e o passa para o barqueiro, que os ajuda a descer com cuidado.

Foliões soltam a voz pelas ruas, portando lamparinas e varas compridas com panos enrolados na ponta e acesos. À medida que eles começam a seguir lentamente em meio aos outros barcos na água, Flora observa os participantes da festa, achando que essa deve ser uma visão antecipada do inferno, as figuras grotescas dançando, rindo, embriagadas com a vingança. *Adriaen*, ela pensa, *espero que o homem esteja certo e que você já tenha partido há muito tempo.*

Os sinos da igreja estão tocando a hora final do dia 31 de janeiro de 1632, e esses sinos são comedidos e gentis, como uma mão delicada acariciando um ferimento. Cada badalada dos campanários lá no alto finca mais uma pazada no chão, enterrando o dia aos pouquinhos. *Blão, blão, blão.* Dessa vez as badaladas não formam uma melodia, mas o soar vagaroso e firme do final. O dia de Adriaen terminou.

Flora observa as fileiras de vultos escuros em sua procissão macabra pela rua ali acima, agora num súbito arroubo de entusiasmo, gritando e levantando suas tochas no alto. Algumas pessoas estão cantando, algumas cambaleiam bêbadas nas ruas com suas tochas descrevendo círculos loucos no ar. Se não fosse tão irreal, Flora choraria. Mas ela já chorou o que bastava para hoje. Derramou todas as suas lágrimas enquanto contava sua história para o pintor. Amanhã é certo que volte a chorar, mas hoje não lhe restam lágrimas.

Junto com seu esquife, outros barcos passam com suas próprias lamparinas acesas, criando um cortejo duplo de luz, com cada chama se refletindo na superfície negra das águas do canal. A multidão grita e berra, e alguns homens, de brincadeira, tentam descer para entrar na embarcação deles. O barqueiro os espanta com a extremidade rombuda do remo.

— Para trás ou vão acabar dentro d'água.

Ela está feliz com a presença dele, esse desconhecido que se tornou seu protetor. De onde ele veio, e por que ele, de todas as pessoas nessa cidade, conseguiu ser tão bondoso?

O gelo já está se formando somente em alguns locais ao longo desse canal; e um pouco vai se amontoando, especialmente perto das pontes, não espesso o suficiente para impedir o avanço deles, mas sugerindo os perigos que podem surgir em canais mais estreitos.

— Para onde? — pergunta o barqueiro. Flora não sabe dizer. Ela decidiu não voltar a procurar Fetchet, não entregar o bilhete do pintor, não ficar com o braço, nem com qualquer parte do corpo. É uma tarefa terrível demais. Horrenda demais para sequer se cogitar. Ela não vai tentar juntar os pedaços de Adriaen desse modo. Vai fazer o que o pintor sugeriu. Vai permanecer em Amsterdã e esperar.

Para onde? O dia inteiro, seu destino levou-a de uma estação da cruz para a seguinte, e agora já não há estações. Sem o objetivo de procurar Adriaen, ela precisa agir por sua própria vontade. Será a primeira de muitas escolhas difíceis e solitárias, ela pensa. Tem pela frente toda uma vida de escolhas.

— Conheço um lugar — diz o barqueiro, aliviando-a do silêncio. — Não é nenhum castelo, mas os lençóis são limpos, e o hospedeiro é honesto. Fica longe das ruas principais, de modo que você não vai ouvir o desfile. Ele é meu amigo e não lhe cobrará muito caro. Você e o menino estarão em segurança.

Flora concorda em silêncio, contente por pelo menos essa decisão ter sido tomada em seu lugar.

— E você aonde vai? – pergunta ela, sentindo uma fisgada de pânico com a possibilidade de seu guia a deixar também.

— Não vou longe – diz-lhe ele. – De manhã, venho ver como vocês estão, e você então pode me dizer o que quer. Nesta noite, você deveria só dormir e deixar que o peso do sono limpe sua cabeça; faça com que esqueça tudo o que viu hoje; esqueça aqueles archotes. Amanhã, você determinará um novo rumo, e eu a levarei aonde você precisar ir.

— Você faz mais por nós do que deveria – responde ela. – Todo esse tempo, você não me disse seu nome.

A essa altura, ele volta o rosto para outro lado e por algum tempo fica olhando as luzes que se refletem na água.

— Jacob – diz ele. – Há quem me chame de Jacob, o Valão.

AS MÃOS

Margaretha ainda está acordada e bordando sua última haste verde nas cortinas novas quando o marido finalmente volta. Ela já está em sua cama de dossel, de camisola e touca, mas não conseguiu dormir, sabendo que o festival dominou a cidade, vendo o reflexo das luzes bonitas e resplandecentes dançar na água e se projetar nas janelas das mansões ao longo do canal. É uma noite mágica, a cidade toda cintilante, e tudo isso para celebrar o sucesso de seu marido. Ela está alvoroçada de orgulho.

Está também alerta para qualquer rangido nas tábuas do assoalho ou farfalhar diante da porta do quarto, na esperança de logo ouvir os passos do marido para poder receber em primeira mão seu relato da palestra e do debate. Ela não quer surpreendê-lo quando ele chegar, pois é certo que ele a imagine já dormindo – afinal de contas, o sino de Westerkerk acabou de tocar mais uma vez, muito depois de seu horário habitual de se recolher. No entanto, ela espera que ele bata na porta de seu aposento mesmo assim.

Exatamente quando está pondo a linha verde sobre a mesinha de cabeceira, ela ouve, por fim, o gemido inconfundível da escada sob os passos do marido. Sim, ela irá à porta para impedir que ele vá direto para seus próprios aposentos. Ela não consegue aguentar esperar até amanhã para ouvir seu relato.

– Meu amor – diz ela, do portal do quarto, surpreendendo-se com o ardor da própria voz. – Venha. Conte-me tudo.

O marido está exausto. Ela pode ver já pela inclinação de seu queixo. Ele olha para ela, não surpreso por encontrá-la acordada, mas satisfeito por uma recepção tão carinhosa. Os olhos dele estão injetados, a carne macia abaixo deles, roxa e com pregas minúsculas. Como esse dia foi longo até agora, precedido por algumas semanas de preparação frenética e noites insones, passadas andando de um lado para outro. Se fosse uma boa esposa, ela o conduziria direto aos aposentos dele, trataria de despi-lo e de pô-lo na cama para dormir, exigindo nada, apenas proporcionando conforto e proteção contra o mundo.

Mas ela está curiosa demais, louca para participar de seu sucesso. Ele atravessa o corredor para se aproximar dela, e ela põe a mão na dele, levando-o para seu quarto e fechando suavemente a porta ao passar. Agora, em pé, ela vê melhor o desfile lá embaixo, uma dança alegre e desorganizada de luzes cintilando pelos canais e de plumas vagarosas de fumaça branca.

– Essa festa é para você, meu amor – diz Margaretha, fazendo um gesto para o marido se sentar na poltrona mais próxima, a que é estofada com veludo vermelho, mais perto da cama.

Tulp ri, com modéstia.

— Não, minha cara, eles estão festejando simplesmente porque receberam permissão para festejar. Nenhum amsterdamês precisa de muita desculpa para levantar a caneca, especialmente nessas noites escuras.

— Você é modesto demais – diz Margaretha, dando a volta por trás do marido para abrir a gola de renda de sua camisa. Assim que a soltou do lugar e a colocou sobre a cômoda, ela leva as mãos aquecidas à nuca do marido para liberar a tensão onde sabe que ela se localiza. Ele geme com aprovação. Ela desabotoa a frente do gibão e segura a carne de seus ombros, fazendo uma massagem delicada ali. — Os membros da guilda terminaram o banquete?

— Duvido muito. Quando saí, eles estavam esmurrando a mesa para pedir mais tonéis de vinho. Deixei Fetchet com as chaves dos depósitos. Ele dá conta do recado em meu lugar.

— É um criado de muita utilidade, creio eu.

— É mesmo. Hoje nós enfrentamos circunstâncias muito especiais. Quando saí, pus uma bolsa com três florins ao lado do corpo e um bilhete de agradecimento. Imagino que ele a encontre quando for enterrar as peças.

Margaretha passa por trás do marido e senta na beira de madeira de sua cama de dossel. Ela pega as mãos dele e começa a massagear suavemente suas palmas. À luz da lamparina de cabeceira, ela pode ver que o rosto dele está realmente contraído e sua expressão até certo ponto desanimada.

— Meu querido, você não parece satisfeito. As coisas não correram de acordo com o planejado?

Ele olha para ela, e um sorriso de admiração passa por sua boca.

— Não correu de acordo com o planejado, não – diz ele. — Nem tudo. Mas não tenho motivo algum para não estar satisfeito; é só que estou esgotado de toda a atividade. De fato, imagino que esta noite tenha alcançado exatamente o que eu pretendia, e que amanhã acordarei com uma nova coleção de prazeres aos quais dar atenção.

Encorajada por essas palavras, Margaretha aperta os dedos mais fundo na carne exausta do marido.

— Não quero mantê-lo acordado até tarde — diz ela —, mas peço que me brinde com alguma parte da história. Talvez não seja muito feminino, mas quero saber tudo o que aconteceu. Quero saber tudo o que os nobres disseram. Estou transbordando de curiosidade.

Dessa vez, o sorriso dele foi pleno, iluminando os olhos bondosos e tornando coradas suas bochechas lisas.

— Depois da palestra, tive conversas particulares com alguns homens fascinantes — diz ele à mulher. — Aquele matemático francês de quem já lhe falei; e recebi também a visita de Johannes Wtenbogaert e alguns burgomestres, que me prometeram apoio na eleição de amanhã. Houve quem lamentasse o fato de eu ainda não ter sido selecionado para a diretoria do Atheneum. Outro me disse que era apenas uma questão de tempo para eu me tornar um forte candidato a prefeito.

— Verdade?

— Verdade — diz ele, baixando o olhar como se somente agora estivesse admitindo pela primeira vez essas palavras para si mesmo. — A intenção foi mais a de um elogio do que de uma previsão, creio eu.

— Encare-a como uma previsão, então. Meu amor, você será. Um dia você será prefeito de Amsterdã.

Apesar do prazer que ele demonstra em compartilhar com ela esses detalhes da noite, Margaretha pode ver que está deixando o marido exausto. Mas, antes que ela lhe ofereça a oportunidade de sair do quarto, ele diz:

— Minha mulher, posso passar a noite com você em sua cama? Receio não ter mais energia nem mesmo para chegar a meus aposentos. Se estiver apoiado nos travesseiros, pelo menos, vou poder falar até nós dois adormecermos.

— É claro que sim, meu amor — diz ela. — Então, deixe-me ajudá-lo a tirar a roupa. Pronto. Podemos nos lançar juntos no abraço gentil do sono.

— Obrigado, Margaretha. Você é meu tesouro.

A BOCA

A ESSA ALTURA, NORMALMENTE, FETCHET JÁ TERIA BEBIDO TANTO que estaria apresentando uma dança no meio da Kloveniersburgwal, talvez tentando ser jogado no canal. No ano anterior, durante o festival de inverno, ele tinha conseguido que alguns foliões fizessem uma brincadeirinha com ele, na qual ele lhes pediu que passassem suas tochas por baixo dos pés dele, para ele poder provar a que altura conseguia pular. Felizmente, ele só tomou plena consciência desse corajoso desafio à morte no dia seguinte, depois de ter sido entretido com o relato de seus próprios feitos por uma companheira de cama de olhos verdes e cabelos da cor do rubi. Quem dera Fetchet conquistasse mulheres com tanto sucesso quando estava sóbrio.

Este ano, enquanto o desfile à luz de tochas segue sem restrições pelas ruas próximas de De Wallen, ele está cavando uma sepultura no cemitério da Oude Kerk. O campanário da igreja já bateu a meia-noite, e a mulher de Leiden ainda não voltou para pegar os restos mortais de Aris – e ele está satisfeito com isso. Agora cabe a ele decidir que destino dar a eles. O corpo vai ter um enterro cristão, embora não no sentido estrito da palavra.

Algumas partes do corpo jazem no chão ao lado de Fetchet num saco de aniagem. Os órgãos que foram passados pela plateia estão num recipiente no outro lado do buraco. Ele está disposto a plantar todos eles nessa terra nua ali abaixo, para se misturarem como algum tipo de ensopado medonho.

E de fato isso pode ser considerado um sepultamento cristão? É o que Fetchet se pergunta pela primeira vez enquanto continua a cavar a terra. Por não ser um crente, ele tinha certeza de que não poderia saber. Pensa que, da próxima vez que topar com um padre, vai lhe perguntar. Ou pode ser que simplesmente continue a fazer seu trabalho, sem pensar muito a respeito. Ele para de cavar e finca a pá em pé na terra a seu lado. Enxuga a testa na manga do casaco e sente os pelos ásperos da lã picar seu rosto.

Ele enfia a mão no bolso direito e tira dali os três florins reluzentes que Tulp lhe deixou. São das moedas mais novas que ele já viu, como se Tulp tivesse ido retirá-las direto na casa de cunhagem. Quem pagava a médicos com dinheiro tão fresco? É sem dúvida agradável tocar nelas. Ele leva uma à boca e a coloca entre os dentes, mordendo com força. O sabor é vagamente metálico por um instante, até ele começar a sentir o gosto do solo, de seus dedos.

Ele devolve as moedas para o bolso e limpa as mãos nas calças. Ergue a pá mais uma vez. Exatamente por que Tulp lhe deu esse dinheiro? Não foi em reembolso pelo valor maior que ele tinha precisado pagar aos fornecedores naquela manhã. Ele não tinha chegado a contar a Tulp nada daquilo. Também não era pelo que ele tinha perdido com a ave-do-paraíso. Rembrandt tinha compensado aquela perda. Foi por ter cuidado da rapariga de Kindt, por mantê-la fora do anfiteatro de anatomia para ele poder continuar com seu trabalho sujo diante de todos aqueles homens limpos.

Não, pensa Fetchet, enquanto crava a pá no chão, eu não deveria pensar assim. Não há nada de sujo na anatomia. Amo a anatomia: ela é meu direito inato, minha herança, minha própria linhagem. Amo sua pompa e seu cerimonial. Amo a autoridade simulada do médico e o assombro e civilidade dos espectadores. Mas em meio à sangueira, aos cortes, à palestra, ao banquete, ao acendimento de tochas e à libertinagem, os cientistas – seus amados Pauw e Heurnius, e agora Tulp – estão fazendo algo de importante. Como os egípcios no passado, eles estão construindo os alicerces de uma civilização.

É isso o que ele diz a si mesmo enquanto finca a pá na terra dura mais algumas vezes e pensa em Flora. Ele continua a cavar até o buraco estar fundo o suficiente para que cães não revirem essa cova. Está feliz por tê-la mandado procurar o pintor. Tinha a impressão de que van

Rijn descobriria um jeito de fazer com que ela se esquecesse do braço. Teria sido cruel forçá-la a voltar para casa com um saco cheio de partes do corpo. Seja como for, um homem não é sua carne. Um homem é um homem.

Ele pega o saco de aniagem e o esvazia no buraco. Virando o rosto para outro lado, ele devolve a terra revolvida para o lugar. Com a parte de trás da pá, ele soca a terra com a maior firmeza possível, ou pelo menos o suficiente para não atrair cães. Fetchet está se sentindo dolorosamente sóbrio. Sente frio também. O vento está ficando mais forte.

Sem saber por quê, Fetchet ajoelha-se na terra, com as mãos tocando no chão frio de cada lado. Ele olha para o solo negro e depois para o céu negro. Os foliões estão ali por perto, cantando e dançando como ele faria normalmente. Ele sente o cheiro da fumaça das tochas, penetrante e limpo. Pega um punhado de terra na mão e o atira no alto da cova que fechou.

— Pois é — diz ele. — Durma bem, Aris.

Ele faz alguns movimentos com as mãos, não exatamente gestos de oração, mas mesmo assim algum tipo de gesto. E depois se levanta, escutando os sinos da igreja finalmente bater a meia-noite, sem se dar ao trabalho de limpar a terra das calças.

A MENTE

DESCARTES POR FIM DESCANSOU A PENA E FECHOU FIRME A TAMPA de seu tinteiro, já que o hospedeiro bateu à sua porta. Ele manchou a manga do camisão com uma nódoa que assumiu a forma de uma asa de borboleta. Ele drageja baixinho e decide que vai arrumar uma esposa que possa ajudá-lo a cuidar desse tipo de problema. Mas quem há de encontrar se nunca sai da Oud Prins?

Lá fora, ele ouve gritos ao longe, que são rapidamente abafados pelo som dos sinos da meia-noite da igreja mais próxima de seus ouvidos. Ele sabe que o festival está em algum lugar lá fora, mas conseguiu voltar para a hospedaria antes que a maioria dos foliões ocupasse as ruas.

Amanhã elas estarão cobertas de restos de lenha queimada e pederneira, canecas vazias e vidro quebrado. Ele vai se manter em seus aposentos até que tenham varrido todo o lixo para dentro dos canais. Mas agora precisa descobrir um jeito de dormir, apesar de sua mente ainda estar agitada com as idas e vindas desse dia movimentado. Ele se pergunta onde pôs aquele chumaço de algodão que usa para tapar as orelhas.

Vai até a bacia e traz alguma água fria ao rosto, usando um pouco de sabão para enxaguar a boca. Com a toalha de mão que fica ao lado da bacia, ele seca as faces e a testa, deixando que o resto da água fique um instante gelando seu rosto. Parece que o fogo se apagou. Como não quer incomodar o hospedeiro a essa hora, ele abre a porta de ferro e espia ali dentro. Ainda há umas brasas refulgindo no fundo. É só uma questão de acrescentar alguns gravetos e uma acha ou duas. Isso deve lhe bastar para o que resta da noite.

Ele pega um pouco de lenha da cesta ao lado da estufa. Quanto tempo passou escrevendo aquelas longas cartas para Mersenne?, pensa ele, enquanto se abaixa, pegando uns gravetos. O que lhe deu, para escrever tanto assim? Seu amigo sem dúvida não se interessaria por aquilo tudo. Talvez ele guarde aquelas páginas para si mesmo e simplesmente componha uma versão resumida, mais direta. Ou poderia simplesmente atirar essas folhas no fogo e recomeçar de manhã quando estiver com a cabeça mais desanuviada.

Ele empurra o graveto mais frágil para o interior da estufa, posicionando-o acima das brasas quentes para tentar fazê-lo pegar fogo. As brasas refulgem, mas parecem não se agradar do graveto, desprovido de bordas rasgadas que seriam desejáveis para o fogo. Escolhe outro graveto, partido ao longo do centro e já perdendo sua casca. Esse deve funcionar, pensa ele, ao levá-lo ao calor. Dessa vez, a brasa lambe as bordas e parece gostar do sabor. Uma pequena chama irrompe bem ao longo da ponta do galhinho e começa a avançar para consumir o graveto. O sucesso numa iniciativa tão pequena, pensa Descartes, causa a impressão de que o universo inteiro opera em harmonia.

Tendo se certificado de que o outro graveto também pegou fogo, ele dispõe uma pequena acha no centro da estufa e decide que ela será suficiente. Se o fogo se apagar, o frio irá acordá-lo, e ele poderá começar a trabalhar antes do amanhecer. A carcaça que ele comprou do açougueiro está na cozinha, conservada em gelo. Ele vai se levantar cedo o suficiente para não despertar a cozinheira e atrapalhar ainda mais os criados. O cordeiro ainda estará quase fresco, e ele pode começar dissecando um membro para ver até que ponto ele se assemelha ao de um ser humano.

É, amanhã ele começará de novo, realizando suas próprias anatomias a partir das lições que aprendeu hoje. E começará com o cordeiro.

OS OLHOS

REMBRANDT PINTA. COM A MÃO ESQUERDA, SEGURA A PALETA, O polegar no furo, os outros dedos equilibrando a placa. Terra de colônia, terra de cassel, branco de chumbo, sombra, laca vermelha, vermelhão, ocre amarelo, ocre vermelho, negro de marfim.

Ele escolhe um pequeno pincel redondo e o mergulha na terra de cassel, depois acrescenta um pouco de branco de chumbo e laca vermelha à mistura. A cor resultante é um rosa-amarronzado, para os músculos da mão dissecada. Com pinceladas muito leves, ele preenche as sombras da mão, os contornos entre os lugares onde os dedos teriam estado. Ele então adiciona mais branco à mistura e pincela mais uma camada, onde seriam as pontas dos dedos e as articulações. Está construindo as camadas, criando a mão a partir de mão nenhuma, conferindo-lhe detalhes.

Limpa então o pincel e o mergulha no branco, misturando-o com um toque de sombra. A luz que incide sobre a mão, sobre o pulso, no lado do cadáver. A luz que incide sobre o ventre, as costelas, o tórax, os lábios. Ele aplica branco no rosto — não no rosto inteiro, porque metade está sombreada pelo corpo dos cirurgiões, que estão debruçados acima da cabeça de Aris para ver melhor a demonstração de Tulp do funcionamento da mão. Um toque de branco, para criar um reflexo de luz na borda do fórceps. Na ponta dos dedos de Tulp e na mão esquerda do morto.

Há muito mais a fazer. Ele continuará pintando até obter o resultado certo. Até haver camadas e mais camadas de pigmentos que nunca serão reduzidas. Não por sua morte, não por seu tempo, não por qualquer tempo. Terra de colônia, terra de cassel, branco de chumbo, sombra, laca vermelha, vermelhão, ocre amarelo, ocre vermelho, negro de marfim.

O CORPO

Aris ouve seu próprio nome chamado de lá do portão. Seu nome e todas as suas alcunhas. *Adriaen Adriaenszoon. Aris Kindt. Kindt. Aris, o Garoto! Sua hora chegou.*

As mesmas palavras proferidas pelo carrasco, com uma clareza bárbara. Adriaen Adriaenszoon, vulgo Arendt Adriaenszoon, vulgo Aris Kindt, vulgo Aris, o Garoto. Sua hora chegou.

E então outras vozes juntam-se a essas — outros homens em outras celas, outros guardas: Aris, Aris! Aris Kindt! Aris Kindt! Os gritos ecoam impiedosos pela prisão, e então a multidão chamando seu nome duplica o som. Aris Kindt! Aris! Aris! Todas essas vozes mesclam-se numa única massa insistente de vozes, indistinguíveis como se fossem um coro, todas ao mesmo tempo. Aris, Aris, Aris, venha! Aris Kindt! Sua hora chegou.

Onde ele está agora? Não está algemado. Não está andando. Na realidade, não consegue descobrir nem suas mãos nem seus pés. As vozes lá fora estão gritando também por dentro. *Adriaen!*, chama uma delas. *Meu Adriaen! Onde posso encontrar você?*

Aquela voz ali é inconfundível. É de Flora. Ela está chamando por ele. Onde ela estava, então? Ali perto? Será que ela veio a Amsterdã? Ela virá resgatar seu corpo?

Ele sente mãos que o tocam. Parecem não ser mãos humanas, embora as vozes sejam humanas. São as mãos do carrasco? As mãos de Deus? As mãos do demônio? Por que ele consegue sentir a pressão das mãos, mas não seu próprio corpo sendo agarrado?

Enquanto a força deles o cerca, erguendo-o e o movimentando pela noite afora como se ele não tivesse substância, ele não vê nem homens, nem mãos, nem vultos de qualquer espécie. Percebe apenas aquelas vozes e uma sensação de calor em algum lugar, uma sensação de uma chama que o eleva.

Surge uma enxurrada de lembranças, todas se empinando como garanhões nos confins de sua mente. Seu pai agigantando-se acima dele junto à bancada de pinho na oficina. Os couros macios, de cheiro penetrante, passados por suas pequenas mãos de criança. Os juncos altos que serviam de mourões de cerca ao longo do caminho batido até a igreja. As repreensões resmungadas por seu pai. O moinho de vento com o telhado feito de colmo. Flora vista pela janela, brincando nas urzes. Flora. Seu pano fresco pressionado nos ferimentos quentes. Seu balde de água e seu cesto de ervas.

A fisgada da lâmina da primeira faca que o cortou, como ele abafou um grito. O peso do primeiro soco em seu queixo, e depois muitos outros. A dor de suas costelas sendo chutadas e se fraturando. Seu pai em pé diante de uma grande porta sombreada. O cartaz oficial na porta da oficina. A busca penosa por serviço avulso pela cidade inteira. A velha morta com seu balde de areia. O frescor ameno de nadar no rio. O terror de escapar de uma galé, jogando-se no mar. A dor quando bateu na água, a recompensa da liberdade quando voltou à superfície. O perdão suave da carne de Flora. Flora. Flora e sua cesta de ataduras e ervas.

    Ele é arrastado pela praça, sem peso, sem sentir o corpo, sem sentir o eu, e o céu está limpo e sem estrelas, sem nuvens se acumulando, sem ameaça de chuva. Na verdade, faz calor, como mil tochas queimando, enchendo o ar noturno com seu leve perfume esfumaçado.

    Ele voa acima da praça Dam, passa pelo cemitério de Oude Kerk, pelas forcas no Volewijk e vê a multidão lá embaixo, um mar de gente como rios de uma rua à seguinte. Ele ouve a multidão: as massas que estão ali e dançam e se divertem e gritam e praguejam. Elas chamam seu nome. Suas vozes agora estão brandas, calmas, tranquilizadas, até que já não gritam seu nome, mas o entoam: *Aris Kindt!* Como uma canção de ninar. *Aris! Aris! Onde você está agora?*

    Ele finalmente sabe o que deve fazer. Deve confessar tudo, toda a verdade para quem quer que esteja disposto a escutar. Não importa se vai ser salvo. Não, ele sabe que não será salvo apesar de toda essa flutuação. Falar é tão somente um passo na direção do que vier a se desenrolar, mas ele quer falar, quer explicar, contar sua história porque, agora, por fim, alguém – pouco mais do que um alguém – parece estar escutando.

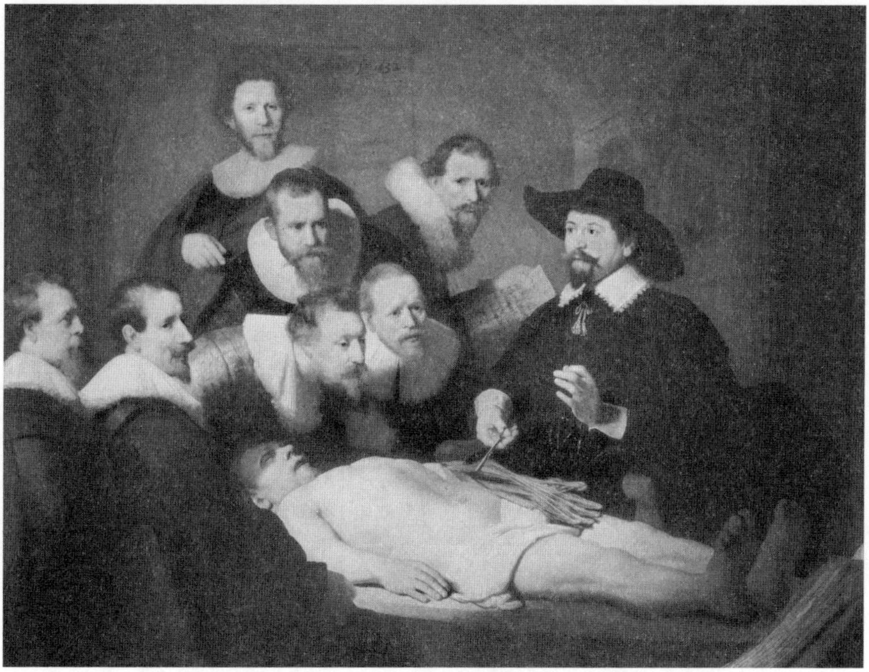

AGRADECIMENTOS

ESTE ROMANCE, COM SEUS SEIS ANOS DE CRIAÇÃO, NÃO TERIA SIDO possível sem o apoio generoso da Bolsa Fulbright de Escrita Criativa (2006-2007) e da Bolsa Jack Leggett concedida pelo Iowa Writers' Workshop (2007-2008), além do apoio da Netherlands America Foundation, da Ludwig Vogelstein Foundation, e de duas magníficas residências de escrita na MacDowell Colony, em New Hampshire.

Seria necessário elaborar uma bibliografia formal para dar crédito a cada livro que ajudou a me preparar para escrever este romance, mas eu gostaria de mencionar os que se revelaram especialmente influentes e inspiradores: *Rembrandt's Anatomy of Dr. Nicolaas Tulp*, de William S. Heckscher; *Rembrandt: The Painter at Work* e *Rembrandt: Quest of a Genius*, de Ernst van de Wetering; *The Body Emblazoned: Dissection and the Human Body in Renaissance Culture*, de Jonathan Sawday; *Rembrandt Under the Scalpel: The Anatomy Lesson of Dr. Nicolaes Tulp Dissected*, de Norbert Middlekoop, Marlies Enklaar e Peter van der Ploeg; *The Philosophical Writings of Descartes* traduzido para o inglês por John Cottingham, Robert Stoothoff e Dugald Murdoch; *The Anatomical Renaissance: The Resurrection of the Anatomical Projects of the Ancients*, de Andrew Cunningham; *The Spectacle of Suffering: Executions and the Evolution of Repression: From a Preindustrial Metropolis to the European Experience*, de Pieter Spierenburg; *The Embarrassment of Riches: An Interpretation of Dutch Culture in the Golden Age*, de Simon Schama; *Amsterdam: A Brief*

Life of the City, de Geert Mak; *Everything That Rises: A Book of Convergences*, de Lawrence Weschler; e *Spectacular Bodies: The Art and Science of the Human Body from Leonardo to Now*, de Martin Kemp e Marina Wallace.

Também quero agradecer o apoio e orientação que recebi de alguns historiadores e acadêmicos: William Heckscher; William Schupbach; Norbert Middlekoop; Tim Huisman; Dolores Mitchell; Robert C. van de Graaf; Jaap van der Veen; e a maravilhosa conservadora que trabalhou no quadro na Mauritshuis, Petria Noble. Quero agradecer a Bas Pauw, da Fundação para a Produção e Tradução de Literatura Holandesa, o empréstimo da tradução de algumas peças holandesas do século XVII (em particular de Bredero!).

Gostaria de agradecer ao fantástico pesquisador Ruud Koopman o esforço de obter para mim, nos arquivos mortos da municipalidade de Amsterdã, documentos dos *confessieboek* e *justitieboek* relacionados à ficha criminal de Aris Kindt; e a seu filho, Karsten, e Jaap Wit, que traduziram os textos holandeses do século XVII. Esses compuseram a base para a narrativa de Kindt, que também se inspirou na sátira social de G. A. Bredero, *O espanhol de Brabanter*, que, por sua vez, era baseada no romance picaresco *Lazarillo de Tormes*, do século XVI.

Acima de tudo, porém, sou grata a Ernst van de Wetering, o mais importante especialista mundial em Rembrandt e autor de seis volumes do *Corpus of Rembrandt Paintings*, por ser meu guia e mentor durante os dias iniciais da escrita deste livro. Ele me forneceu listas de leituras sobre Rembrandt, sugeriu contatos em outros setores históricos — a história estética, criminal e social da Holanda no século XVII —, ofereceu-me suas reflexões ponderadas sobre capítulos e repetidas vezes me esclareceu com seu admirável conhecimento sobre Rembrandt, o homem e o mito. Minha profunda gratidão a esse brilhante historiador da arte.

Gostaria de agradecer a meus generosos leitores: Leslie Jamison, Erik Raschke, Patricia Paludanus, Jim Lake, Dina Nayeri, Christopher

Saxe, Amal Chatterjee, Marian Krauskopf, Julie Phillips, Joshua Kendall, Emily Raboteau e Josh Rolnick. Quero também agradecer a Benjamin Roberts, um historiador da sociedade e da cultura holandesas do século XVII, sua verificação dos fatos no rascunho final. Por vários tipos de motivação, sou grata a Jeremy, Tom, Mickael, Bajah, Josh, Alex e Itamar.

Para encerrar, meu muito obrigada à minha incrível agente, Marly Rusoff, seu sócio Michael Radulescu, à minha maravilhosa coordenadora de edição, Nan Talese, a seu assistente, Daniel Meyer, bem como a David, Rebecca, papai e Carol pelo amor e estímulo que me ajudaram a atravessar os maus pedaços. E à minha filha, Sonia, por me dar o incentivo para finalizar.

Impressão e Acabamento:
LIS GRÁFICA E EDITORA LTDA.